Rock Point
Festival

Michelle Dalton

Rock Point Festival

Traduit de l'anglais (États-Unis)
par Alice Marchand

Albin Michel litt'

Du même auteur chez Albin Michel :

15 ans
L'Été de mes 16 ans
Surf Sisters

Titre original :
SWEPT AWAY
(Première publication : Simon Pulse, an imprint of Simon & Schuster Children's Publishing Division, New York, 2015)

Pour Tom S.

Qui sait peut-être absolument tout,
et qui en sait clairement plus que moi !

Juin

– Ça fait vraiment vieille dame, la couleur du lupin !

J'ouvre un œil, puis l'autre. Les paupières plissées, je regarde ma meilleure amie, Cynthia Crowley, qui est plantée devant le miroir en pied accroché au dos de la porte de sa chambre. Elle fronce le bas de sa robe de soirée, qui est d'un vague gris-bleu-lavande.

Elle n'est pas totalement à côté de la plaque. Si vous êtes déjà allés dans le Maine, vous avez sûrement vu des lupins. Ce sont ces grandes plantes hérissées, avec des feuilles vertes, qui ressemblent un peu à des épis de maïs avec des fleurs à la place des grains. Il y en a partout. Ils se dressent fièrement comme des petits soldats dans les jardins, le long des routes, ou sont reproduits sur des serviettes de table, des mugs souvenirs et des cartes postales. Et même des T-shirts – quoique, à mon avis, personne n'en porte dans le Maine ; les T-shirts avec des lupins sont réservés aux touristes.

En réalité, on trouve des fleurs de lupin dans toutes les nuances de mauve. Malheureusement, sur la robe de

Cynthia, ça se traduit par une couleur ringarde. Mais c'était inévitable, vu que ce sont les dames du comité de la fête du Lupin qui ont cousu cette robe.

Je referme les yeux et je pose un bras sur mon visage pour me protéger de la lumière du matin qui entre par la baie vitrée.

– Pourquoi Miss Lupin doit commencer son règne à l'aube ? je râle.

J'entends un bruissement de soie et de fleurs artificielles, et je comprends que Cynthia s'apprête à me sauter à la gorge.

– Bonjour, *bonjour* ! entonne-t-elle de sa voix de future star de Broadway.

Ça vient d'une de ses comédies musicales préférées, qui est bourrée de chansons et de chorégraphies, et je comprends pourquoi elle l'aime bien. Je crois que je l'aime bien aussi. En fait, je préfère les films d'action à gros budget, mais Cynthia les trouve « puérils ».

Je roule sur le côté pour éviter Cynthia juste avant qu'elle atterrisse sur le lit. Elle saute sur ses genoux, comme on le faisait en CE2, et me secoue si fort que j'attrape une des colonnes de son lit à baldaquin pour éviter de finir par terre. Le rideau bleu vif volette au-dessus de nos têtes. Dans la chambre de Cynthia, *tout* a une couleur vive – et presque tout est orné de perles, de broderies ou de franges.

– Ta robe ! je gronde. Tu vas l'abîmer !

Mais je ris si fort que je doute qu'elle m'ait comprise. Je me redresse en position assise et je m'adosse contre un de ses nombreux oreillers aux couleurs de pierres précieuses. Je me frotte la figure en grommelant :

– Comment ça se fait que tu es déjà habillée et prête pour une séance de pose alors qu'on n'a pas dormi de la nuit, toi et moi ?

Cynthia me jette un de ses regards pleins de coquetterie qui semblent dire : « Moi ? »

– Eh oui, je suis comme ça, plaisante-t-elle en prenant une voix enfantine.

Elle n'a pas tort là-dessus, d'ailleurs. Dès le réveil, Cynthia est prête à attaquer la journée. Cette fille, c'est un tourbillon d'énergie, d'enthousiasme et de blondeur. C'est pour ça que les garçons lui courent après depuis l'âge où ils ont cessé de croire que les filles sont pleines de poux.

Après moi, pas trop. Bien sûr, il y a déjà quelques garçons qui m'ont proposé un rencard à l'occasion, mais c'était surtout un moyen de se rapprocher de Cynthia, vu que je suis sa meilleure amie. En tout cas, c'est comme ça que je vois les choses.

Cynthia descend du lit dans un nuage de soie.

– Sérieux, Mandy, reprend-elle de sa voix normale. Je dois y être à neuf heures, et ça commence à dix heures. Il faut que tu te prépares.

– Je n'arrive pas à croire que tu m'abandonnes tout l'été pour un stage de comédie musicale !

Je pose un oreiller pailleté sur mon ventre et le bourre de coups de poing. Puis je le glisse sous ma tête et j'ajoute d'une voix boudeuse :

– Même si je suis super contente pour toi.

C'est *vrai* que je suis contente pour elle. La plupart du temps. Je sais combien elle tient à ce stage. Elle prend des cours de claquettes, de danse classique, de jazz et de hip-hop depuis qu'elle sait marcher, ainsi que des cours de chant à une heure de route de chez nous. Depuis que je la connais, Cynthia brûle d'impatience de quitter notre « trou paumé » (c'est comme ça qu'elle appelle Rock Point) pour réaliser son rêve : devenir comédienne. J'aimerais tant avoir une vocation affirmée, comme elle. Ma mère, elle aussi, l'aimerait bien.

Je me force à sortir du lit et gagne la fenêtre. Si je me place juste au bon endroit, je vois le phare qui se détache de la brume matinale, au-dessus de la mer agitée. Des rayures rouges décorent la tour de trois étages, alors tout le monde l'appelle le « Sucre d'Orge ». Les fines bandes de la côte découpée du Maine s'étirent comme des tentacules tâchant d'attraper les nombreuses îles qui parsèment la mer. Le Sucre d'Orge dessine une sorte d'ongle rayé sur le doigt que forme Rock Point.

Le phare était là bien avant qu'il y ait une vraie ville ici. Il a été mis hors service longtemps avant ma naissance – preuve supplémentaire, selon Cynthia, que Rock Point n'a aucune importance pour le reste du monde.

Elle n'a pas tout à fait raison sur ce point. Les garde-côtes en ont construit un plus neuf, plus moderne sur Eagle Island, au large d'ici, dans les années 1940. On entend jusqu'ici la corne de brume automatique du phare d'Eagle Island et on voit sa lumière rouge clignotante. Pourtant, le Sucre d'Orge attire des touristes à Rock Point. Peut-être est-ce donc la *seule* chose importante de Rock Point pour le reste du monde.

Je me détourne de la fenêtre. Je le verrai bien assez cet été, le Sucre d'Orge. Maman m'oblige à travailler pour la Société de conservation historique, et le phare est leur attraction vedette. « Travailler » signifie que je devrai y aller, pas que je serai payée.

Pouf ! Un des oreillers de Cynthia me frappe au visage. Heureusement, c'est un coussin à franges, pas un coussin décoré de mini-miroirs.

– Hé ! je proteste en jetant le coussin sur le lit. Pourquoi tu fais ça ?

– Arrête de faire cette tête sinistre ! me réprimande-t-elle. On pourrait croire que c'est *toi*, la reine du mélodrame, et pas moi !

Je me passe une main sur le front et je me tiens la poitrine. Je traverse la pièce en titubant pour examiner notre reflet commun d'un air désespéré.

– Je ne sais pas ce qui va m'arriver ! je gémis en prenant un ton dramatique. Je suis enfermée dans une tour, obligée de servir une méchante sorcière.

Cynthia se met à glousser et me fouette avec son bandeau élastique. Je le lui arrache et je me l'enroule autour des poignets.

– Sauve-moi, je la supplie en tombant à genoux et en levant mes mains liées. Je suis prisonnière ! La sorcière m'a enlevée quand je n'étais encore qu'un bébé. Ma ravisseuse s'est enfuie avec moi...

Cynthia me regarde en haussant un de ses sourcils blonds.

– Ta *ravisseuse* ? Tu bosses déjà pour le bac de français ?

– Ma ravisseuse, je répète en haussant un de mes sourcils bruns.

Magnanime, elle me fait signe de continuer.

– Ma *ravisseuse* s'est enfuie avec moi dans un pays où les bâtiments sont faits en sucre d'orge.

La bouche de Cynthia, qui se retient de rire, se tord.

– Elle s'est servie de ses pouvoirs pour t'enfermer dans un dessin animé ?

– Je ne suis pas au pays des merveilles ! je grogne. Je suis dans un pays en *sucre d'orge*.

Elle lève les mains, signe qu'elle capitule.

– Pardon.

Puis elle se remet à examiner sa robe sous toutes les coutures en fronçant les sourcils.

Je m'affale contre une colonne du lit.

– Au début, j'ai adoré tout ce chocolat, ces caramels à l'eau de mer et autres friandises. Mais au bout d'un moment, j'avais tout le temps mal au ventre, mes dents ont pourri et le parfum de menthe poivrée de ma prison m'a donné d'épouvantables maux de tête. Maintenant, j'attends désespérément l'arrivée d'un prince fan de sucreries pour me libérer.

Cynthia renonce à chercher un angle de vue qui rendrait sa robe supportable et se tourne vers moi.

– Tu as fini ? demande-t-elle en tendant la main pour reprendre son bandeau.

– Pour le moment.

Je déroule son bandeau et je le lui rends.

Elle le glisse sur sa tête et dégage ses cheveux de son visage.

– Peut-être qu'un des touristes se portera à ton secours cet été.

– Ouais, c'est ça, je ricane.

– C'est pas impossible, insiste Cynthia.

Elle prend son gloss rose bubble-gum préféré et le braque vers moi.

– C'est même carrément possible, articule-t-elle en soulignant chaque mot avec son gloss.

– Tu rigoles ? Comme qui, par exemple ? dis-je en retombant sur le lit.

Cynthia réfléchit, les yeux plissés. Je la vois presque feuilleter mentalement son dossier « Habitués de l'Été ».

– Quelqu'un de nouveau, conclut-elle.

– Forcément, dis-je. Vu qu'aucun des Habitués n'est envisageable de près ou de loin.

À Rock Point, il n'y a pas les longues plages de sable fin qu'on trouve dans certaines stations balnéaires du Maine, et on est loin des grandes villes où il y a des tas de choses à faire. La plupart des gens qui passent tout l'été ici ont donc des liens avec la région : ils sont là pour voir leur famille ou ils ont grandi dans le coin et gardent un bungalow pour les vacances. En général, ils viennent tous les ans, alors on connaît les enfants de ces familles-là depuis qu'ils sont bébés : on a grandi en même temps.

Les seuls « vrais » touristes qui se promènent chez nous sont souvent en route pour aller ailleurs. Ils font une pause en passant une nuit dans un de nos deux bed and breakfast, qui ont le charme et le romantisme qui leur manquent dans leurs banlieues chic. En tout cas, c'est ce que j'imagine. De temps en temps, on reçoit des groupes qui visitent les phares du Maine. Ils viennent voir le Sucre d'Orge parce que c'est le sujet d'un tableau célèbre qu'on voit sur les cartes postales du Maine. Il y a aussi l'excursion « Artistes et artisans du Maine ». Tous les écoliers de la région sont capables d'énumérer par cœur les peintres célèbres qui ont travaillé ici : Edward Hopper, Winslow Homer, N.C. et Jamie Wyeth, parmi bien d'autres. Alors les touristes viennent voir les galeries d'art et les paysages vraiment spectaculaires qui ont inspiré tant de tableaux, puis ils continuent leur voyage. Quoi qu'il en soit, c'est le Sucre d'Orge qui constitue l'attraction vedette.

Satisfaite de son maquillage, Cynthia enlève le bandeau et recoiffe ses cheveux.

– Ta mère n'est pas une méchante sorcière, tu sais.

– Peut-être pas avec toi, je grommelle. En plus, maintenant, c'est ma patronne. Comme si je ne l'avais pas déjà suffisamment sur le dos. Et maintenant que Justin est parti pour tout l'été...

Cynthia secoue la tête.

– Il faut être fou pour suivre des cours d'été *volontairement* !

– Je sais ! À côté de Monsieur Sans-Faute et de son double cursus, mes notes paraissent encore plus minables. Alors qu'elles étaient un peu meilleures, cette année. Je n'arrive pas à croire qu'il reste à la fac tout l'été, j'ajoute avec un soupir.

Cynthia me jette un coup d'œil compatissant dans le miroir. Maintenant qu'on est trop grands pour essayer de s'entre-tuer, mon frère et moi, on s'adore. La plupart du temps. En tout cas, ma mère l'adore. Ils ne se disputent pratiquement *jamais*. Et pendant que Justin était à la fac cette année, on s'est disputées encore plus que d'habitude, maman et moi.

Mon été ne pourrait pas être pire... Si ? Pas de Cynthia. Pas de Justin. Donc pas de petits pas pour entrer dans l'océan jusqu'à ce que Cynthia m'entraîne brutalement sous l'eau avec elle. Pas de virées nocturnes chez Scoops pour goûter tous les parfums au moins trois fois avant d'élire le Meilleur Nouveau Parfum de Glace à la fête d'Adieu à l'Été. Pas de films d'action avec Justin pour atténuer la frustration d'une troisième journée de pluie d'affilée. Et pas de sorties dans les théâtres du coin pour voir jouer Cynthia.

Non. Cet été, il n'y aura que moi, ma mère et le Sucre d'Orge.

– Ta mère ne peut pas rôder autour du phare, souligne Cynthia. Elle a son boulot à la bibliothèque.

– Elle trouvera un moyen, je grogne.

Cynthia soulève et relâche le jupon du dessus dans une dernière tentative de rendre sa robe seyante, et s'avoue vaincue :

– Bon, j'aurai fait tout ce que je pouvais.

– Tu vas avoir froid, non ? je demande en regardant sa robe bustier avec les sourcils froncés.

Même si la fête du Lupin marque « officiellement » le début de l'été à Rock Point, notre première journée d'été est plus fraîche que la dernière. La plupart des Habitués de l'Été ne sont pas encore arrivés, alors c'est plutôt une grosse fête pour les gens du coin. Voilà pourquoi j'aime bien cette ville ; il y a des tas de choses à faire, mais c'est tout simple. Le calme avant la tempête de la saison estivale.

Cynthia prend un châle en soie lavande et l'enroule autour de ses épaules.

– J'ai ce charmant accessoire pour compléter ma panoplie de grand-mère.

Elle examine son reflet avec une moue.

– Je n'arrive pas à croire qu'on me demande de porter ça au bal des Lupins ce soir. En plus, ce sera la dernière image que tout le monde gardera de moi.

– Tu ne vas pas en mourir.

Elle écarte ma réflexion d'un geste.

– Tu vois ce que je veux dire. C'est comme ça que tout le monde me verra pendant mon absence.

– Avec tous les selfies que tu publies, ça ne risque pas, je la taquine.

Elle me tire la langue et se remet à arranger son châle avant de crier :

– Bon, tu te lèves ou quoi ?

Elle balance mes fringues sur le lit.

– Je dois y être dans moins d'une demi-heure.

– OK, OK.

Je me lève, je prends mon sac, ma brosse à dents et mon dentifrice, et je traverse sa chambre en traînant les pieds pour gagner la salle de bains.

– Mais je compte sur toi pour guetter mon prince.

Je plisse le nez sous le choc olfactif. Le seul inconvénient de la fête du Lupin, c'est qu'on y fait une véritable orgie de crustacés. L'année dernière, je n'ai pas pu commander une seule barquette de frites décente pendant une semaine entière parce qu'elles avaient un goût de palourdes sautées. Ma mère me jure qu'ils ne les font pas frire dans la même huile, mais je ne la crois pas.

C'est dur d'être la seule personne de Rock Point qui a horreur des fruits de mer. Peut-être même la seule personne de tout le Maine. Ce n'est pas seulement bizarre ; c'est pratiquement un sacrilège, parce que la pêche est l'un des éléments majeurs de l'économie du Maine. Le mari de ma prof d'anglais est pêcheur, le fils du chef des scouts est pêcheur, l'entraîneur de l'équipe de base-ball est pêcheur, mon voisin est propriétaire du magasin d'articles de pêche sur le port... Bref, la pêche n'est pas seulement un mode de vie, ici, c'est *le seul* mode de vie.

De la musique retentit à plein volume depuis la petite scène installée sur la jetée, où un groupe qui s'appelle les Homards du Rock joue des reprises correctes de grands classiques. Je me détourne des stands de nourriture qui occupent la jetée et je me poste face à l'océan. Il fait toujours humide, mais la brise salée qui souffle au-dessus de l'eau atténue l'odeur de homard. Il est un peu mordant car il fait encore assez frais, mais j'adore l'écume vivifiante de l'océan. Ça me réveille.

Je fais signe à des gens que je connais du lycée. Ils distribuent des tracts pour les croisières des Voiliers Whistler. Les seuls à en prendre, aujourd'hui, sont ceux qui accueillent des touristes en gîte ; les gens du coin ne font pas ces croisières hors de prix, parce que la plupart d'entre eux ont leur propre bateau ou des amis qui en ont un. Je scrute la foule mais je ne vois personne à qui parler, alors je me dirige vers les stands sans crustacés. Au moins, ils ont eu le bon sens de les séparer, cette année.

Cynthia saura où me trouver. Je serai en train de saliver dans la file d'attente en quête de mon premier beignet de myrtilles de l'été. Miam. Enfin un stand où je peux être sûre qu'il n'y aura ni homards ni palourdes dans l'huile. Rien d'autre que de la pâte à beignets, là-dedans.

J'ai le bonheur d'être débarrassée de maman pendant la fête. Du coup, pas de sermon sur le nombre maximum de beignets aux myrtilles. En ce moment précis, elle se tient au pied de l'escalier en colimaçon qui monte dans la tour du Sucre d'Orge. Je la visualise sans mal : elle porte une robe dans le style des années 1840 que Katharine Gilhooley, la femme du premier gardien du phare, aurait pu porter. Comme James et Katharine ont eu beaucoup d'enfants, la maison du gardien, à côté du phare, est super grande. Il y a une dizaine d'années, la Société d'histoire a fait un appel aux dons pour transformer la maison en café doublé d'une boutique de souvenirs.

Le Café du Phare est fermé pendant la fête du Lupin, mais il a un stand avec les autres sur la jetée. Principalement pour faire sa pub, car son menu est tristement limité. En passant devant, je remarque Céleste Ingram qui vend de la limonade. C'était rusé de l'engager. À voir les garçons qui traînent autour du stand, le café attirera peut-être des clients du coin cet été.

Céleste revient de sa première année de fac. Même Cynthia – qui est pourtant capable d'entamer une conversation avec à peu près n'importe qui – ne lui a jamais adressé la parole. Elle a quelque chose de... Eh bien oui, de *céleste*. Elle est comme intouchable. D'une beauté qui n'est pas de ce monde. Elle a de longs cheveux blond-blanc qui foncent à peine en dehors des mois d'été, de grands yeux bleus, des pommettes larges et un tout petit nez pointu qui lui donne une allure de reine des elfes.

– Salut, Mandy, lance Vicki Jensen quand j'arrive derrière elle dans la queue pour les beignets de myrtilles. Où est Cynthia ?

On a pas mal de cours communs chaque année, Vicki

et moi, mais elle est plus amie avec Cynthia qu'avec moi.

– Elle range sa tiare, je réponds.

Cynthia est partie enfiler une tenue plus décontractée en attendant le bal, maintenant qu'elle a été couronnée et revêtue de son écharpe de Miss et qu'elle a annoncé l'ouverture officielle de la fête du Lupin.

– Comment ça s'est passé ? demande Vicki. Ça ne fait pas longtemps que je suis levée.

– Tu veux dire que tu as fait la grasse matinée ? Comme tous les gens normaux, la première semaine des vacances d'été ? je siffle avec une moue envieuse. Cynthia a insisté pour que je l'accompagne à la cérémonie d'ouverture.

– Ouais, je m'en doutais, répond Vicki avec un sourire. C'est à ça que ça sert, une meilleure amie, non ?

Je lui rends son sourire. Ça peut paraître idiot, mais ça me fait toujours plaisir quand on me qualifie de « meilleure amie » de Cynthia. Lorsqu'on a commencé le lycée, Cynthia a conquis la bande des cool et j'ai eu peur que notre amitié exclusive depuis l'école primaire arrive à son terme. Mais elle m'a montré que je me trompais.

– Salut, Mandy.

Notre voisine, Mme Jackson, est avec ses jumeaux : des petits démons de huit ans. Dès qu'ils sont armés de beignets, je me tiens le plus loin possible de ces deux-là. Les taches de myrtille, c'est impossible à nettoyer.

Le Maine est la capitale mondiale de la myrtille. Par conséquent, les taches de myrtille font partie intégrante de la période estivale à Rock Point – comme les taches de friture, les odeurs de crustacés et la boue. On pourrait me considérer comme une traîtresse à cause de ma hantise des fruits de mer, mais pour ce qui est des myrtoches (mon surnom perso pour les myrtilles), je suis d'une loyauté absolue.

– Bonjour, madame Jackson. Salut, les garçons, dis-je en cherchant par où m'échapper dès que j'aurai acheté mon beignet.

– J'en rêvais depuis des *mois* ! s'écrie une voix familière, dotée d'un accent new-yorkais, devant moi dans la queue.

Joanna Maroni vient à Rock Point avec sa famille depuis la cinquième. L'été, Cynthia et moi, on traîne généralement avec elle et une autre Habituée, Patti Broughton, qui vient de Boston. Cynthia ne sera pas là, mais, au moins, j'aurai encore Joanna et Patti. Même si je sais que ce ne sera pas pareil.

Enfin arrivée en tête de la queue, je tends la main vers mon délicieux beignet fruité quand, soudain, on me l'arrache.

– Hé !

Je me retourne d'un bond, prête à gifler le voleur de beignet. Mais finalement, je me jette au cou du coupable en croassant :

– Justin !

C'est la première fois que je vois mon frère depuis sa

visite en mars, pendant les vacances de printemps. Il a dû arriver hier soir, quand j'étais chez Cynthia pour notre soirée pyjama.

Justin me sourit, des miettes de beignet sur les lèvres et des taches violettes sur le menton. Je recule d'un pas et je lui donne un coup de poing dans le bras.

– C'était à moi ! Tu me dois un beignet !

– Mmh hmm !

Il croque encore une bouchée et lève les yeux vers le ciel.

– Mon premier beignet depuis l'été dernier !

Il se lèche les lèvres.

– Aussi bon que dans mon souvenir.

– C'était censé être mon premier beignet à moi !

– Attention !

Justin m'attrape le bras et me tire hors du chemin d'un môme de huit ans muni d'un beignet. Les jumeaux, ravis, agitent leur friandise dans tous les sens.

– Les garçons ! les réprimande Mme Jackson. C'est fait pour être mangé, pas pour être agité comme un drapeau.

Justin et moi nous écartons de la queue, qui s'étire désormais jusqu'au stand de sandwichs au homard. Je lorgne mon frère en plissant les yeux.

– C'est pas parce que tu as sauvé mon sweat d'une attaque des jumeaux que tu es pardonné. Je veux mon beignet.

Justin avale la dernière bouchée.

– Où est Cynthia ?

Décidément, c'est la première chose que les gens me demandent quand ils me voient sans mon acolyte.

– Elle retire sa robe en attendant le bal. Et toi, n'essaie pas de changer de sujet. Retourne faire la queue. Tout de suite. Il me *faut* un beignet !

Il fronce les sourcils, perplexe.

– Sa robe ?

Puis il hoche la tête.

– Ah, oui. Miss Lupin. J'avais oublié.

Je le regarde avec surprise.

– Tu étais fan de Miss Lupin, avant.

– Inutile de me le rappeler. Je n'arrive pas à croire que je me levais à l'aube juste pour être devant la scène à la cérémonie d'ouverture.

Il secoue la tête en retrouvant ce souvenir de jeunesse.

– Alors maintenant, tu trouves tout ça...

Je désigne d'un geste vague l'ensemble de la fête.

– ... débile ?

– Pas du tout, dit Justin. Mais le coup des Miss... Tu dois bien admettre que c'est un peu ringard.

– Et puis les lycéennes ne t'intéressent plus particulièrement, maintenant que tu es un grand qui va à la fac.

Il sourit.

– Ouais, c'est un peu ça.

Il s'essuie la bouche et jette la serviette dans une poubelle voisine.

– Viens, retournons faire la queue.

– C'est à toi de faire la queue !

Il me prend le bras et m'entraîne. Je me laisse faire. Ça nous donnera l'occasion d'échanger les nouvelles. On salue des voisins, des copains de classe en gagnant le bout de la file d'attente... et c'est là que je le vois.

Je ne sais pas du tout qui ça peut être. Je suis bien certaine de ne jamais l'avoir aperçu avant. Je m'en souviendrais.

Il examine le programme de la fête et se balance de droite à gauche : j'ai l'impression qu'il regrette déjà d'avoir mis ce short de surf à fleurs et ce T-shirt vintage bleu ciel. Je me dis que, d'une minute à l'autre, il va admettre qu'il a froid (pourquoi les garçons ne veulent-ils jamais admettre ça ?) et dénouer le sweat bleu foncé qu'il porte autour de la taille.

Ce que je remarque ensuite, ce sont ses cheveux bruns ébouriffés, avec des mèches assez longues pour lui retomber devant la figure pendant qu'il regarde le programme. Il s'ébroue pour écarter les mèches et remonte ses lunettes de soleil sur le haut de sa tête.

Et soudain, je ne vois plus rien du tout.

À part ces lèvres qui paraissent tellement douces et charnues qu'on dirait des lèvres de fille ; ce front large ; ce menton pointu qui semble désigner la feuille entre ses mains ; et sa peau hâlée qui m'indique qu'il vient d'un endroit bien plus chaud que Rock Point, dans le Maine. Et des yeux pétillants, bleus – à moins qu'ils ne soient verts ? – qui se plongent brusquement dans mes yeux noirs.

Grillée.

Je me détourne vivement, je prends le bras de Justin et je souffle, haletante :

– Viens, espèce de lambin. Le temps qu'on refasse la queue, ils n'auront peut-être plus de beignets.

– Le stand n'est ouvert que depuis une heure, proteste Justin tandis que je l'entraîne à toute allure vers la fin de la file.

Je ne peux pas m'empêcher de risquer un coup d'œil par-dessus mon épaule en direction du mystérieux étranger bronzé, mais il s'est remis à étudier son programme. Il n'y a qu'un touriste pour y accorder une telle attention.

Est-il ici juste pour la journée ? Ou bien – s'il vous plaît, s'il vous plaît, s'il vous plaît – est-ce un nouvel *Habitué* ?

Je repère Cynthia qui se dirige sur la jetée en me cherchant des yeux, flanquée de Joanna et de Patti.

– Voilà Cynthia, dis-je à Justin. Achète-moi mon beignet et viens nous retrouver. On sera sans doute près des stands d'artisanat.

Justin hausse les épaules.

– Tu sais qu'ils sont meilleurs quand ils sortent tout juste de la friteuse.

– Fais ce que je te dis, c'est tout !

Je me faufile entre les queues sinueuses qui s'étirent autour des stands. Cette fois, je réussis à me retenir de tourner la tête pour jeter un nouveau coup d'œil à mon beau surfeur.

En route pour rejoindre Cynthia, je m'arrête net,

paralysée pour une idée *épouvantable*. Il croit sans doute que je sors avec Justin ! Je me frappe le front, littéralement. Quelle imbécile !

Je reste plantée là comme une statue, obligeant les foules affamées à me contourner. Heureusement, le jour de la fête du Lupin, tout le monde est toujours de bonne humeur, alors ça ne semble déranger personne. Le cerveau en ébullition, j'essaie de trouver un moyen de remédier à cette situation en regardant Patti, Joanna et Cynthia s'approcher.

Patti paraît plus mince qu'avant et, pour une fois, elle n'a pas emporté de sachet de chips. Peut-être qu'elle tient sa bonne résolution de « manger sainement ». Le hamburger, les deux hot dogs et le sandwich au homard ajoutés à des montagnes de salade au crabe et aux pommes de terre, pendant notre pique-nique de la fête du Travail, l'été dernier, ont failli l'achever.

La grosse surprise, ce sont les cheveux de Joanna. Une coupe courte et hérissée, d'une couleur qu'on ne trouve pas dans la nature, a remplacé sa longue crinière brune. Ils sont... Il me semble qu'ils sont fuchsia.

Si je n'étais pas déjà tétanisée par une gaffe potentielle devant le beau surfeur, sa teinture m'aurait arrêtée net. Durant toutes les années où les Maroni sont venus à Rock Point, Joanna et ses trois sœurs ont toujours porté une sorte d'uniforme ultra conservateur : robes d'été pastel ou pantalon en toile et polo. Elles avaient souvent la même coiffure : une tresse ou les cheveux tirés en arrière par un fin serre-tête. Ses sœurs s'étaient-elles aussi teint les cheveux, pour rester assorties ? Ça, il me faudrait le voir pour le croire !

– Ne t'inquiète pas, dit Joanna en éloignant son sandwich de mes narines. On restera sous le vent.

– Merci.

Je souris, contente qu'elle n'ait pas oublié mon aversion pour le homard.

Quelquefois, après un an de séparation, on met un moment à retrouver nos marques. C'est chouette de savoir que, moi et mes manies, on ne s'évapore pas comme cette ville de la comédie musicale *Brigadoon*. J'ai regardé le film des milliers de fois avec Cynthia – ça parle d'une ville d'Écosse qui n'apparaît qu'une journée tous les cent ans. Parfois, je me dis que Rock Point doit faire cet effet-là aux *étrangers* – le terme que les gens du Maine emploient pour désigner tous ceux qui ne sont pas du Maine. Pour eux, on n'existe que pendant qu'ils sont là, puis on disparaît dans le fameux brouillard local.

– Tu vas passer un été génial, déclare Patti à Cynthia. Je sais que tu adores jouer dans des spectacles.

Cynthia acquiesce, les yeux brillants. Chaque fois qu'elle parle de son stage de théâtre dans le Vermont, elle a cet air ébahi – comme si cette seule idée lui donnait le tournis.

– Ça va être fabuleux, dit-elle, pliée en deux pour éviter que la mayonnaise qui déborde de son sandwich au homard tombe sur son T-shirt.

– Ouais, tu dois être ravie de te tirer d'ici, commente Joanna.

À cet instant, la poche avant de son jean se met à vibrer. Elle sort son téléphone et lit le message. Elle tape quelque chose en réponse, puis soupire.

– J'ai supplié mes parents de ne pas me traîner ici, mais rien à faire. Ils veulent me torturer.

– Te torturer ? je répète.

Rock Point n'a rien d'un instrument de torture et, depuis que je la connais, Joanna a toujours tellement adoré ses étés ici qu'elle pleurait quand elle devait partir. Peut-être que la teinture fuchsia a atteint son cerveau.

Elle agite son portable.

– Je pense qu'ils ont fait ça pour me séparer de Sam. Il est de retour à Brooklyn avec nos copains, et moi, je suis coincée ici.

– Mais tu passes tous les étés ici, souligne Patti. C'est pas un truc qu'ils viennent d'inventer.

Nouveau bourdonnement, nouveau message. Pendant que Joanna a les yeux fixés sur son téléphone, Cynthia et moi jetons un regard interrogateur à Patti. *Qu'est-ce qu'elle a ?* Patti hausse les épaules.

Justin débarque avec mon beignet aux myrtoches.

– Ne dis pas que je ne fais jamais rien pour toi, Atchoum, lance-t-il en me tendant le beignet.

Il me surnomme Atchoum à cause de mes allergies.

– Tu n'as rien fait pour moi, je rétorque. Tu as juste remboursé ta dette.

Je lui prends le beignet enveloppé dans du papier et je passe timidement la langue dessus pour tester la température. Il faut être prudent avec les beignets. Ils peuvent être traîtres, ils vous attirent avec leur pâte toute simple, d'une chaleur supportable, et puis ils vous aspergent de myrtilles fumantes qui vous ébouillantent le palais. Mais celui-ci est parfait. Encore chaud, mais pas dangereux. Je croque une bouchée, je ferme les yeux et j'inspire à fond – c'est la seule manière de manger un beignet.

– Salut, Justin, dit Patti.

– Salut, répond-il.

Je vois qu'il essaie de se rappeler qui c'est. Peut-être que, pour Justin, les Habitués vivent à Brigadoon, et que c'est *nous*, le monde réel.

– Tu te souviens de Patti ? j'interviens pour leur éviter à tous les deux une situation gênante.

Je peux me montrer aimable, maintenant que j'ai mon beignet aux myrtoches.

– Elle habite la maison verte du côté de la baie, après Second Time Around, mais avant Scoops, j'explique en citant deux de ses magasins préférés de Rock Point.

– Ah oui, fait-il.

Je sais qu'il ne se rappelle toujours pas du tout qui c'est.

Je comprends aussi, en voyant la façon dont Patti tortille ses cheveux et sourit, qu'elle craque pour Justin. Mais elle ne fait pas le moindre bip sur le radar de mon frère.

– À plus tard, Atchoum, lance-t-il. J'ai dit à maman

que je la remplacerais au phare pour qu'elle puisse déjeuner.

– Super, je marmonne. Lèche les bottes de maman pour que je paraisse encore plus ingrate.

– Tu *es* la plus ingrate de ses enfants.

Je lui fais une grimace en plissant le nez, parce que ma bouche est trop occupée avec le beignet pour se fatiguer à répliquer. Patti rigole beaucoup trop fort. Quant à Joanna, elle n'a pas levé le nez une seconde de son portable.

– Tu vas au bal ? demande Patti à Justin.

– Faut bien que je voie Cyn' toute pomponnée dans sa robe de Miss Lupin, non ?

Justin fait un clin d'œil à Cynthia.

– Beurk.

Cynthia frissonne, puis lèche le bout de homard qui est tombé sur son poignet.

– Je n'y survivrai pas.

– C'est précisément pour ça qu'il faut que je la voie.

Justin nous salue d'une courbette.

– Mesdames.

J'avale mon dernier morceau de beignet et je réponds :

– Tu seras charmant avec le déguisement de Mme Gilhooley de maman.

– Ha ha.

Et il s'éloigne en trottinant.

– Dis à maman de te donner le bonnet en dentelle aussi ! je lui lance.

Je roule le sachet dans lequel le beignet était emballé et je m'essuie le visage.

– Il a une copine ? demande Patti, qui se tortille toujours les cheveux.

Il a dû y avoir une pause dans l'échange de SMS, parce que Joanna intervient :

– Laisse tomber, Patti. À quoi bon sortir avec un mec que tu quitteras à la fin de l'été ?

– Je pense que ce serait romantique, déclare Cynthia.

Je lui jette un coup d'œil, et elle ajoute vivement :

– Pas avec Justin. Enfin, il est sympa et tout, mais c'est un peu comme mon grand frère. En mieux, précise-t-elle, puisque je n'ai pas besoin de partager une salle de bains avec lui.

– Ouais. Ça, c'est l'enfer, dis-je.

– Tu penses vraiment que c'est une bonne idée d'avoir un flirt avec quelqu'un qui n'est là que pour l'été ? insiste Joanna.

– Pourquoi pas ? fait Cynthia en observant son sandwich au homard.

Je sais qu'elle se demande si elle peut fourrer tout ce qui reste dans sa bouche d'un seul coup.

– Quelquefois, savoir que quelque chose est temporaire le rend superbement tragique.

Elle se décide, et le sandwich disparaît.

– Tu es vraiment la reine du mélo, commente Joanna.

– Eh bien, je suis prête pour un truc simple et sympa, et une aventure d'été, je pense que c'est exactement ce qu'il me faut, déclare Patti.

– Oublie Justin, lui dis-je. Il n'est là que pour quelques jours. Ensuite, il retourne à l'université du Maine pour le semestre d'été.

– J'imagine qu'une histoire de deux jours, même pour une aventurière comme Patti, c'est trop court, la taquine Joanna.

– Deux jours, ça ne peut pas être une histoire d'*amour*, la sermonne Patti. Et moi, je cherche l'amour.

Pendant qu'elles continuent à débattre des différentes définitions de l'amour, je repense au beau brun que j'ai vu tout à l'heure.

Cynthia interrompt le cours de mes pensées :

– Prête à acheter des tasses à café dépareillées ?

On s'éloigne des stands de nourriture et on se balade dans Water Street en direction de Main Street. Le Square, comme tout le monde l'appelle, est littéralement le centre de Rock Point. Cette place gazonnée se trouve à mi-chemin entre le port et la baie. Et entre la pointe où se dresse le Sucre d'Orge, au sud, et la lisière du bois, au nord. La bibliothèque de maman se trouve côté sud, le collège côté nord. Notre lycée est à quelques rues de la bibliothèque.

Aujourd'hui, le marché aux puces est installé dans le parking du collège. Sur le chemin, on peut donc aller voir la tente réservée aux artistes et aux artisans, sur la place du centre-ville. On passe lentement devant les boutiques, qui ont disposé dehors des tables et des présentoirs couverts d'articles en soldes.

Les gens sont affalés sur les bancs qui bordent le

square. Certains mangent des beignets de palourdes dans des cartons aux rayures rouges et blanches sur la jetée, ou des sandwichs venant de chez Taste To Go, le traiteur de Randolph Street. Les gamins rigolent, tout dégoulinants de glace, ou laissent tomber leur cornet et se mettent à hurler. Il n'y en a pratiquement pas dans la zone des artistes et des artisans, parce que les parents ne veulent pas être obligés d'acheter des écharpes en soie peinte à la main couvertes de traces de doigts pleins de glace, ou des modèles réduits de voiliers historiques avec un mât cassé.

Cynthia et moi, on passe vite devant les murs grillagés où sont accrochés des tableaux encadrés. Le Sucre d'Orge est l'un des sujets de prédilection, mais aucun de ces tableaux n'est aussi évocateur ou émouvant que celui de la carte postale. Peut-être parce que tous les Sucre d'Orge peints par des artistes amateurs sont représentés par une journée ensoleillée, alors que la peinture de la carte postale montre le phare dans la pénombre. Pour moi, c'est une image plus exacte. À Rock Point, les journées ensoleillées sont loin d'être aussi courantes que les journées pluvieuses, brumeuses ou nuageuses. Son auteur anonyme connaissait bien Rock Point ; il devait être du coin.

– Vous pensez que Brad Ainsley a inventé quoi, cette année ? demande Cynthia.

On passe devant des tables chargées de vases et de gobelets en verre soufflés à la main.

– Un truc bizarre, certainement.

Brad Ainsley vit près de la frontière canadienne et fait tous les festivals d'artisanat du Maine. Chaque année, il présente des sculptures sur un thème qui n'est évident que pour lui.

– Les bateaux, suppose Cynthia, tandis qu'on examine les dernières créations de Brad Ainsley.

– Tu crois ? je réponds, pince-sans-rire.

Ses sculptures semblent se diviser en deux catégories : celles dont les morceaux collés ensemble forment une silhouette de bateau, et celles qui sont vraiment faites avec du matériel de pêche ou de navigation.

Je me penche, prête à presser un bouton placé sur l'épaule d'une figure de proue en me demandant quel truc insensé ça va déclencher, quand je laisse échapper un hoquet étranglé avant de saisir le bras de Cynthia.

– Quoi ? Quelque chose t'a mordue ?

– Non, je couine.

Je me mets devant elle pour tourner le dos au beau surfeur. Je m'efforce de parler tout bas, calmement.

– Ne regarde pas, mais il y a un garçon là-bas, près de la sculpture avec un mât bleu, un mât cassé qui dépasse de la coque renversée.

Le regard de Cynthia se détache du mien et dérive vers un point derrière mon épaule. Je comprends qu'elle l'a vu quand sa mâchoire se déboîte.

– Il est nouveau.

J'acquiesce.

– Je l'ai vu tout à l'heure, quand je faisais la queue pour les beignets.

Son regard revient vers moi, et elle me prend les mains.

– On a besoin d'un plan.

J'écarquille les yeux et mon corps se glace, puis s'échauffe, puis se glace à nouveau. C'est un curieux mélange de peur, d'excitation et d'impatience.

Cynthia hausse les sourcils. Mais ma cervelle habituellement hyperactive est en grève. C'est le vide total.

Voilà tout ce que je trouve à répondre :

– Euh...

Cynthia me secoue doucement.

– C'est pas le moment d'avoir le trac ! Sautons sur l'occasion !

– Et s'il vient d'un peu plus haut sur la côte et n'est là que pour la fête ? dis-je faiblement, gagnée par une vive déception en songeant que c'est le scénario le plus probable.

Cynthia sourit.

– Dans ce cas, on a quand même une super journée devant nous pour le draguer !

Elle lâche ma main et me donne un coup de hanche.

– Un peu d'entraînement ne nous ferait pas de mal.

Son coup de hanche débloque une idée.

– J'ai trouvé ! Suis-moi.

On se fraie un chemin parmi les sculptures les plus monstrueuses de Brad Ainsley, tandis que notre cible s'approche de la dernière de la rangée. J'espérais qu'on pourrait se poster en face de lui, mais il se tient pile à l'endroit où la tente est accrochée au sol. On va devoir se contenter de passer près de lui. Ce qu'on fait.

Le Beau Surfeur ne lève même pas la tête. Il est totalement absorbé par une œuvre que je ne pourrais que qualifier de « bateauiste ». Des dizaines de petites maquettes de bateaux – des dériveurs, des canoës, des goélettes – virevoltent sur un rouleau de grillage.

Mon plan, c'était de dire des trucs hyper intéressants pour qu'il soit obligé de nous jeter un coup d'œil. Mais à présent, je suis incapable d'ouvrir la bouche. Blocage total.

Mon regard dérive vers le Beau Surfeur. À genoux, il scrute l'intérieur de l'œuvre bateauiste. Je me demande si c'est comme ça que Brad Ainsley veut qu'on observe son travail.

Cynthia n'arrête pas de me l'indiquer avec de petits signes de tête et d'ouvrir tout grands ses yeux déjà immenses par étranges à-coups rythmés, comme si elle clignait des paupières à l'envers.

Je lui prends les mains.

– Demande-moi quelque chose, je chuchote d'une voix rauque. Un truc intéressant. Ça l'obligera à nous regarder.

Elle arrête de cligner des paupières, penche la tête comme elle le fait quand elle réfléchit, puis acquiesce avec force. Elle s'éclaircit la gorge et lance tout haut :

– Je trouve ça formidable que tu aides la Société de conservation d'histoire, qui est tout de même super importante, à protéger un de ses monuments les plus prestigieux.

Je m'apprête à la fusiller du regard avec l'air de dire « Tu te fiches de moi ? », quand je me dis que, s'il vient d'ailleurs, il trouvera peut-être notre petit phare intéressant. Alors je transforme vite mon regard qui tue en air approbateur qui semble dire « Bien joué ».

– Eh oui, le Sucre d'Or... Je veux dire, le phare de Rock Point est vraiment un super...

Je m'interromps quand notre cible se lève, époussette ses genoux couverts de gravillons et s'éloigne d'un pas tranquille.

Cynthia et moi, on contemple son dos avec stupeur.

– Non mais j'y crois pas ! tempête Cynthia. Il fait comme si on n'était pas là !

Je fronce les sourcils.

– Tu sais quoi, je crois qu'il ne se rendait pas du tout compte qu'il y avait des êtres humains autour de lui. Il était tellement fasciné par cette sculpture...

Je l'examine à nouveau. Maintenant que je la vois de près, je m'aperçois que les bateaux ne sont pas vides. Il y a de minuscules figurines dedans. C'est assez génial et assez flippant en même temps.

Cynthia hausse les épaules.

– C'est sans doute juste un de ces Snobs de l'Été.

Les Snobs de l'Été, c'est un sous-groupe des Habitués qui viennent ici chaque année, mais ils ne veulent aucun contact avec les gens du coin. Ils organisent des soirées entre eux, visitent les galeries d'art, les magasins d'antiquités et le marché hebdomadaire, mais ne se montreraient pour rien au monde chez Louie's Lobster en train de manger un homard avec les mains – alors que chacun sait que c'est la meilleure façon de procéder. Quand on aime le homard, évidemment.

Je regarde le Beau Surfeur s'approcher d'une table d'antiquités. Une fois de plus, il est fasciné. Il entame une conversation avec la dame du stand. Je lui jette un dernier coup d'œil pendant qu'on quitte la tente, Cynthia et moi, pour aller voir le marché aux puces derrière le collège. On lui a donné une chance de nous parler et il n'a pas sauté dessus. Cynthia dit toujours que lorsqu'un mec ne pige pas une petite allusion, ce n'est pas la peine d'insister.

Je chasse ma déception et je me concentre sur le marché aux puces. J'adore ça. Non seulement les articles proposés sont dans mes prix, mais en plus, c'est marrant de farfouiller dans les affaires des autres. On a l'impression de s'introduire chez eux et d'espionner leur façon de vivre.

Je sais que c'est idiot mais, d'un certain côté, je suis désolée pour ces babioles et j'espère toujours qu'elles trouveront de nouveaux propriétaires qui sauront les apprécier. De temps en temps, j'achète des trucs parce que je me dis que personne ne le fera. Maman se contente de soupirer quand je lui montre mon dernier « achat de compassion », puis de dire : « Bon, au moins, c'est le seul genre de pauvres petits vagabonds que tu ramènes à la maison. » Chez ma mère, les animaux domestiques sont strictement interdits.

– Snob en vue à bâbord, murmure Cynthia.

Je lève le nez d'une tasse ébréchée en forme de cochon qui va rejoindre ma collection de tasses délirantes. À deux tables de moi, le Beau Surfeur étudie attentivement un tas de casiers à homards. Puis il s'arrête devant un stand de tableaux de nœuds et d'appâts faits main.

– Tu sais quoi, je ne pense pas que ce soit un Snob de l'Été, dis-je à Cynthia.

Et je formule ma théorie :

– Je pense que c'est un extraterrestre qui vient d'une planète où personne ne pêche.

– Si les extraterrestres ont tous la même allure que lui, tu devrais partir vivre dans l'espace, me taquine Cynthia. Ça te permettrait d'échapper à tous ces fruits de mer et d'être entourée de canons.

– Il ne vient clairement pas du Maine, en tout cas. Ça, c'est sûr.

Ce n'est pas seulement le bronzage et les sandales. Sa curiosité pour tout ce qui se vend au marché aux puces m'indique que ce sont des choses qu'il n'avait encore jamais vues de près. Alors qu'ici, ce sont des choses parfaitement banales.

Ensuite, l'impensable se produit.

Des yeux bleus – oui, ils sont vraiment bleus, pas verts – plongent soudain dans les miens.

Et je ne peux rien faire d'autre que soutenir son regard.

Je suis aussi hypnotisée par ces yeux qu'il l'était il y a quelques instants par un bateau miniature logé dans une bouteille. Bizarrement, je ne fais rien de ce que j'aurais pensé faire face au regard insistant d'un beau mec. Je ne rougis pas, je ne glousse pas, je ne tombe pas dans les pommes ; je ne fais rien.

Même pas bouger.

Mais le plus bizarre, c'est qu'il ne fait rien non plus.

Je ne sais pas combien de temps on reste plantés là comme ça, figés tous les deux. J'ai l'impression que ça dure une éternité, jusqu'au moment où je m'aperçois que Cynthia vient seulement de payer son chapeau de soleil à larges bords. Pendant qu'elle sortait son portefeuille, comptait les billets et les tendait à la prof de maths de troisième, Suzanna Hughes, qui tient le stand, quelque chose a changé en moi. Ou, plus exactement, n'a *pas* changé. J'avais l'impression d'être prise dans un filet, incapable de bouger, d'ailleurs je n'avais pas envie d'essayer.

Peut-être trente secondes maximum.

Et puis c'est fini. Cynthia me dit je ne sais quoi, quelque chose détourne l'attention du Beau Surfeur, et nos regards se détachent. La vie reprend son cours, et on repart chacun dans son monde.

– Ça va ? me demande Cynthia en soulevant un des bords de son chapeau pour me voir.

– Il m'a regardée, je chuchote.

Cynthia tourne vivement la tête et repère le Beau Surfeur plus loin dans la rangée de stands. À présent, il est plongé dans un vieux manuel de navigation.

– Et quand je dis qu'il m'a *regardée*, je continue, je veux dire qu'il a absorbé chaque détail, comme s'il arrivait à...

Je suis sur le point d'ajouter « lire dans mon âme » mais, par chance, je me rends compte avant de le laisser échapper que ça paraîtrait ridicule.

– Comme s'il arrivait à quoi ? demande Cynthia.

– Comme s'il avait des rayons X dans les yeux et qu'il vérifiait que mon cerveau est toujours dans mon crâne.

Cynthia rigole.

– Et alors ? Il y est toujours ?

– Pas vraiment, j'avoue.

Cynthia penche la tête en arrière pour pouvoir me dévisager sous son grand chapeau.

– Waouh. Il t'a fait de l'effet, ce garçon, hein ?

– Oui.

– Et tu es en train de me dire qu'il t'a carrément regardée dans les yeux.

– Et qu'il a soutenu mon regard. À moins qu'il ait une vue de superhéros et qu'il ait tenté de voir le prix de la planche à repasser à vendre derrière moi.

– C'est vrai qu'un petit coup de fer ne ferait pas de mal à son T-shirt, plaisante Cynthia en me donnant un coup d'épaule. Bon... Alors va le chercher.

– Je... Je...

Mes épaules s'affaissent, et je regarde mes pieds. Les lacets d'une de mes tennis sont défaits, et j'ai une grosse tache de myrtille sur l'autre. En plus de la traînée violette sur mon T-shirt. Et moi qui pensais que ce beignet manquait un peu de garniture. Maintenant, je vois où elle était passée.

– Rien ne me dit qu'il me regardait parce que je l'intéresse. Peut-être qu'il regardait mes taches de myrtille. Ou qu'il me trouvait bizarre d'acheter une tasse en forme de cochon.

– Attends.

Cynthia me prend le bras.

Son soudain changement de ton me fait relever la tête. Elle regarde ouvertement dans la direction du Beau Surfeur et elle semble vraiment stupéfaite. J'y jette un coup d'œil et ma mâchoire se déboîte.

– Mais pourquoi il parle au vieux Framingham le Frappadingue ? je hoquette. Et Framingham le Frappadingue lui répond !

– C'est déjà incroyable que Framingham le Frappadingue soit là, commente Cynthia. Je crois que ma cervelle va exploser. C'est trop bizarre de le voir avec Monsieur Canon-de-chez-Canon.

Aussi loin que remontent mes souvenirs, Framingham le Frappadingue a toujours habité à Rock Point. C'est le genre de type dont on évite la maison, ce qui n'est pas difficile car elle est au fond du bois. Le chemin qui y mène depuis la route est juste une bande de terre étroite, sans panneau indicateur. Mais à Rock Point, tout le monde sait exactement où elle est. Chaque année, le soir de Halloween, des mômes se lancent le défi d'aller frapper à sa porte.

On le croise rarement. En général, il est dans son vieux pick-up bleu cabossé. Mais il ne fait jamais signe aux piétons ni aux autres conducteurs quand il s'arrête à l'un de nos rares feux, contrairement aux autres. Il garde les mains fixées sur le volant. On a du mal à distinguer son visage derrière le pare-brise fissuré, mais on suppose tous que son expression montre à quel point il déteste tout et tout le monde. Quand quelqu'un le voit chez Main Street Goods en train de faire des courses et lui dit bonjour, il se contente de grogner. Ou de marmonner entre ses dents et de sortir en trombe.

Et maintenant, voilà qu'il se tient à deux stands de nous, et que le Beau Surfeur lui montre le manuel de navigation. Le Beau Surfeur ne semble pas avoir peur de parler à notre grincheux local. Le Frappadingue paraît presque présentable, pour une fois. En temps normal, il porte des salopettes miteuses, couvertes de taches de peinture, avec des chemises en flanelle lavées si souvent qu'elles ne doivent pas être plus chaudes que des mouchoirs. Il a une longue tignasse de cheveux gris et la peau burinée de beaucoup d'anciens du Maine, le résultat d'une vie passée dehors, fouetté par les bourrasques, le soleil qui tape et le froid.

Aujourd'hui, il porte encore une salopette, mais elle est plus propre que d'habitude et sa chemise paraît presque neuve. Il s'est brossé les cheveux et s'est fait un catogan. Il semble presque... normal.

– C'est vraiment flippant, je murmure.

– Tu m'étonnes, renchérit Cynthia, tout aussi éberluée.

On les regarde comme on regarderait un polar à la télé, et on cherche des indices pour expliquer comment ces deux personnes ont pu se retrouver en train de discuter.

– Tu penses que le vieux Frappadingue a, je ne sais pas, fait une thérapie ou je ne sais quoi ? suggère Cynthia.

– Difficile à imaginer, mais il s'est passé quelque chose, dis-je.

– Peut-être qu'il a décidé de lancer une conversation avec la seule personne qui ne le connaisse pas, ici.

– Possible, je réponds d'un ton dubitatif. Mais ils ont l'air de se connaître, non ?

Le Frappadingue a toujours son air renfrogné. Il est planté là, les sourcils froncés, et frotte son menton mal rasé pendant que le Beau Surfeur lui montre des choses dans le livre. Ensuite, le Frappadingue fait un truc carrément ahurissant. Il sort une liasse de billets de sa poche arrière et paye le livre. M. Colley, le type qui vend des livres d'occasion chez Second Time Around, dans Berry Street, paraît aussi choqué que Cynthia et moi. Il met une minute à comprendre que c'est vraiment vrai, puis accepte le dollar que lui tend Framingham. Le Frappadingue s'éloigne de la table à grandes enjambées, et le Beau Surfeur trottine pour le rejoindre.

Cynthia et moi, on se regarde avec le même air hébété.

– Comment c'est possible qu'ils se connaissent ? je demande.

– Et pourquoi quelqu'un passerait-il volontairement du temps avec Framingham le Frappadingue ? s'étonne encore Cynthia. Ce garçon, ce délice sur pattes vient de le suivre. Exprès.

On tourne la tête simultanément pour jeter un dernier coup d'œil à ce spectacle étrange.

Je ne sais pas si c'est parce qu'il a senti qu'on les fixait d'un air totalement incrédule mais, pile à cet instant, le Beau Surfeur se retourne.

Et une fois de plus, je reste hypnotisée.

Parce que, cette fois, il ne se contente pas de me regarder. Il sourit. Et hausse le menton dans un infime geste de salutation.

Mais ça suffit pour que je me cogne contre Cynthia. Alors que je n'ai pas bougé. Je suppose que je me suis mise à pencher. Si elle n'avait pas été là, à côté de moi, je serais peut-être tombée.

Cynthia glisse un bras autour de mes épaules et approche son visage du mien.

– Il semblerait que tu lui aies fait de l'effet, à lui aussi.

L'immense sourire que je sens s'étirer sur mon visage me rappelle à quel point je ne suis pas cool. Je suis incapable de minauder ou de le snober ni rien de ce que font les filles avec les garçons qui leur plaisent. C'est comme s'il y avait un panneau lumineux qui clignotait sur mon front : *Tu me plais !*

Il se détourne et court rattraper Framingham le Frappadingue. Preuve qu'il est bien avec ce vieux cinglé. S'il voulait s'échapper, il aurait pu, puisque le Frappadingue n'a pas ralenti un seul instant et qu'il est déjà sorti du parking.

– J'ai besoin d'un beignet aux myrtoches, je marmonne. Pour reprendre des forces.

– Tu veux vraiment refaire la queue? demande Cynthia. Avec tous ces gens qui écoutent? On a besoin de faire des plans!

Heureusement, la table habituelle du collège, jonchée de boissons et de gâteaux, est à nouveau installée à la sortie. L'argent de cette vente est reversé au collège, alors je me sens vertueuse d'acheter un muffin aux myrtilles, un cookie de farine d'avoine aux myrtilles et une grande limonade. Une fois qu'on a nos achats, on quitte la tente et on traverse le Square. Je m'assieds en tailleur sur une table de pique-nique et Cynthia s'allonge sur le banc, avec son grand chapeau qui protège son visage du soleil. Elle dit quelque chose, mais le son est trop étouffé pour que je comprenne.

Je soulève son chapeau.

– Quoi?

Elle se redresse et pivote pour me faire face.

– J'ai dit : je ne comprends pas.

– Je sais bien!

Je me mordille la lèvre inférieure.

– Tu sais ce que je pense? reprend Cynthia avec malice. Je pense qu'il a été ensorcelé, exactement comme toi tu l'as été, enfermée dans une tour de sucre pour servir une sorcière. Et que son sortilège ne pourra être levé que par le baiser d'une innocente habitante du coin.

Je baisse le menton pour qu'elle ne voie pas mon cou s'empourprer. Je tripote mes lacets et ma bouche tressaute tandis que j'essaie de me retenir de sourire. Un baiser. Une douce et tendre caresse de ses lèvres sur les miennes.

Je n'ai pas beaucoup d'expérience en matière de baiser. L'année dernière, pour le Nouvel An, Kenny Martin m'en a soudain collé un au milieu d'une soirée. J'ai hurlé – ce qui n'est pas exactement la réaction qu'il espérait – et, en reculant, chancelante de surprise, je me suis cognée contre Cara Michaels et Evan Lawrence. Ils n'étaient pas super contents que j'interrompe leur roulage de pelles au milieu de la piste de danse. Et puis il y a eu quelques baisers timides pour se dire au revoir quand Johnny Carmichael m'a raccompagnée chez moi après une sortie cinéma en bande. Tellement timides qu'il a arrêté d'essayer, pour mon plus grand soulagement.

Mais maintenant... Je renverse la tête en arrière et je regarde les nuages dériver. Leurs contours moelleux me rappellent à quel point ses lèvres avaient l'air douces. Je suis bien certaine que ça n'aurait rien à voir avec mes expériences précédentes, d'embrasser le Beau Surfeur.

Naturellement, pour l'embrasser, il faudrait déjà que je le revoie. Et que je lui parle. Comment faire ça quand

Cynthia sera partie ? Je n'en aurai jamais le courage. Si nos chemins se croisent à nouveau.

– Peut-être qu'il sera au bal des Lupins, avance Cynthia.

Mon visage s'illumine à cette idée. Les gens qui viennent pour la journée assistent souvent au bal. Et le mieux, c'est que Cynthia sera encore là pour m'aider à me préparer, m'entraîner et me soutenir moralement. Embrasser un garçon venu pour une journée me paraît incroyablement romantique. Une nuit magique et rien qu'un délicieux souvenir.

En supposant qu'il n'amènera pas Framingham le Frappadingue avec lui.

Je suis assise au bord de la jetée, morose, les jambes ballantes au-dessus de l'eau qui clapote doucement. Le reflet de la lune frissonne chaque fois que les vaguelettes paisibles montent et redescendent, et les petites lumières blanches scintillantes enroulées autour de tous les poteaux et piquets étincellent dans le miroir de la mer. On dirait des lucioles qui apprennent à nager. La musique du DJ fait vibrer les haut-parleurs et, bien que je leur tourne le dos, j'imagine sans mal mes voisins, mes amis et les inconnus de passage se trémousser.

Sur l'autre jetée, les stands de nourriture sont désormais éclairés par des lampes tellement vives qu'on dirait un décor de cinéma. À côté de moi, deux gamines échangent leurs impressions au sujet d'un ennemi commun, un garçon qui a passé la majeure partie de l'année scolaire à leur ficher la honte. J'ai envie de les interrompre et de leur expliquer que ça signifie qu'elles lui plaisent, mais ensuite, je me dis de me taire. Qu'est-ce que j'y connais, aux garçons ?

J'entends un bruissement derrière moi et je lève le nez : c'est Cynthia. Elle a remis sa robe de Miss Lupin, comme l'exigent les cérémonies du coucher de soleil, et maintenant, sa tiare est de guingois et son écharpe est tordue.

– Poussez-vous, ordonne-t-elle aux deux filles.

Elles obtempèrent sans protester. Après tout, c'est Miss Lupin.

– Ta robe... ? dis-je tandis qu'elle s'affale à côté de moi.

Le large jupon bouffant qui remonte autour d'elle lui donne l'air de sortir d'un nuage bleu lavande.

– Ils en font une nouvelle chaque année, me rappelle-t-elle. C'est l'un des avantages d'être Miss Lupin.

Elle soulève, puis laisse retomber une poignée de soie.

– J'ai la chance de pouvoir garder cette monstruosité.

– Tout le monde a eu son ruban bleu ? je lui demande.

L'une des missions de Miss Lupin est de distribuer les prix des divers concours juste avant le bal.

Cynthia hoche la tête.

– Lorraine Bartley a gagné avec sa peinture de casiers à homards.

J'inspire vivement, faisant mine d'être horrifiée.

– Tu veux dire que le Sucre d'Orge n'a pas gagné de prix ?

Le phare est toujours un des thèmes de prédilection.

– Je sais. Un scandale.

Je remue les orteils, tâchant de soulager mes pieds endoloris – et de les réchauffer. Il est encore un peu trop tôt pour se balader en sandales le soir et, en général, je ne porte pas des talons aussi hauts.

Nos préparatifs n'ont servi à rien. Les talons hauts et ma robe d'été préférée, la rouge, avec un col festonné et une coupe donnent un peu plus de courbes à ma silhouette androgyne. Cynthia m'a prêté son petit blouson en similicuir qui arrive pile au bon endroit de ma taille. Elle m'a aidée à me maquiller et on a même répété des entrées en matière. Vous savez, pour briser la glace et commencer une conversation. Tout ça pour rien, parce que le mystérieux inconnu reste un mystère. Il ne s'est pas montré.

– Je ne comprends pas, dis-je. Pourquoi il n'est pas venu ?

Cynthia lance un caillou dans l'eau. *Plouf.*

– Je suppose qu'il était juste là pour la journée, finalement.

– Dans ce cas, pourquoi il aurait été avec Framingham le Frappadingue ?

– Bonne question.

Je me tourne vers elle.

– Il voulait m'éviter.

Cynthia fait sa grimace qui signifie « Tu es ridicule ». Je la connais bien.

– Et pourquoi il voudrait t'éviter ? Il ne te connaît même pas. Et ce sourire indiquait clairement qu'il a vraiment *envie* de faire ta connaissance.

Je cogne doucement mes pieds l'un contre l'autre, tâchant toujours de les réchauffer.

– Peut-être que c'est *vraiment* un extraterrestre, dis-je, songeuse. Et que les extraterrestres font des expériences sur le Frappadingue depuis des années.

– Ça expliquerait pourquoi le Frappadingue est aussi frappé, commente Cynthia.

– Et maintenant, l'extraterrestre envoyé ici dans un déguisement de surfeur les a rembarqués tous les deux à bord du vaisseau mère, d'un coup de rayon laser. Il n'y a qu'un extraterrestre pour s'habiller comme ça au mois de juin dans le Maine.

Cynthia acquiesce.

– Quelqu'un les a mal renseignés sur le meilleur moyen d'infiltrer le monde des humains.

– Ou alors, je continue, déroulant mon scénario pour oublier le froid, mes pieds endoloris et ma déception, peut-être que Framingham le Frappadingue s'est servi de ses terribles pouvoirs pour transformer le Beau Surfeur en homard.

Pour Halloween, on se raconte souvent que le vieux Frappadingue est un sorcier maléfique.

– Ensuite, il l'a découpé en morceaux et l'a servi dans un sandwich.

Cynthia me donne une tape sur le bras.

– C'est répugnant !

Je glousse.

– Avoue : c'est tellement nul que c'est bon !

– Je préfère la théorie de l'extraterrestre, déclare Cynthia. Range-la dans les archives.

« Les archives » ne sont pas vraiment des archives, ni même un véritable endroit. C'est juste ce que dit Cynthia chaque fois que j'invente une bonne histoire.

Elle bâille.

– Je suis tellement crevée... C'est tuant, d'être une Miss. Comment font les vraies princesses ?

– Elles ont des domestiques et tout ça.

– Ah, ouais. J'oubliais.

– Et, j'ajoute en m'étirant et en me levant avant de tendre la main à Cynthia pour l'aider à se lever aussi, elles n'ont pas à craindre de se retrouver au milieu d'une bagarre pendant un concours de tartes.

Cynthia se lève maladroitement. Elle manque tomber à l'eau quand elle se prend le pied dans l'ourlet de sa robe. Je la redresse, et on s'éloigne prudemment du bord.

– Tu m'étonnes. M. Carruthers et Mme Lynch se sont regardés tellement méchamment que j'ai cru que leurs yeux allaient sortir de leurs orbites.

La rivalité entre M. Carruthers et Mme Lynch à propos de leurs tartes aux myrtilles est légendaire.

– C'est clairement un avantage des princesses, reprend Cynthia quand on passe à côté des derniers danseurs. On peut goûter les gâteaux en compétition.

Malgré moi, je cherche toujours du regard le mystérieux inconnu. Quand on arrive au bout de la jetée, je me résigne à l'idée que j'ai torturé mes orteils sans raison valable. Une vague de tristesse m'envahit.

« Ressaisis-toi », je m'ordonne. C'est ridicule, cette terrible déception pour un garçon que je n'ai jamais vu avant et que je ne reverrai sans doute jamais.

Le présentoir à cartes postales ? Rempli. Les brochures pour les adhérents potentiels à la Société d'histoire ? Bien disposées à côté de la caisse. Les photocopies de la carte des *Phares du Maine* empilées sur la table près de l'entrée ? C'est fait ! L'énorme tirelire en forme de phare avec l'écriteau soigneusement calligraphié disant *DONATIONS BIENVENUES !* a-t-il été placé à un endroit stratégique ? Ouaip. Je suis à mon poste, dans le phare, depuis dix bonnes minutes et je m'ennuie déjà. Comment vais-je faire pour tenir six heures ? Comment vais-je faire pour tenir deux mois et demi ?

Cynthia est partie à son stage hier matin, tout excitée, et moi, tout ce qui m'attend, c'est deux mois et demi de captivité dans le Sucre d'Orge. « Elle rentre en août », me suis-je rappelé à mon arrivée, en ouvrant la lourde porte en bois collée par des années d'humidité.

Je parcours mon territoire des yeux. Dans l'entrée obscure, il y a un banc en bois, un porte-parapluies et des patères au mur. Les visiteurs accrochent rarement leur manteau, mais les patères servent à suspendre les foulards égarés, les chapeaux et les gants qu'ils oublient parfois en partant.

L'accueil est dans le vestibule qui relie la maison du gardien au phare. À l'origine, le gardien devait sortir de chez lui sous des pluies glaciales et des vents de tempête pour s'occuper du phare, faire sonner la corne de brume et veiller à ce que les lanternes restent allumées. Et puis, dans les années 1870, après suffisamment de plaintes, on a construit l'extension pour qu'il puisse faire son boulot en étant protégé des intempéries. Vu la distance entre la tour et la maison, la pièce est assez grande. Il y a même un étage où on logeait autrefois les marins recueillis ; on y accède par un escalier étroit et branlant qui part de l'alcôve derrière mon bureau. Aujourd'hui, il sert de salle d'exposition.

Le vestibule est occupé par de grandes vitrines, le bureau de la réception (qui est juste une vieille table) et les souvenirs que je suis censée vendre. D'un côté, il y a la porte qui mène à l'ancienne maison du gardien, transformée en café et boutique de souvenirs, ainsi qu'une autre salle d'exposition à l'étage – mais elle est fermée cet été. De l'autre côté, il y a l'entrée du phare. Les gens peuvent monter les trois étages de l'escalier de pierre en colimaçon pour aller jusqu'en haut. La lanterne a été enlevée quand le Sucre d'Orge a été mis hors service, alors il y a de la place pour trois personnes, là-haut. Les gens adorent y prendre des photos. La vue sur le port, la baie et, les jours de beau temps, sur l'océan est fabuleuse.

Je me divertis brièvement en survolant les blagues pitoyables d'*Humour et sagesse du Sud-Est*, un livre de poche très mince, puis je range les T-shirts souvenir. Ça ne me prend pas plus d'une minute, puisqu'on n'en vend que trois sortes : un avec un homard dessus, un avec un phare (mais pas le Sucre d'Orge) et un avec le mot « Maine » sur le devant. Dans le dos, ça dit « Le pays des vacances », une expression qu'on trouve sur pas mal de plaques d'immatriculation du Maine. La *vraie* boutique de souvenirs est dans le café. Maman a eu l'idée de vendre quelques trucs à l'accueil au cas où les visiteurs ne prendraient pas la peine d'aller dans le café. Comme ça ne me prend qu'une minute de changer l'ordre des T-shirts, je le change à nouveau.

En désespoir de cause, je commence à lire les légendes des photos affichées sur un des murs.

– Hmm, je grogne.

Je ne savais pas que le deuxième gardien du Sucre d'Orge était le fils du premier.

J'entends la porte s'ouvrir derrière moi. *Incroyable !* Maman vient déjà me surveiller ! Je savais bien qu'elle ne serait pas capable de résister à la tentation de « passer me voir » sous un prétexte quelconque.

– Je m'en sors très bien, je lance en me retournant d'un bond.

Sauf que rien ne va plus.

– Ouh là, fait le Beau Surfeur, l'air étonné. Personne ne prétend le contraire.

Je rougis de mes orteils multicolores (un vestige de ma soirée pyjama chez Cynthia) à la racine de mes cheveux. Si c'était possible, je pense que ma natte brun foncé deviendrait cramoisie de honte.

– Je... Je suis vraiment désolée, je crachote en levant

la main malgré moi pour regonfler ma frange. Je... Je t'ai pris pour quelqu'un d'autre.

– OOOOK, dit le Beau Surfeur.

Maintenant, il a l'air perplexe. Il me fixe comme s'il essayait de se souvenir d'où il me connaît. Ou alors il se demande s'il ferait mieux de tourner lentement les talons et de partir en courant.

Ou peut-être que j'ai quelque chose sur la figure. Ma main bouge à nouveau de son propre chef – vers ma bouche, cette fois, pour l'essuyer discrètement. J'y jette un coup d'œil furtif. Pas de miettes, pas de taches. Je me passe vite la langue sur les dents (je n'y sens rien de collant) et sur les lèvres. Sûre de ne pas afficher de myrtoches, je lui fais un sourire. Un grand sourire. Je dois rattraper mon impolitesse. J'espère qu'il ne va pas me prendre pour une psychopathe.

Puis ça me revient : il a été vu en compagnie de Framingham le Frappadingue. À côté de ce rustre, on peut considérer que je l'ai accueilli chaleureusement.

Mon sourire a dû lui rappeler quelque chose, parce qu'il me le rend au lieu de s'échapper en vitesse.

– Tu étais à la fête du Lupin, hier.

Oh là là, oh là là, oh là là. Il m'a *vraiment* remarquée. Ce n'était pas juste mon imagination. Je tripote les étiquettes qui pendent des T-shirts sur l'étagère à côté de moi. Les cintres en plastique émettent de petits cliquetis en se cognant doucement les uns contre les autres.

– Ouais. Toi aussi ?

Intérieurement, je fais la grimace. Pourquoi je prétends que je ne suis pas hypnotisée par ces yeux parfaitement bleus ? Je ne suis pas obligée d'avouer ma fascination, mais je pourrais au moins admettre que je l'ai vu aussi !

S'il est vexé par ma réponse hyper désinvolte, il n'en montre rien. Il hoche la tête et sourit.

– C'est idéal pour découvrir Rock Point.

Mon cœur accélère. C'est l'ouverture rêvée pour aller à la pêche aux informations. Pourquoi, mais pourquoi Cynthia n'est-elle pas ici avec moi ?

– Tu es en visite ?

Je ne suis pas capable de faire des phrases un peu plus longues ?

– Je suis arrivé il y a quelques jours, dit-il en s'avançant enfin dans le vestibule.

Il s'adosse négligemment contre une des longues vitrines qui présentent divers objets retrouvés dans la maison du gardien pendant la rénovation – des choses que les gardiens d'origine avaient laissées en partant. Il croise les chevilles et s'appuie sur un coude. Je sais que je suis censée lui dire de ne pas s'appuyer sur la vitrine, mais il est trop mignon, comme ça.

– Tu viens d'où ? je demande.

Bon. On va devoir se contenter de phrases de trois mots pour le moment.

– De Californie.

– Ah.

Sérieux, Mandy ? braille ma petite voix intérieure. Maintenant, j'en suis aux monosyllabes.

La Californie, ça explique le bronzage, le short de surf et les sandales. Aujourd'hui, je note qu'il porte une tenue plus adaptée au début de l'été à Rock Point. Jean noir, chemise en flanelle sur un T-shirt et tennis avec des chaussettes.

– Alors, vous êtes ouverts ?

Il regarde les vitrines, autour de lui.

– Oui ! Je suis ouverte. Enfin, on est ouverts.

Ressaisis-toi !

– Je veux dire, oui, le Sucre d'Or... L'exposition sur le phare est ouverte.

Il hoche la tête et se redresse. Je lâche :

– Tu es là pour l'été ? Je veux dire, ça ferait une sacrée expédition juste pour quelques jours.

Il marche vers la petite table où je vends les billets.

– Ouais, dit-il en cherchant son portefeuille. Ma mère et moi... on est venus rendre visite à son père. Je ne l'avais pas vu depuis l'époque où il était en Californie, quand j'étais tout petit.

Je prends son billet de vingt dollars, je lui rends sa monnaie et j'essaie de trouver un moyen de poursuivre cette conversation. Par chance, il le fait pour moi :

– Peut-être que tu le connais, dit-il en remettant son portefeuille dans sa poche. John Framingham ? Sa maison est un peu en dehors de la ville, près de...

Je n'entends pas la fin de la phrase, parce que je réfléchis à toute vitesse. Framingham le Frappadingue est un parent de ce monument de charme hyper canon qui semble tout à fait normal ? C'est *son grand-père* ? Ça voudrait dire qu'il y a eu une Mme Frappadingue et qu'ils ont eu une petite Frappadingue qui a eu ce garçon pas du tout frappé !

Mes doigts meurent d'envie de sortir mon portable et d'envoyer un texto à Cynthia. Mais je ne le fais pas. Maman m'a sermonnée pour que je fasse bonne impression, vu que je représente la Société d'histoire (et elle, même si elle n'a pas dit ça). Sortir mon téléphone, ce ne serait pas convenable devant un client.

Il me regarde avec l'air d'attendre une réponse, et je me rends compte qu'il m'a donné une information sous la forme d'une question. À laquelle je dois répondre.

– Bien sûr que je le connais. Tout le monde le connaît, à Rock Point.

Je parviens à m'empêcher de dire : « C'est le cinglé du village. » Je termine habilement par :

– Il habite ici depuis toujours.

– Pas exactement depuis toujours, précise le Beau Surfeur alias le Garçon-le-plus-beau-que-j'aie-jamais-vu alias le Foutu *Petit-Fils* de Framingham le Frappadingue. Mais presque. Je m'appelle Oliver, au fait.

C'est sans doute le prénom de garçon le plus adorable que j'aie jamais entendu. Je ne connais personne qui s'appelle Oliver. Ça paraît original, cool et démodé à la fois. Un prénom spécial. Pas comme le mien.

– Mandy, dis-je en regrettant de ne pas avoir un prénom plus exceptionnel.

Moins terne. Ce n'est même pas le surnom d'Amanda. Ou de Miranda. De Mandoline ou de Mandibule. Cela dit, je ne serais pas mieux lotie si j'avais le nom d'un instrument de musique ou d'un os de la mâchoire.

– Alors, Mandy, reprend Oliver, tu dois rester ici, à l'accueil, ou tu peux me faire visiter ?

Tout d'un coup, je regrette de ne pas avoir lu la montagne de documentation que maman m'a donnée sur l'histoire du Sucre d'Orge. Mais pas question de laisser un léger manque de connaissances m'obliger à renoncer à cette chance.

En fait, je ne suis pas censée quitter mon bureau, mais ce n'est pas comme si j'attendais tout un car de touristes. Ça n'arrive jamais et, même si ça devait arriver, ce ne serait pas avant le week-end du 4 Juillet.

Je lui fais un grand sourire et, alors que je m'apprête à contourner le bureau, je vois que quelqu'un essaie d'ouvrir la porte. *Vraiment ? Là, maintenant ?* Je fixe la porte en exhortant mentalement cette personne à renoncer, à décider qu'on est fermés, n'importe quoi pour qu'elle s'en aille.

Mais je n'ai pas cette chance.

La porte cède brusquement, et un homme grassouillet déboule en chancelant, la main toujours serrée sur la poignée.

– Ouah ! fait-il en se redressant.

Il défroisse sa cape de pluie. Vu sa tenue, il a l'habitude du Maine.

– Elle résiste drôlement, cette porte, pas vrai ? lance-t-il avec un sourire.

– Euh... Ouais, dis-je.

Je coule un regard à Oliver. Il glisse ses mains dans ses poches et examine les photos au-dessus de la vitrine. « Je pourrais peut-être m'occuper rapidement de ce type, puis faire la visite pour Oliver », me dis-je.

– Juste une personne ? je demande d'un ton enjoué en sortant le carnet de tickets.

– Une seconde, dit l'homme.

Il ressort, cale soigneusement la porte avec le pied et braille :

– Ils sont ouverts ! Venez !

Je regarde avec horreur une flopée de gens déferler dans l'entrée. Il n'y a pas de parking au phare, alors j'ignorais que trois gros 4 x 4 venaient de décharger leurs passagers dans le parking public, à trois rues d'ici. En tout, ils sont quinze : deux couples de parents, trois adultes tout seuls et huit mômes de 2 à 15 ans.

Le temps que je leur vende leurs tickets, que je réponde à toutes leurs questions et autres demandes (les toilettes, de l'eau, des idées d'autres visites à proximité), Oliver a disparu. Qui pourrait lui en vouloir ? J'aimerais bien pouvoir en faire autant – mais avec lui, de préférence. Est-il monté voir l'exposition à l'étage ? Ou dans le phare ?

Plus important : est-ce que j'aurai l'occasion de lui parler avant qu'il s'en aille ?

Il est là pour tout l'été ! Telle la corne de brume d'Eagle Island, cette idée dézingue ma mauvaise humeur.

Le groupe se sépare. Certains vont au Café du Phare, d'autres montent voir la tour. Ils semblent être en mouvement perpétuel, et les diverses portes n'arrêtent pas de claquer. Enfin, je pense à glisser la cale sous la porte d'entrée pour qu'elle reste ouverte et évite aux visiteurs de se battre avec et – la grande crainte de maman – de croire qu'on est fermés.

Quand toute cette famille bruyante s'en va enfin, je note leurs achats dans le registre (un magnet de phare, un anneau de dentition pour bébé en forme de homard) et je sors mon portable de mon sac. Je me dis que, si je le garde sur mes genoux et que quelqu'un entre, personne ne remarquera que je suis en train de taper un message.

> L'histoire du Frappadingue est encore plus dingue qu'avant !

J'attends une réponse de Cynthia. Je sais qu'une fois à son stage elle ne pourra sans doute pas beaucoup m'écrire, mais, pour le moment, elle est encore chez ses grands-parents, dans le Vermont. Sa réponse ne tarde pas.

> Raconte, raconte, raconte !!!!

Comment résumer tout ça dans un texto ? Combien il était adorable, appuyé sur la vitrine, aussi à l'aise et désinvolte que s'il était déjà venu ici un million de fois. Que lorsqu'il a payé son ticket, j'ai senti des effluves d'air salé et de crème solaire et que, même si tout le monde sent comme ça à Rock Point, son parfum à lui avait quelque chose de différent, comme si l'air de

Californie imprégnait encore ses vêtements. Que son sourire a dévoilé une dent de devant très légèrement plus courte que l'autre. Que sa main, quand il m'a pris le ticket, avait une cicatrice presque effacée sur le dessus.

Waouh ! Je ne me rendais pas compte que j'avais remarqué autant de choses.

Je décide de me contenter du gros titre :

C'est le petit-fils du Frappadingue.

Et je fais suivre ce fait incroyable du scoop principal :

Il est là pour tout l'été !!!!

À peine une seconde s'écoule :

OH LA VACHE !

Et puis :

J'Y CROIS PAS !!!!

Alors que je me demande quoi lui répondre, elle ajoute :

Comment tu l'as su ?

Moi : Il est venu voir le Sucre d'Orge.

Cynthia : Je suppose que ça ne te dérange plus trop d'avoir ce job !

Moi : C'est clair !

Je ne peux pas lire le message suivant, parce que Mme Gallagher débarque. Je suis contente d'avoir gardé mon téléphone sous la table.

– Bonjour, madame Gallagher, dis-je en appuyant vivement sur la touche « vibreur » pour éviter que mon portable sonne ou bipe. Que puis-je faire pour vous ?

– Ça ne te dérange pas si je dépose des tracts avec le programme du 4 Juillet ? demande-t-elle en brandissant une liasse de papiers rouge vif.

Mme Gallagher dirige le foyer municipal. Elle cherche tout le temps des moyens de diffuser des infos sur les festivités de l'été.

– Non, non, allez-y, dis-je.

Puis je fronce les sourcils. Je n'ai pas tellement de place sur la table.

– Laissez-les-moi, je trouverai un endroit où les mettre.

Elle me sourit avec ce regard indulgent qu'ont les adultes quand ils s'apprêtent à faire un commentaire à votre sujet.

– Comme tu as grandi. Dire que tu as un travail et tout.

Je ne suis pas sûre qu'on puisse appeler ça un « travail » et je ne sais pas ce qu'elle entend par « et tout », mais je me contente de sourire comme il faut et de répondre :

– Oui, on dirait bien.

– Bon, je ne voudrais pas t'empêcher de travailler.

On jette un coup d'œil au vestibule désert. Mme Gallagher me sourit une fois de plus et lance de sa voix toujours gaie :

– J'espère que tu participeras au défilé de bateaux, cette année. *Ciao !*

Dès qu'elle est partie, j'agite la pile de papiers en cherchant un endroit où les mettre. Je finis par les fourrer sous la caisse, tout simplement. Au moins, ils ne s'envoleront pas si un coup de vent entre par la porte ouverte.

J'en dégage un et je l'examine. J'ai toujours eu assez envie de monter dans un bateau pour le défilé de bateaux du 4 Juillet. Ils n'ont rien de particulièrement chic : ce sont des chars bricolés sur n'importe quelle embarcation sans moteur – radeaux, canoës, kayaks, dériveurs. Certains sont de simples barques avec les plats-bords décorés de guirlandes lumineuses et des gamins déguisés qui rament. D'autres sont beaucoup plus élaborés ; leurs créateurs espèrent remporter un des prix.

Je remets le tract sous la caisse et je m'accorde un moment de gros craquage amoureux.

– Oliver, je murmure d'un ton rêveur.

Je nous vois dans un adorable diaporama y faire tout

ce que les amoureux d'été sont censés faire : se promener sur la plage au clair de lune, boire une limonade avec deux pailles, se jucher sur le même cheval du manège...

Un manège? D'où elle sort, cette image?

Je me lève pour arpenter le vestibule. Toutes mes idées sur l'amour proviennent de livres et de films. Je n'ai aucune source d'inspiration à part mon imagination tordue (d'après Cynthia).

Un craquement, au-dessus de ma tête, me signale la présence d'un visiteur à l'étage. Puis des pas. Je lève les yeux vers le plafond. Ce sont bien des pas.

Je déglutis en me disant que ça doit être un retardataire de la tribu qui vient de partir. Mais j'aurais juré que j'en avais compté quinze à l'entrée et quinze à la sortie.

Alors qui... ?

Je me recroqueville sur mon siège en pensant au fantôme d'Anna Christine, la pauvre veuve du gardien de phare qui a été emporté dans une tempête. On dit qu'elle hante toujours le phare en attendant le retour de son bien-aimé. Le soir de Halloween, il y a toujours quelques personnes qui se déguisent en Anna Christine.

Je m'agrippe à la table en tendant l'oreille, prête à entendre un cri perçant ou un profond gémissement, ou tout autre bruit de fantôme qui donne la chair de poule.

– Vous êtes ouverts tous les jours?

Je manque tomber de ma chaise quand Oliver revient devant le vestibule.

– Tu étais là pendant tout ce temps?

Avec un sourire penaud, il fourre les mains dans les poches de sa veste.

– Je... Je sais. Je... Je suis infernal.

Infernalement adorable.

– Que... Comment ça ?

On *bégaie* tous les deux ? Vraiment ? Est-ce que c'est mignon, ou est-ce qu'on est tous les deux si mal à l'aise ensemble qu'on n'arrive plus à parler normalement ?

Il hausse les épaules d'un air d'excuse.

– J'énerve mes amis. Enfin, ceux qui acceptent de visiter des musées avec moi. Je lis tous les écriteaux et je regarde chaque objet jusqu'au dernier. Souvent plus d'une fois.

– Ah, c'est pour ça que tu es resté là si longtemps, dis-je. Tu es un « complétiste ».

Il semble perplexe, alors je me dépêche d'expliquer :

– C'est quelqu'un qui se sent obligé, disons, d'avoir tous les numéros de telle ou telle BD. Ou d'être minutieusement attentif dans un musée. Mon frère Justin a inventé cette appellation pour notre cousin Randy. Un « complétiste ».

Il hausse un sourcil.

– Ah ouais ?

Je souris.

– Ne t'en fais pas. Je pense qu'il existe un programme en douze étapes pour s'en sortir.

Il affiche un rictus.

– Oh, je ne sais pas. Si être un « complétiste », c'est avoir tort...

– Tu ne veux pas avoir raison, dis-je, terminant de citer la chanson[1].

Nos parents doivent écouter le même genre de musique ringarde.

On échange un sourire, et je cherche désespérément quelque chose d'intelligent à dire, quelque chose qui alimente la conversation, une façon de l'inciter à me proposer un rencard, à rester là, n'importe quoi... Mais j'ai un grand vide à la place du cerveau.

– Alors, euh... commence-t-il.

Mais avant qu'il ait pu terminer sa phrase, je vois quelqu'un dans l'entrée et je me lève brusquement. Surpris par ce mouvement soudain, Oliver recule.

Dans la vive lumière de midi, elle apparaît en contre-jour, mais, même sans voir son visage, je sais parfaitement qui c'est.

– Maman !

Elle débouche de l'entrée obscure. Son regard dévie vers Oliver et s'y arrête un instant, puis revient sur moi.

– Comment ça va ?

– Très bien. Génial. Formidable.

Formidable ?

Elle me dévisage un moment, puis se tourne vers Oliver.

---

1. « (If Loving You Is Wrong) I Don't Want to Be Right » est une chanson écrite par Homer Banks, Carl Hampton et Raymond Jackson, et chantée par Luther Ingram en 1972.

– C'est votre première visite au phare de Rock Point? demande-t-elle.

Je vois que ça turbine dans sa tête. Elle essaie de démêler ce qui se passe. Ce garçon est-il une distraction? Un client? Mon amant secret?

Ha! Cette idée me fait carrément ricaner tout haut. Il tourne la tête vers moi. Je baisse les yeux vers la table et je range les stylos et les crayons souvenirs dans leur présentoir.

– C'est ma première visite à Rock Point tout court, répond Oliver. C'est super cool.

Il balaie le vestibule des yeux.

– Et cet endroit...

Son visage s'illumine comme si les photos affichées sur les murs, les objets dans les vitrines et les articles mièvres de la boutique de souvenirs l'emplissaient de joie. Je l'observe, fascinée. À quoi ressemble le monde, vu à travers ses beaux yeux bleus?

– Eh bien, il est tout simplement génial.

Ma mère sourit, et les plis de son visage semblent disparaître. «Vas-y, fais plaisir à ma mère», me dis-je. Elle le regarde comme si elle venait de retrouver son meilleur ami après des années de séparation.

– Vous trouvez?

Elle contemple le vestibule avec tendresse.

– En tout cas, il est cher à mon cœur. Je suis toujours ravie lorsque quelqu'un d'autre remarque son charme spécial.

Je lève les yeux au ciel et je me rassieds. J'espère vraiment qu'elle ne va pas se lancer dans une tirade sur sa passion pour le Sucre d'Orge.

– Tu vois, Mandy ? fait-elle. Ce jeune homme ne trouve pas Rock Point barbant.

Oliver me considère avec surprise.

– Je ne trouve pas le phare barbant, je proteste.

Maintenant, maman me regarde avec le même air surpris qu'Oliver.

– Rien que ce matin, tu m'as dit...

– La bibliothèque n'est pas ouverte ? je la coupe.

– Je voulais emmener ma fille déjeuner pour fêter son premier jour de travail.

Oliver y voit l'occasion de prendre congé.

– Bon, à bientôt.

– Attends ! je lâche.

Maman et lui me regardent tous les deux. *Qu'est-ce qu'il y a encore ?*

Je prends un des tracts et je le lui tends.

– Euh... Tu devrais regarder ça.

Il prend le tract, sourit et sort du vestibule d'un pas chaloupé. Il trébuche légèrement en passant la porte et nous jette un coup d'œil, les joues un peu rouges. Je souris, il hausse les épaules et disparaît.

– J'adore quand des jeunes s'intéressent à notre histoire locale, commente maman.

Je farfouille dans mon sac pour m'assurer que j'ai la clé du phare, puis je dégage la cale et je tiens la porte à maman.

– Oui, je sais.

Je prends l'écriteau « PARTIS À LA PÊCHE » accroché à la poignée de l'intérieur et je le mets à l'extérieur.

– Il est juste là pour la journée ? demande maman quand je vérifie que la porte est bien fermée à clé.

– Non, il est là pour tout l'été.

– Vraiment ? Il habite où ?

Je hausse les épaules. Pour une raison mystérieuse, je ne veux pas lui confier que c'est le petit-fils de Framingham le Frappadingue. Elle s'imaginerait sans doute qu'il est aussi cinglé que son grand-père, malgré leur passion commune pour le Sucre d'Orge.

– On n'a pas eu tellement le temps de parler.

Ça, en tout cas, c'est vrai.

Maman marche devant sur le sentier. On n'était jamais sorties déjeuner, avant – jamais toutes seules. Soudain, ça me paraît bizarre.

Je ne pense pas qu'il soit arrivé quelque chose. Quand maman doit annoncer une mauvaise nouvelle, son regard et sa bouche se contredisent. Elle fait un sourire crispé, plein de dents, comme si elle essayait d'afficher que « tout va bien se passer » quoi qu'elle ait à dire. Mais ses yeux ne sont pas assortis à sa bouche ; ils sont sombres, chargés de tristesse ou d'inquiétude. Quand elle nous a annoncé la crise cardiaque de papa, déjà à l'époque, j'avais appris à repérer cette contradiction sur son visage. Ce jour-là, le contraste était fort, son sourire éclatant mais friable, et ses yeux étaient enfoncés dans son visage comme s'ils essayaient de se cacher. Justin et moi, on s'est assis sur la vieille balancelle en vinyle de la terrasse, et je savais que je ne voulais pas entendre ce qu'elle avait à dire. Je le savais avec une telle certitude que je me suis bouché les oreilles avant qu'elle prenne la parole.

Je glisse un coup d'œil vers elle tandis qu'on rejoint sa voiture, garée trois rues plus loin. Maman n'est pas du genre bavarde, alors on marche en silence, accompagnées par le bruit familier de nos pas traînants, le *flap flap* des ailes des mouettes et le petit clapotis de l'eau contre les rochers moussus. Aussi loin que remontent mes souvenirs, le visage de maman forme un tout cohérent. Ses yeux paraissent un peu fatigués et sa bouche s'étire légèrement vers le bas, mais c'est son expression normale depuis un bon moment, à présent.

On monte dans la voiture, sur les sièges réchauffés par le soleil, et on attache nos ceintures. Les mains sur le volant, elle demande :

– Chez Tiny's ?

Je hausse les épaules.

– OK.

Comme son nom l'indique, c'est vraiment *minuscule*, chez Tiny's. Le patron a réquisitionné le coin de la ruelle entre la laverie et la quincaillerie de Main Street pour monter une boutique de plats à emporter florissante. En hommage à l'économie locale, il y a toujours une sorte de poisson ou de fruit de mer au menu, mais sinon, c'est végétarien. Ça semble plus fréquenté par des Habitués de l'Été que par nous, les gens du coin, même s'il y a souvent beaucoup de monde juste après le Nouvel An, quand les gens qui ont pris la bonne résolution de manger plus sainement se rappellent soudain son existence.

Quand nos salades arrivent (homard pour maman, naturellement, légumes verts avec feta et pastèque pour moi) et qu'on s'assied sur un des bancs qui bordent la place du centre-ville, la brume s'est dissipée. Il ne fait pas chaud, la pastèque est étonnamment délicieuse avec ma salade et Oliver est là pour tout l'été. Les choses s'annoncent bien – je pardonne même à ma mère d'avoir interrompu ma première conversation avec lui.

Jusqu'à ce que...

– Je sais que tu es déçue que Justin *et* Cynthia soient tous les deux partis pour presque tout l'été. Mais peut-être que, sans ces distractions habituelles, on pourra prendre plus de temps pour réfléchir à ton année de première.

Je repose la fourchette en plastique dans la barquette.

– Sérieux, maman ? Les vacances d'été viennent de commencer. Tu veux vraiment parler de mes études ?

– L'année prochaine sera cruciale pour tes dossiers de candidature pour les universités, dit maman. Tes résultats se sont améliorés cette année, mais...

Je pousse un long et bruyant soupir.

– Je sais. Je ne suis pas parfaite comme Justin.

– Allons, Mandy. Je ne vous compare pas.

– Bien sûr que si. Comme tous mes profs qui disent « Tu es la sœur de Justin Sullivan ? », comme s'ils n'arrivaient pas à croire que Monsieur Vingt-Sur-Vingt-Partout soit de la même famille que Madame Peut-Mieux-Faire.

– Je suis sûre que tu exagères. Et tu as eu plusieurs 16, cette année.

Voici mon problème avec l'école : quand il s'agit de concepts, je maîtrise. Alors je suis bonne en anglais et même en histoire-géo, ce genre de choses. Mais pour les trucs qu'il faut apprendre par cœur dans les moindres détails, moins.

Avant sa mort, c'était papa qui m'aidait à faire mes devoirs. Une des choses dont je me souviens, c'est de son incroyable patience. Plus tard, maman et Justin ont essayé de m'aider, mais Justin en avait vite marre (qui pourrait lui en vouloir ?) et maman s'énervait.

– OK, Mademoiselle Grimace, dit-elle d'un ton taquin.

Elle m'appelle comme ça depuis l'enfance, quand je boude.

– J'ai compris. Il est un peu tôt pour parler de l'école.

Elle me tapote la main.

– Et tu fais preuve d'une vraie maturité et d'un grand sens des responsabilités en travaillant à l'accueil au Sucre d'Orge.

Waouh. Un compliment. Je lui fais un petit sourire pendant qu'on ramasse nos déchets et qu'on les jette dans une poubelle voisine.

Après s'être garée au parking, maman me raccompagne au Sucre d'Orge et, pendant que je me bagarre pour décoincer la lourde porte, je l'entends soupirer derrière moi.

– Encore une chose à réparer, marmonne-t-elle.

La porte cède brusquement, et je rentre en chancelant. Je mets la cale en place pour la tenir ouverte, puis je me retourne pour dire au revoir. Maman me fait son grand sourire radieux et lance gaiement :

– Ajoute-le à la liste !

Que se passe-t-il ? Son regard soucieux détonne avec ce ton enjoué. Quelque chose ne va pas.

– Euh... je commence.

Elle se détourne légèrement, pour que la brise marine cesse de lui envoyer ses cheveux dans la figure. Elle les lisse d'une main et secoue ses clés de voiture de l'autre.

– Je ferais mieux de filer. Caroline est seule avec les nouveaux bénévoles et, quelquefois, les gens qui sont là pour aider n'aident à rien du tout.

– Merci pour le déjeuner ! je lance derrière elle.

Elle me salue d'un geste sans se retourner, et j'observe son dos mince tandis qu'elle s'éloigne vers la voiture. En reprenant ma place derrière le bureau, je me demande ce qui la préoccupe, puis je me rappelle qu'elle s'inquiète pratiquement de tout. Ce n'est sans doute rien de spécial, juste son côté « j'ai des enfants, donc je me fais du souci ».

À part Oliver dans ma tête, pour une visite totalement imaginaire, personne ne vient au phare de tout le reste de la journée. Cynthia doit être avec sa famille dans un endroit où il n'y a pas de réseau, parce que je lui ai envoyé plusieurs textos et qu'elle n'a pas répondu. J'ai fait quelques jeux sur mon portable, en gardant un œil sur la porte (enfin, la plupart du temps) au cas où maman reviendrait ou si quelqu'un s'aventurait ici. Je passe la tête dehors pour vérifier que la ville existe toujours, je redresse toutes les piles de tracts et de brochures et enfin, enfin, enfin, il est seize heures et je peux rentrer chez moi. Avec la radieuse perspective d'une autre journée interminable et ennuyeuse demain.

Les bateaux des pêcheurs de homards sont revenus à leur place au port. Les casiers ont été déchargés il y a longtemps, et leur contenu est déjà en train d'être livré dans les restaurants ou vendus à des particuliers sur la jetée. Les gens en sont vraiment dingues quand ils sont fraîchement débarqués du bateau et sortis du casier. Moi, je dois détourner les yeux. Ces bestioles frétillantes me donnent la chair de poule.

Je descends de mon vélo au plus dur de la montée de Weatherby Hill et je marche à côté jusqu'au sommet. Ça ne va pas être très marrant à partir de la fin juillet et du mois d'août, quand le soleil va cogner et que l'humidité atteindra des taux extrêmes. Mais j'espère que ce trajet quotidien à vélo m'aidera à retrouver la forme. Je ne suis pas une grande sportive. Je suis plus fan des canapés, chose que Justin et Cynthia n'arrêtent pas de me reprocher, parfois même en chœur.

Je vais leur montrer, me dis-je avec un sourire. Je remonte en selle et je pédale de toutes mes forces sur deux pâtés de maison, puis je décide que c'est vraiment trop d'efforts. Je suis en vacances, non ?

Après le dîner, je téléphone à Cynthia. Avec tout ce dont on a besoin de discuter, les textos ne suffiront pas.

– N'oublie pas le moindre détail, dit-elle. Comment tu as su qu'il avait un lien avec le Frappadingue ? C'est dingue !

Je lui raconte tout : l'arrivée d'Oliver, à quel point il était mignon, comment on a commencé à se parler et le fait que maman a peut-être tout gâché en révélant mon manque d'intérêt pour le Sucre d'Orge, qu'il a l'air d'aimer autant qu'elle.

Je pivote sur le dos en pensant à un truc affreux.

– Peut-être qu'il ne reviendra pas au phare. Il a déjà passé toute la matinée à examiner ce que la plupart des gens regardent en un quart d'heure. Vingt minutes max.

– Parce que tu lui plais et qu'il voulait traîner dans le coin, assure Cynthia.

Malheureusement, je dois lui dire la vérité.

– Pas exactement. Il a passé tout son temps à l'étage pour voir l'expo. Je ne savais même pas qu'il était là-haut.

– Ah.

Je vois d'ici la tête de Cynthia : elle a cette expression quand son cerveau cherche une solution, un plan ou une explication à quelque chose.

– Eh bien, peut-être que, maintenant qu'il sait que tu travailles là-bas, il reviendra !

– Peut-être...

– Allons, Mandy ! La manière dont il t'a regardée à la fête... C'était la tête d'un mec qui aime beaucoup ce qu'il voit. On aurait dit que je n'étais même pas là.

Là-dessus, je me redresse d'un bond. Elle a raison ! Cynthia était juste à côté de moi, et c'est à *moi* qu'il a souri ; c'est de *moi* qu'il s'est souvenu. Un gigantesque sourire s'étire sur mon visage.

– Mais qu'est-ce que j'ai, à la fin ? je gémis. Je suis passée d'un extrême à l'autre toute la journée : euphorique, désespérée, contente, triste, paniquée, calme... Qu'est-ce qui m'arrive ?

– C'est les hormones, déclare Cynthia, imitant sa mère à la perfection.

Sa mère dit ça pour expliquer toutes les choses incompréhensibles que font Cynthia ou ses sœurs. Avec une dose de résignation et une dose d'exaspération dans la voix. Il s'avère que c'est une excuse assez commode. Cynthia a pris l'habitude de l'utiliser, elle aussi, pour se tirer d'affaire, en particulier avec son père, qui devient cramoisi à la moindre allusion aux hormones. C'est devenu notre réplique préférée pour expliquer l'inexplicable : du prof qui devient subitement sévère aux changements extrêmes de la météo.

– Oui, c'est les hormones, j'acquiesce sur le même ton.

Ce qui déclenche chez nous un fou rire hystérique.

Par-dessus mes gloussements, j'entends maman appeler depuis le rez-de-chaussée.

– Ne quitte pas, dis-je à Cynthia.

J'ouvre ma porte et je sors la tête.

– Oui ?

– Tu ne devrais pas te préparer à aller te coucher ? lance maman du pied de l'escalier. Tu travailles, demain.

– Il faut que j'y aille, dis-je au téléphone.

– Tiens-moi au courant ! répond Cynthia.

Je fais un signe d'acquiescement à maman et je retourne me planquer dans ma chambre.

– Tu peux être sûre que je t'enverrai des comptes-rendus toutes les heures si jamais je le revois...

– Oui, tu le reverras.

C'est ça, le truc avec Cynthia. Sa conviction est contagieuse. Au moins pendant un petit moment. Le temps que je m'endorme, tout excitée par la journée de demain.

Quand je passe devant Weatherby pour mon deuxième jour de garde au Sucre d'Orge, la brise marine m'envoie des mèches dans la figure. Elles n'arrêtent pas de se coller à mon gloss, mais je suis de si bonne humeur que je m'en fiche. Je me contente de les écarter chaque fois que ça arrive. J'espère simplement que je n'efface pas mon gloss Rose timide. J'ai oublié de le glisser dans mon sac, car je n'ai pas l'habitude de sortir avec mon maquillage, ce qui est une source d'irritation perpétuelle pour Cynthia. Au moins, l'ombre à paupières, le mascara et la poudre pailletée ne s'estomperont pas. J'ai un petit doute au sujet des paillettes. C'est peut-être un peu trop pour passer la journée assise dans un phare, mais je pourrai toujours les enlever quand j'y serai.

Même si je sais qu'il est peu probable qu'Oliver revienne, j'ai soigné non seulement mon maquillage mais aussi le reste de ma personne. Je porte le jean qui me va super bien et un haut adorable que Cynthia a choisi pour moi le mois dernier pour « mettre en valeur mes atouts ». Je ne sais pas trop quels sont mes atouts, mais bon. Si Oliver est vraiment un « complétiste », il pourrait très bien revenir aujourd'hui pour s'assurer qu'il n'a rien raté.

En tout cas, je l'espère !

J'ouvre en fredonnant un chant marin qui retentissait à plein volume par les portes ouvertes d'Ahoy, une boutique de maillots de bain de Main Street. En pleine saison, Rock Point devient dingue des vieux classiques américains. On pourrait croire que l'été nous fait remonter dans le temps, et ça plaît aux Habitués. On dirait qu'ils viennent ici pour revenir au « bon vieux temps » mais, en vérité, je ne vois pas ce qu'il avait de si bon. Je ne comprends pas comment les gens faisaient pour vivre ici l'hiver avant qu'on ait un chauffage correct, la télévision et des voitures.

Aujourd'hui, en regardant le Sucre d'Orge, j'essaie de voir ce qu'Oliver lui trouve de si séduisant. Est-il passionné d'histoire ? Passionné par les phares en particulier ? Attiré par tout ce qui a un rapport avec la mer ? J'ai déjà croisé ce genre de personnes parmi nos visiteurs et je suppose que j'en ai même une dans ma famille, puisque maman adore tout ça. Je ne me rappelle pas si c'était aussi le cas de papa, mais comme mes seuls souvenirs de lui, ce sont ses joyeuses conversations interminables avec maman, il faut croire que oui.

À midi, on n'a toujours pas eu un seul visiteur, et j'ai le ventre qui gargouille. Je passe la tête dehors. Personne. Ni Oliver ni car de touristes, pas même maman pour m'emmener déjeuner une deuxième fois.

« C'est sûrement bon signe », me dis-je. Ça signifie qu'elle n'éprouve pas le besoin de venir vérifier ce que je fais. Mais ça signifie aussi que je vais devoir me contenter de ce qu'il y a au menu du Café du Phare. Par chance, je n'ai pas besoin de payer – le prix est exorbitant –, parce que c'est un des « avantages en nature » de mon boulot, mais je devrais sérieusement prendre l'habitude d'apporter un pique-nique.

J'accroche l'écriteau « PARTIS À LA PÊCHE » sur la porte et je ferme à clé. Je fais le tour pour gagner l'entrée principale du café, celle qu'on peut utiliser sans passer par le phare.

Le café est super mignon, avec un tas de décorations en rapport avec le Maine et de vieilles photos, mais le menu se limite à ce qui peut se préparer sur une plaque chauffante ou dans un micro-ondes. L'idée était que le café compenserait en partie le coût des travaux d'entretien du phare, mais je ne vois pas comment ce serait possible. Le menu est tellement limité – et, franchement, tellement mauvais – que personne ne mange ici parmi les gens du coin, ou même les Habitués de l'Été.

Et les touristes qui viennent à Rock Point, ils ne sont pas légion.

Je n'ai fait que trois pas à l'intérieur quand je m'aperçois qu'il y a quelqu'un au bar en train de parler à Céleste Ingram.

Ce n'est pas n'importe qui. C'est Oliver.

Je sursaute, je me fige et la porte me claque les fesses, alors je pousse un cri et je lâche le magazine que j'avais à la main. Ma besace glisse sur mon bras et atterrit par terre avec un *tchac!*. En entendant tout ce vacarme, Céleste lève les yeux et Oliver pivote sur son tabouret de bar.

« Vite, un sortilège d'invisibilité ! » je supplie en silence.

– Salut, Mandy, fait Oliver, le visage illuminé d'un sourire.

Je lui adresse un infime sourire et un signe encore plus hésitant. *Un signe ? Je fais signe à un mec qui est à deux mètres de moi ?* Oliver semble faire ressortir la truffe qui est en moi.

– Salut, Mandy, fait Céleste. Tu as rendez-vous avec Cynthia pour le déjeuner ?

Voilà qui est encore plus stupéfiant que de voir Oliver une deuxième fois en deux jours. Non seulement Céleste Ingram sait comment je m'appelle, mais en plus, elle sait que je suis amie avec Cynthia ? Ce n'est pas possible ! Puis je me dis que le plus probable, c'est qu'elle connaît Cynthia et m'identifie comme son fidèle lieutenant.

Ils me regardent tous les deux. Ils attendent. *Ah oui. Des mots. Ces choses qui sortent de la bouche.*

– En fait, Cynthia est partie jusqu'en août, dis-je en m'avançant timidement dans le café.

– Tu travailles, aujourd'hui ? demande Oliver.

J'acquiesce et continue de m'approcher du bar. Lentement. Ils n'ont pas l'air mécontent de me voir débarquer, mais j'ai quand même la crainte affreuse d'avoir interrompu quelque chose. Quand un garçon a réussi à attirer l'attention de Céleste, il ne la lâche plus des yeux.

– C'est ta pause déjeuner, c'est ça ?

Céleste prend un menu et le pose sur le bar, juste à côté d'Oliver. Non pas que j'aie besoin de cette carte plastifiée avec une page unique. Malgré tout, je prends ça comme le signe qu'elle s'attend à ce que je m'installe là.

Ça me fait plaisir.

– Vous vous connaissez ? demande-t-elle.

Je me glisse sur le tabouret et je fais mine d'examiner le menu en attendant de voir ce qu'Oliver va dire de notre rencontre.

– Je suis venu au phare hier, explique-t-il.

Rien que les faits. OK. Je suppose qu'il ne veut pas avouer à la divine Céleste qu'on s'est pas mal reluqués pendant la fête aussi.

– Je peux avoir un burrito végétarien ? je demande. Et une limonade.

– Bien sûr.

Céleste ramasse le menu, le remet derrière la caisse avec les autres et pousse les portes battantes de la petite cuisine.

Seule avec Oliver, je ne trouve rien à dire. Lui aussi semble peu inspiré. Il se contente de me sourire. Il n'y a pas d'assiette devant lui. Est-ce que Céleste l'a déjà débarrassée, ou est-ce qu'il est juste venu la voir ? Le Café du Phare ouvre à onze heures. Est-il là depuis une heure déjà ? Même un complétiste aurait maintenant fini d'examiner la déco du café et la boutique de souvenirs vu que l'expo de l'étage est fermée.

– Tiens.

Céleste est revenue avec le burrito et la limonade. Ça ne prend pas beaucoup de temps de réchauffer un truc au micro-ondes.

Je sens qu'Oliver me regarde. Je me tourne vers lui comme si j'étais capable de mener une conversation.

– Pourquoi tu manges *ici* ? je laisse échapper.

Céleste me considère avec surprise. Ma mère serait furieuse si elle m'entendait dire du mal du café devant un client potentiel.

– Je veux dire, c'est assez loin de chez toi, j'ajoute lamentablement.

Le visage de Céleste affiche un nouveau genre de surprise. Ce n'est plus « Je n'arrive pas à croire que tu aies dit ça », c'est « Comment ça se fait que tu connaisses déjà son adresse ? ».

J'essaie de trouver un moyen de manger mon burrito ramolli sans trop de dégâts. C'est peut-être gratuit pour moi de manger ici, mais c'est sûr que je vais apporter un pique-nique, maintenant.

– Je visitais, explique Oliver. Quand Céleste a ouvert, je me suis rendu compte que mon petit déjeuner était loin derrière moi.

Évidemment. Il a suffi qu'il jette un coup d'œil à Céleste, et il l'a suivie à l'intérieur comme un caneton qui se dandine derrière sa maman.

Une femme avec un carré de cheveux gris passe la tête dans le café.

– Vous savez à quelle heure le phare va rouvrir ? demande-t-elle.

Je me retourne, la bouche pleine de burrito.

– Je peux ouvrir tout de suite, si vous voulez.

– Oh, je ne voudrais pas interrompre votre déjeuner, dit-elle d'un ton qui montre qu'elle aimerait bien que je me dépêche et que je la fasse entrer.

Je bois une gorgée de limonade et je me lève. Je m'essuie rapidement la bouche avec une serviette en papier, je la chiffonne et je la jette sur l'assiette.

– Merci, dis-je à Céleste en emportant la limonade. Je te rapporte le verre tout à l'heure.

– Pas de problème. Tu veux que j'emballe le burrito ?

– Non, merci.

Je marche vers la dame, qui a un pied dedans, un pied dehors.

– Attends, Mandy, lance Oliver derrière moi. Je t'accompagne.

Je fais volte-face, stupéfaite, et je vois Oliver prendre

un carnet de croquis qu'il avait glissé sous le bar. Il va quitter Céleste pour venir traîner avec moi ?

Mais quand j'ai fini de me battre avec la porte et d'encaisser le billet d'entrée de la dame, il devient évident qu'il n'est pas là pour traîner avec moi. Il est revenu pour visiter le phare une deuxième fois.

– Je pensais faire quelques croquis, si ça ne te dérange pas, dit-il.

– Bien sûr. C'est juste que... si un groupe veut monter dans la tour, laisse-leur un peu de place.

Je refuse ses cinq dollars ; ça paraît trop cher, vu qu'il est déjà venu hier, et puis j'espère que ça l'encouragera à revenir.

Je ne vois pas Oliver – ni personne d'autre – de tout l'après-midi. Enfin, ce n'est pas tout à fait exact. Oliver est descendu de la tour et il a fait le tour par l'extérieur pour dessiner le Sucre d'Orge sous différents angles. Qu'a-t-il donc de si fascinant ?

Quand je ferme, à la fin de la journée, il est toujours dehors, assis à une des tables de pique-nique derrière le Café du Phare. Mon cœur se serre. Est-ce qu'il attend Céleste ? Il ne lève pas le nez quand je gagne le cabanon pour récupérer mon vélo. Notre grande histoire d'amour se termine avant d'avoir commencé.

Je claque la porte du cabanon et je ferme brutalement le cadenas. Je pousse mon vélo sur le chemin gravillonné, et les pneus recrachent de petits cailloux. Au cas où Oliver lèverait la tête, je ne veux pas qu'il me voie enfourcher mon vélo comme une empotée. Je n'ai jamais réussi à pratiquer l'exercice avec grâce. Je m'interdis de regarder de son côté.

– Hé ! je l'entends appeler. Tu as fini pour aujourd'hui ?

Je lui jette un coup d'œil. Il s'est levé, maintenant, et il se dirige vers moi.

– Ouaip, dis-je.

– Ça ne te dérange pas si je marche avec toi ?

Les hormones me refont le coup habituel : je passe du cafard à l'extase.

– Pas de problème.

On marche côte à côte, moi avec mon vélo et lui avec son carnet de croquis sous le bras. Je suis contente qu'il n'ait pas de vélo, lui aussi. Je ne voudrais pas qu'il me voie remonter Weatherby en soufflant comme un bœuf. Je suis la preuve vivante qu'il est possible d'être mince sans être sportive.

– Je dois retrouver ma mère à la bibliothèque, dit-il. Tu sais où c'est ?

Je m'esclaffe.

– Encore heureux. C'est là que ma mère travaille.

Bien. J'arrive à prononcer des phrases avec plusieurs mots d'affilée.

– Tu as toujours vécu ici ? demande Oliver.

Je hoche la tête.

– Et toi, tu as toujours vécu en Californie ?

Voilà. Une question sur lui. C'est ce que les guides de la séduction qu'on potasse avec Cynthia recommandent de faire pour alimenter une conversation avec un garçon.

– En Californie, ouais, mais pas toujours au même endroit. Quand mes parents ont divorcé, mon père est parti à Sacramento, où il travaille, et maman et moi, on a emménagé dans une banlieue pas trop loin.

– C'était un grand changement, pour toi ?

Dès la seconde où j'ai posé cette question, je voudrais pouvoir la ravaler. C'est tellement personnel. Oliver se contente de hausser les épaules.

– On vivait déjà en banlieue, on s'est juste rapprochés de la ville. Pour ce qui est du divorce...

Il s'interrompt. J'attends.

– C'était bizarre que ça devienne soudain officiel que papa ne vive plus avec nous. Mais ça faisait longtemps qu'ils ne passaient pratiquement plus de temps ensemble. Avec son boulot, ma mère travaille presque vingt-quatre heures sur vingt-quatre, parfois, et papa part souvent en voyage d'affaires.

– Ils se sont séparés quand ?

C'est assez incroyable qu'il en parle aussi librement. Ils sont peut-être comme ça, en Californie.

– Il y a quelques années. Je pense qu'ils l'envisageaient depuis un moment, mais qu'ils voulaient attendre que je sois prêt à entrer au lycée. Tu sais, à cause du déménagement.

On entame la montée de Weatherby. Je salue d'un signe de tête Vicki Jensen et son père, qui sont devant Second Time Around. Vicki ouvre des yeux ronds comme des soucoupes en me voyant avec un inconnu. Elle mime le code universel pour dire « Appelle-moi ». Je suis contente qu'Oliver ne l'ait pas remarqué. Il est trop occupé à regarder le ferry avancer vers Hubbard Island.

– Et donc… tu es venu rendre visite à ton grand-père.

Une fois de plus, je dois me retenir de l'appeler le Frappadingue.

– Comment ça se fait que tu ne sois jamais venu avant ?

– En partie à cause de la distance. Et puis maman devient nerveuse quand elle est trop loin de la civilisation.

– Et Rock Point, ce n'est pas exactement civilisé.

Il se tourne vers moi et me regarde dans les yeux.

– Je trouve ça super ! m'assure-t-il.

Il trébuche sur le trottoir, devient cramoisi et se concentre à nouveau sur ce qui se trouve devant lui.

– Mais ma mère… Elle a grandi à Cranston et elle mourait d'impatience de quitter le Maine.

Cranston est accessible par ferry, d'ici. Ou par une route pleine de méandres jusqu'à la péninsule voisine.

– Comme Cynthia et moi, dis-je.

– C'est qui, Cynthia ?

– Ma meilleure amie. Elle est partie pour l'été. Elle a pratiquement un calendrier dans la tête où elle barre les jours en attendant de quitter « ce trou paumé ».

– C'est tellement beau, ici, argumente Oliver. C'est comme ce que disait ce panneau qu'on a croisé sur l'autoroute.

Il lève les mains comme pour former une banderole dans le ciel.

– « Le Maine : la vie telle qu'elle devrait être. »

– Telle qu'elle devrait être quelques semaines par an, je rétorque. Si tu vivais ici à l'année, tu t'ennuierais à mourir. C'est pour ça que tant de gens du Maine pètent les plombs dans les bouquins de Stephen King.

– Peut-être. Mais c'est tellement mieux que les grosses banlieues... À part la météo.

Il me fait un sourire en biais.

– Tu vois, je ne suis pas *totalement* aveuglé par tout ce qu'il y a de beau ici.

Je rougis. Je crois comprendre ce qu'il veut dire, mais je ne peux pas m'empêcher d'imaginer qu'il parle de moi.

– Chez moi, c'est le stress tout le temps, poursuit-il. Ma mère a un boulot de fou. Avec des millions de dollars en jeu.

– Qu'est-ce qu'elle fait ?

– Elle trouve des investisseurs pour de nouvelles technologies. Alors elle se tient au courant de tout ce qui sort et elle essaie de choper les gros sous avant tout le monde.

– Ça doit être une sacrée pression.

– Carrément.

– Alors pourquoi maintenant ?

– Pourquoi maintenant quoi ?

– Les choses sont moins tendues à son boulot, maintenant ?

– En réalité, on ne peut pas dire qu'elle *ait* un travail. C'est *elle*, le travail. Mais bon, il s'est passé des trucs qui lui ont donné envie de voir son paternel. Alors nous voilà.

J'attends, mais il ne donne pas d'autres précisions. C'est sans doute trop personnel. Peu m'importe la raison ; je suis juste contente qu'elle ait conduit Oliver ici.

On arrive à l'extrémité sud du Square, où je tourne dans Berry Street pour rentrer chez moi.

– Bon, dis-je, je vais par là.

Oliver secoue la tête pour dégager la mèche qui lui tombe dans la figure, puis relève ses lunettes de soleil.

– OK, alors à plus.

Je le regarde marcher vers la bibliothèque. Pourquoi ne me propose-t-il pas de rencard ?

Et me voilà replongée dans un coup de cafard. J'ai le sentiment que je ne vais nulle part, que je reste en panne, comme un bateau dans le calme plat.

Oliver m'attend devant le Sucre d'Orge quand j'arrive le lendemain matin. Ça fait trois jours d'affilée ! Personne ne peut être aussi fan d'un phare ! Il est *forcément* là pour me voir – ou pour voir Céleste, je me rappelle pour m'empêcher de glousser bêtement. Je m'arrête en faisant un dérapage, projetant des gravillons partout. Je descends de mon vélo en me promettant de m'entraîner pour le faire avec aisance.

Il a un sourire timide.

– Je suis de retour.

– Je vois.

Je souris, puis je range mon vélo. Quand je reviens vers lui, Oliver m'attend devant la porte.

– Tu étais drôlement motivé, je le taquine en faisant cliqueter la clé dans la serrure.

Les verrous tournent, mais la porte refuse de bouger. Flûte ! Elle est coincée. Je souffle pour dégager ma frange de mon visage et je pousse plus fort.

– Laisse-moi faire, dit Oliver.

Je bats en retraite.

– Je t'en prie.

Oliver secoue la poignée, puis appuie son épaule contre la porte. Elle grogne, mais ne s'ouvre pas. Oliver s'écarte.

– Tu es sûre que tu l'as ouverte ?

– Elle résiste plus que d'habitude.

Je me dis qu'il est peut-être un peu gêné d'avoir essayé de jouer les gros machos et raté son coup.

– C'est l'humidité.

– Ça doit être ça.

Oliver se passe une main dans les cheveux.

– OK. À trois ?

– D'accord.

Je m'avance et je me cale de profil contre la porte en me disant qu'on va devoir tous les deux pousser avec l'épaule. Oliver se met en place derrière moi.

Je ferme les yeux et je sens sa chaleur contre mon dos. Je devine son menton juste au-dessus de mon oreille. Et je retrouve son parfum, mélange de lessive, d'océan et de quelque chose d'indéfinissable. Je m'agrippe à la poignée pour m'appuyer sur la porte et non sur lui.

– Un. Deux. Trois. Maintenant !

Ensemble, on pousse de toutes nos forces contre la porte. Elle s'ouvre à la volée et on entre en chancelant. Oliver m'attrape le coude pour me tenir d'aplomb, mais c'est trop tard. On s'effondre sur le sol dans un bruit sourd. On explose de rire et on reste là, allongés, mon bras coincé sous sa poitrine et sa jambe contre ma hanche. Une fois qu'on a repris notre souffle, on se remet vite debout et on défroisse nos vêtements sans se regarder. Je pense qu'on a senti tous les deux que ce moment avait duré un tout petit peu trop longtemps.

Pour finir de me remettre, je m'appuie contre une vitrine et je croise les bras.

– OK. Qu'est-ce qui te plaît tant dans ce phare ?

Je suis franchement curieuse de le savoir, et je ne peux pas m'empêcher d'espérer un tout petit peu qu'il va dire quelque chose du genre : « Ce n'est pas le phare, c'est la gardienne. » Gnangnan, je sais, mais je pense que ça aurait bien meilleur effet si ça sortait de sa bouche au lieu de me tourner dans la tête.

Oliver observe le vestibule. Son regard danse d'une photo à l'autre.

– Je ne sais pas trop, dit-il.

Ce n'est pas la réponse que j'espérais.

– Quand j'étais tout petit, on vivait au bord de l'eau, reprend-il. Je ne m'en souviens pas bien, mais il y a des photos de moi déguisé en pirate. C'est peut-être de cette époque-là que date mon obsession pour tout ce qui est lié à la navigation.

Je l'imagine en petit pirate et je souris.

– Visiblement, ça ne t'est pas passé, dis-je en me rappelant l'attention avec laquelle il examinait les maquettes de bateaux de la tente des artistes et des artisans, le jour de la fête. Maintenant que je sais que c'est un complétiste, son comportement de l'autre jour me paraît plus logique.

– Tu dois connaître un tas d'histoires fabuleuses sur cet endroit, continue Oliver.

Je hausse les épaules.

– Quelques-unes, je suppose.

C'est la tempête sous mon crâne quand j'essaie de me rappeler une seule petite légende des dossiers de maman, en vain. Je ne supporte pas très bien la pression. Je ne sais pas comment Cynthia arrive à jouer quand elle monte sur scène devant tout le monde.

– J'adore les histoires de fantômes, me confie Oliver. Et les faits historiques bizarres. Les phares et les endroits comme Rock Point, c'est une mine d'or, pour ça. Pas comme les banlieues barbantes.

Moi aussi, j'adore ça. Mais l'idée que le Sucre d'Orge puisse être une source d'histoires ne m'était jamais venue à l'esprit. J'observe le vestibule avec un intérêt renouvelé. Peut-être que je retournerai jeter un œil aux dossiers de maman pendant qu'Oliver... Perplexe, je plisse le nez. *Pendant qu'Oliver mesure tout autour de nous ?*

Il a sorti un mètre de professionnel et lorgne l'arche qui mène à l'unique escalier.

– Ça ne t'embête pas si je...

Il désigne l'étage de son menton pointu.

– Vas-y.

Il sourit, et je refuse son argent d'un geste. Mais bon sang, qu'est-ce qu'il fabrique ? Je ne peux pas lui poser la question, parce qu'un groupe de gamins tous vêtus du même T-shirt orange vif de centre aéré déboule, suivi de deux monitrices adolescentes à l'air harassé (les petites sœurs de deux mecs de mon lycée) et de deux adultes encore plus harassés. En général, les centres aérés amènent les enfants ici les jours de pluie, alors je suis surprise de les voir.

– Problème de plomberie, explique avec un soupir la plus âgée des deux femmes, vêtue d'un short en treillis et du T-shirt du centre. On doit trouver des choses à faire avec eux toute la journée pendant les réparations. On a raté le premier ferry pour Hubbard Island, alors on est venus attendre le suivant ici.

Ça explique leur fatigue.

– Voulez-vous que je prévienne le café qu'il va y avoir un groupe ?

– Non merci, on a apporté notre pique-nique.

Dommage. Maman aurait été ravie de recevoir tant de monde si tôt dans la saison.

– Vous pouvez toujours aller prendre un café, je suggère.

– Ce serait super, mais ces petits démons sont intenables, répond-elle.

Elle n'a pas tort. Les gamins font un tel vacarme qu'Oliver descend de la tour pour voir ce qui se passe. Une bonne chose, car plusieurs gamins foncent vers l'étage, une monitrice adolescente sur les talons. Oliver se plaque contre le mur pour les laisser passer.

– On ne tient qu'à trois maximum dans la tour ! je lance dans leur dos.

Je croise le regard d'Oliver et je lui fais un sourire navré. Il hausse les épaules comme pour dire « Qu'est-ce qu'on y peut ? ». Il articule « À plus » et file, manquant trébucher sur deux gamins qui se précipitent vers le mini-stand de souvenirs. Je suis déçue mais, franchement, je ne peux pas lui en vouloir. On dirait que le Sucre d'Orge a été envahi.

Après leur départ, quand j'ai fini de remettre de l'ordre dans le vestibule, c'est l'heure de déjeuner et j'ai oublié d'apporter mon pique-nique. Retour au Café du Phare.

Et une fois de plus, Oliver y est, assis au bar. Il bavarde avec Céleste et sa beauté intimidante. J'essaie de m'esquiver avant qu'ils me voient, mais Céleste, parfaite en tout point, même en tant qu'employée, lève aussitôt les yeux.

– Salut, Mandy.

Oliver pivote sur son tabouret et sourit.

– Je vois que tu as survécu à l'invasion de barbares.

– Je suis en un seul morceau. Et les vitrines aussi, heureusement.

Je traîne sur le seuil comme une idiote. Une fois de plus, je ne sais pas trop si je dérange.

– Tu as rendez-vous avec quelqu'un ? demande Céleste en sortant des menus.

– Oh, nan !

Elle doit croire que je veux une table, puisque je suis encore plantée dans l'entrée. Oliver me sourit, les jambes tendues devant lui, une tennis posée sur l'autre. Il a la même position quand il est debout, avec une jambe placée légèrement devant l'autre et les chevilles croisées. Ça doit être une posture de Californien relax.

– Tu sais ce que tu veux ?

Céleste sait bien que je connais le menu par cœur, comme elle.

Le burrito n'était pas loin d'être ignoble, alors je décide de goûter un truc qui ne passe pas au micro-ondes.

– Une salade ?

– Homard, crabe, poulet ou juste des légumes verts ?

– Poulet, s'il te plaît. Avec une limonade.

Elle glisse un grand gobelet en plastique sous le distributeur de limonade, puis le pose à côté d'Oliver. Je suppose que je vais donc m'installer là.

– Oliver m'a dit que tu avais reçu un groupe, dit Céleste en posant la serviette en papier qui enveloppe mes couverts sur le bar, pendant que je m'assieds sur le tabouret. Tu penses qu'ils vont venir ici ?

– Ah non, désolée. Ils viennent d'un centre aéré. Ils ont apporté leur pique-nique.

Elle lève vers le ciel ses yeux verts.

– Évidemment. Attends, je vais te chercher ta salade.

– Elle doit s'ennuyer autant que moi, dis-je alors qu'elle pousse la porte de la cuisine.

– Ce n'est pas juste qu'elle s'ennuie. Elle ne gagne pas de pourboires quand il n'y a pas de clients, souligne Oliver. Elle s'inquiète des frais de scolarité pour la fac.

Elle lui a donc raconté ses malheurs. Ils se rapprochent. Quand il est venu au phare, il était si occupé à prendre des mesures et à faire des croquis qu'il ne m'a pratiquement pas parlé.

Je m'affale et je laisse mes cheveux tomber comme un rideau qui masque les côtés de mon visage. Je ne veux pas que ce néon clignotant qui dévoile toujours ce que je pense montre ma jalousie à Oliver. Mais sérieux, qui pourrait ne *pas* craquer pour elle ? Et pourquoi ne craquerait-elle pas pour lui ?

Quoique... Céleste est étudiante. Alors que lui, il entre en première, comme moi, non ? Cette idée me réconforte suffisamment pour que je retrouve l'appétit que j'ai perdu en entrant dans le café.

– Il paraît que ce garçon, Oliver, a passé pas mal de temps avec toi, dit maman.

Ma fourchette ne parvient pas jusqu'à ma bouche ; elle reste en suspens, avec des œufs brouillés qui pendouillent entre les dents. Une fois par semaine, on mange un petit déjeuner en guise de dîner, et c'est ce soir.

Aujourd'hui, c'est le jour où maman travaille tard à la bibliothèque. Bien que les cours soient terminés, elle reste très fréquentée. Les Habitués de l'Été sont tout le temps à court de livres, parce qu'ils oublient à quel point il pleut souvent ici. Et puis c'est à la bibliothèque qu'on trouve le meilleur réseau Wi-Fi de la ville et une couverture mobile à peu près stable.

J'ingurgite les œufs brouillés pour gagner du temps, afin de maîtriser mes diverses réactions. Stupeur qu'elle soit au courant, irritation que tout le monde sache tout sur tout le monde dans cette petite ville, légère excitation en découvrant que les gens pensent que c'est *moi* qu'Oliver vient voir.

– Pas avec *moi*, dis-je une fois que j'ai dégluti. Il est amoureux de ton phare.

Maman glousse.

– C'est vrai que je le considère un peu comme mon phare...

Elle tend le bras pour me tapoter la main.

– Et le tien, maintenant.

Nouvelle pensée : sait-elle que je ne l'ai pas fait payer ? Ça l'embêterait sans doute plus que l'idée qu'Oliver essaie de me séduire dans la tour.

– S'il s'intéresse vraiment à l'histoire du phare, tu devrais l'envoyer à la bibliothèque.

Le bureau de la Société d'histoire est au dernier étage de la bibliothèque. C'est sa deuxième maison, ce bâtiment. Je pense que si elle ne considérait pas qu'une mère doit être présente avec une adolescente à la maison, elle serait ravie d'emménager là-bas.

– Je lui en parlerai, dis-je, sachant que je n'en ferai sans doute rien.

S'il est à la bibliothèque toute la journée, il ne passera plus aussi souvent au Sucre d'Orge.

– Tu discutes beaucoup avec lui ?

Je soupire.

– Ne t'inquiète pas, maman, dis-je en versant du sirop d'érable sur mon bacon. J'accueille tout le monde comme l'exige mon rôle d'hôtesse.

J'ai dû répondre sur un ton qui l'a énervée, parce que maman se hérisse et rétorque :

– C'est bon à savoir, mais ce n'est pas pour ça que je t'ai posé la question.

Elle tapote la table, comme elle le fait quand elle se prépare à aborder un terrain délicat.

– Je me demandais si tu savais des choses sur lui.

Aïe. Comment gérer ça ? Est-ce qu'elle me pose vraiment la question ou est-ce qu'elle sait déjà que c'est le petit-fils du Frappadingue ? Et si elle le sait, est-ce qu'elle va m'interdire de le fréquenter, si du moins j'en ai l'occasion un jour ? En dehors du phare, je veux dire.

– Pas tellement, je réponds avec méfiance. Et toi ?

Je viens de penser que maman pourrait être une bonne source d'informations.

Elle boit une gorgée de déca, sa concession pour ce petit déjeuner du soir.

– Des rumeurs. Tu sais comment c'est, Rock Point.

Oui je le sais.

– Alors ? je reprends d'un ton aussi dégagé que possible. Qu'est-ce que tu as entendu ?

– L'info qui me paraissait la plus improbable s'est révélée exacte. C'est le petit-fils de John Framingham. Il est ici en visite avec sa mère.

Donc elle le sait déjà.

Elle hausse un sourcil.

– Tu n'as pas l'air étonnée.

– En fait, il me l'a dit. Et je les ai vus ensemble à la fête du Lupin.

– Ah oui, c'est vrai que le Frappadingue y a été aperçu...

Je la regarde bouche bée. Elle sourit.

– Quoi ? Les adultes le trouvent aussi bizarre que vous, les gamins.

– Comment tu l'as su ?

– La mère d'Oliver est passée à la bibliothèque. Elle avait besoin d'utiliser notre connexion internet. Je ne suis pas surprise qu'il n'y en ait pas chez lui.

– Ouais, bizarrement, l'ermite le plus grincheux de la planète n'a pas l'air du genre à traîner sur les réseaux sociaux. Alors, elle est comment ?

– Un peu oppressante. Tu sais, le genre de cadre stressée qui veut que tout soit fait pour hier. Elle a essayé de le dissimuler, mais j'ai bien vu que notre connexion n'était pas assez rapide à son goût et qu'elle ne connaît pas le mot « détente ». Mais elle était plutôt sympathique.

Maman pique un morceau de bacon trempé de sirop dans mon assiette.

– Je me demande comment c'était, d'avoir John Framingham comme père, dit-elle d'un ton songeur. Elle a dit qu'elle avait grandi à Cranston, alors il est possible qu'on soit allées aux mêmes fêtes.

– Le Frappadingue n'a pas toujours vécu à Evergreen, alors ?

– Il a emménagé ici au moment de ta naissance, je crois.

– Elle a dit combien de temps ils restaient ?

– Difficile à dire. Je crois que le projet, c'est de rester tout l'été, mais je ne sais pas combien de temps elle va tenir. Elle semblait pas mal agacée par les problèmes de réseau mobile, aussi. Elle en a rigolé, mais je ne pense pas qu'elle soit vraiment en vacances.

Mon cœur se serre. Je n'aurai peut-être jamais l'occasion de vraiment faire la connaissance d'Oliver, s'ils partent bientôt.

À l'approche de la fermeture, Oliver entre dans le phare. Il ne prend plus la peine d'essayer de payer, vu que je refuse chaque fois son argent (ne m'en veux pas, maman !).

Je suis en train de faire le bilan de la fin de semaine : nombre de visiteurs, quels articles ont été vendus, tout ce qu'on doit réapprovisionner. Assez facile, car on n'a pas eu grand monde.

Il tient son carnet de croquis devant lui comme un bouclier. Il paraît changé. Timide. Mal à l'aise. Il n'a pas la même attitude, d'habitude.

– Euh...

Il écarte les cheveux qui lui tombent sur le front et s'éclaircit la gorge, puis il réessaie :

– Euh, je parie que tu t'es demandé ce que je fabriquais.

– Peut-être un peu.

Il s'approche encore. Pourquoi est-il aussi hésitant ? Peu importe. Il est tellement mignon, avec cet air vulnérable.

Il pose son carnet sur mon bureau et dit :

– Jette un coup d'œil.

Je le regarde d'un air interrogateur et je me retiens de me jeter dessus. Je mourais d'envie de voir ce qu'il avait fait pendant tout ce temps.

Je ne comprends pas tout de suite. Sur la première page, il a scotché des images photocopiées du Sucre d'Orge. Perplexe, je tourne la page. Et là, il y a un croquis du phare avec des notes et des conversions : *1/8ᵉ = 30 cm*, ce genre de choses. Mon regard dérive vers son visage, puis revient sur la page. C'est lui qui a fait ces croquis ? Ils sont incroyables.

Sur les pages suivantes, il y a d'autres vues du Sucre d'Orge avec des détails en gros plan : les fenêtres qui ressemblent à des hublots dans la tour ; les diverses portes, à l'intérieur comme à l'extérieur. Ainsi qu'un plan avec des croquis du Café du Phare.

– Ils sont vraiment excellents, dis-je.

Arrivée aux derniers dessins, incroyablement précis et détaillés, je ferme le carnet. Je suis soulagée qu'il n'y ait pas de portraits romantiques de Céleste. Mais je ne comprends pas pourquoi des croquis de notre phare le mettent si mal à l'aise.

– J'ai calculé l'échelle, puis dessiné ce qui me paraissait le plus utile, dit Oliver.

– Le plus utile pour quoi ?

A-t-il le projet de faire construire une réplique du Sucre d'Orge dans son jardin, en Californie ? Ça ferait certainement forte impression, dans une banlieue chic.

– Ah oui. Comme d'habitude, j'ai oublié le principal. Maman dit toujours que j'amène les choses à l'envers.

Je le regarde toujours sans comprendre.

– Tu es prêt à recommencer par le commencement ?

– Le 4 Juillet.

Il tapote le tract rouge qui dépasse sous le carnet. Le tas est encore presque aussi épais que lorsque Mme Gallagher les a déposés. On ne peut pas dire que les affaires aient marché très fort.

J'attends qu'il continue parce que, même s'il a l'air de penser qu'il a tout expliqué, je suis toujours complètement paumée. Ce qui lui semble évident n'est pas clair du tout pour moi.

– Le défilé de bateaux ! On devrait fabriquer une réplique du phare et participer au défilé avec, toi et moi.

Pépé m'a déjà dit que je pouvais prendre un de ses petits dériveurs. Qu'est-ce que t'en penses ?

Ce que j'en pense ? L'ai-je bien entendu dire « toi et moi » ? Comme dans « on devrait faire ça ensemble, *toi et moi* » ? Oliver et moi. Lui et moi. Avec un objectif commun. Et beaucoup de temps à passer ensemble.

Mes fantasmes s'interrompent brusquement quand je vois la déception qui s'affiche sur son visage.

– Désolé, marmonne-t-il en récupérant son carnet. C'est toi qui m'as donné ce tract. Je... Je pensais que ça t'intéresserait. Je n'aurais pas dû partir du principe que...

– Mais oui, ça m'intéresse !

Je pose vite ma main sur la sienne pour l'empêcher de reprendre son carnet.

– Ça m'intéresse carrément !

Était-ce trop enthousiaste ? Peu importe. Nos regards se croisent et je sens sa main sous la mienne. Je ne veux pas la bouger. J'ai le sentiment qu'il ne veut pas non plus.

Pendant un moment délicieux, on se sourit, puis la gêne revient et on bat en retraite.

– Il faut qu'on s'y mette tout de suite, lui dis-je. On a moins de trois semaines.

– J'ai déjà un peu commencé, m'annonce-t-il. Mais ouais. On a la pression. Tu dois bosser ici tous les jours ?

– Non. Je suis là quatre jours par semaine. Janet Milner me relaie les deux autres jours où on est ouverts.

Et puis il fait jour tard, alors on peut encore travailler après ma journée au phare. Non ?

– Si. C'est quand, ton premier jour de congé ?

– Demain, dis-je.

Jamais je n'ai été aussi heureuse d'employer ce mot.

– C'est vraiment demain, je chuchote d'une voix rauque dans le combiné. Demain !

– Quoi ? fait Cynthia. Je t'entends à peine. T'es où ?

J'arpente la terrasse en jetant des coups d'œil à chaque extrémité de la rue. Je suis trop agitée pour rester tranquille. Je guette maman : je ne veux surtout pas qu'elle surprenne cette conversation. Pas plus que les voisins.

Je m'apprête à faire quelque chose d'énorme : aller chez un garçon, un garçon qui me plaît, sans le dire à ma mère. Et la raison pour laquelle je ne lui dirai pas, c'est le point le plus important de cette histoire : ce garçon habite chez Framingham le Frappadingue.

– Je suis chez moi, dis-je d'une voix un peu plus normale. Mais c'est de la dynamite, ce que j'ai à t'annoncer.

– C'est ce que je préfère ! dit Cynthia. Qu'est-ce qui va exploser ?

– Moi ! Et...

Je baisse à nouveau la voix.

– ... peut-être ma mère.

– Ouuuuh.

J'entends un bruissement. Je devine que Cynthia s'installe plus confortablement pour une longue conversation.

– Crache le morceau.

Je m'arrête pour répondre aux salutations de M. Martin, qui promène son chien. Tonnerre. Enfin, pour être exacte, c'est Tonnerre qui le promène. M. Martin me sourit et continue à trottiner dans la rue.

– Allô ? fait Cynthia. Tu es toujours là ?

– J'attends juste que la voie soit libre.

Je lui répète ma conversation avec Oliver dans les moindres détails parce que, bien sûr, je les ai mémorisés. Pour une fois, Cynthia ne m'interrompt pas.

– C'est fou ce qu'il était timide et mal à l'aise en amenant cette adorable proposition pour le 4 Juillet. Enfin, cette suggestion, je rectifie en hâte.

Aïe, c'est encore pire.

– Je veux dire, cette *invitation* à travailler ensemble, je conclus lamentablement.

Après un bref silence, Cynthia lâche :

– Waouh.

– Ouais. Waouh puissance mille.

– Mais je ne comprends pas le problème avec ta mère, reprend Cynthia. Pourquoi tu ne pourrais pas lui en parler ? Je sais bien que tu n'es jamais vraiment sortie avec un mec, mais ça ne veut pas dire que...

– Tu oublies le problème principal ! je couine.

Mon regard fuse de droite à gauche pour vérifier que je suis seule. Je baisse à nouveau la voix.

– Rappelle-toi de qui on parle. Qui est de sa *famille*...

J'entends une vive inspiration.

– Tu as raison. C'est pratiquement une bombe atomique, cette histoire.

– Alors tu vois pourquoi je ne peux pas en parler à ma mère. Elle pourrait m'empêcher d'y aller. Mais on doit construire le bateau chez lui. Vu que c'est là qu'il est, le bateau, j'ajoute, même si je sais que j'enfonce une porte ouverte.

Mais puisque Cynthia avait oublié que le Frappadingue faisait partie de l'équation, je me dis que j'ai intérêt à mettre les points sur les i.

Nouveau silence.

– Allô ?

Je vérifie mon téléphone. Il n'y a pas beaucoup de réseau, mais c'est habituel. Il y en a quand même assez pour rester en ligne.

– Je réfléchis, c'est tout.

Bien ! Je compte sur elle pour trouver un plan génial afin d'éviter que maman panique et m'interdise d'y aller. Elle est douée, pour ça.

– Peut-être... commence-t-elle, puis elle s'interrompt.

– Oui ?

– Peut-être que, cette fois, ta mère a raison.

Je cligne des paupières. Deux fois. Ce n'est tellement pas ce que je pensais entendre !

– Qui sait sur quel énergumène tu vas tomber.

– Oliver n'est pas fou, je proteste vivement.

– Ce n'est pas ce que je dis. Mais tu veux vraiment te retrouver dans le Palais des Horreurs du Frappadingue avec un mec que tu connais à peine, sans voie d'accès ni réseau pour téléphoner ?

– À t'entendre, c'est comme si c'était un épisode de *Supernatural*.

– Je dis juste...

– Le Frappadingue est peut-être bizarre, mais on l'a toujours connu, ici, et il ne s'est jamais rien passé de si étrange, là-bas...

– À ta connaissance !

– Tu te moques de moi ? Si on trouvait ne serait-ce qu'une souris morte dans sa propriété, toute la ville serait au courant.

– Il y a toujours une première fois...

Je lui coupe la parole :

– C'est vraiment méchant d'appeler ça le « Palais des Horreurs du Frappadingue ». C'est un être humain. Il a le droit de vivre comme il l'entend sans que tout le monde le juge.

C'est vraiment bizarre, ça. Je défends Framingham le Frappadingue.

– Mandy, j'essaie juste de veiller sur toi. Tu es tellement dingue de cet Oliver que tu...

– Tu sais quoi, je pensais que tu serais contente pour moi. J'ai enfin trouvé un mec à qui je plais. Et qui me plaît.

– Écoute, je l'ai vu. Il est super mignon. Mais...

Je ne veux pas qu'elle termine cette phrase.

– Maman est arrivée au bout de la rue. Faut que j'y aille.

Pour la première fois de ma vie, je raccroche au nez de ma meilleure amie.

Pendant que je pédale sur Evergreen Road en direction de la maison de Framingham le Frappadingue, la voix de Cynthia m'engueule dans ma tête. A-t-elle raison ? Personne ne sait où je vais passer la journée. Si je disparaissais, quelqu'un saurait-il où me chercher ?

Une brindille craque dans les bois, sur ma droite, et je manque finir dans les fourrés avec mon vélo. « Ressaisis-toi ! » je m'ordonne.

Comment Cynthia a-t-elle pu me faire ça ? Je fulmine. Jusqu'à cet horrible coup de fil d'hier soir, j'attendais la journée d'aujourd'hui dans une euphorie totale. Maintenant, je suis hyper nerveuse : je redoute ce qui se passera si maman l'apprend ; j'ai peur que Cynthia ait raison et d'être en train de commettre une erreur tragique ; et j'ai carrément la trouille dans un bois que je connais depuis toujours.

J'ai reçu un texto de Cynthia ce matin ; elle m'ordonnait de lui écrire ou de l'appeler dès la minute où je rentrerais à la maison. *Si je n'ai pas de nouvelles de toi d'ici 19 h, je le dis à ta mère.*

Incroyable.

Mais, tandis que le bois s'épaissit autour de moi, ça commence à m'apparaître comme une super bonne idée.

La maison du Frappadingue est du même côté de la péninsule que le port, mais plus vers l'intérieur des terres, là où commence le bois. Les routes sont sinueuses, ici, alors on ne voit pas très loin devant soi, et c'est assez vallonné. On entrevoit de grandes maisons dans les percées entre les pins. Des boîtes à lettres bordent la route, marquant l'entrée de chaque propriété. Certaines sont totalement ordinaires, d'autres plutôt kitsch. Il y en a une avec un phare dressé sur le dessus, et une autre en forme de palourde géante.

Je monte une énième colline, les arbres deviennent de plus en plus denses. Les rayons du soleil tombent sur mon visage à travers les petits espaces entre les arbres innombrables. Les températures de l'été sont arrivées et je sais qu'il faut se réjouir d'avoir de l'ombre, mais elle me paraît chargée sur le plan symbolique. « Si j'étais dans un film... », je murmure avant de me forcer à interrompre le cours de mon imagination.

Je tourne au coin où on se rassemble le soir de Halloween pour se lancer le défi d'aller frapper à la porte du Frappadingue. C'est ma dernière chance de battre en retraite.

Je distingue du mouvement à travers les fourrés et je suis si surprise que je manque tomber de mon vélo. Je me redresse, le cœur battant. Puis il se met à cogner encore plus fort quand je reconnais la silhouette qui arrive au bout du chemin.

Oliver.

Toute la semaine dernière, j'ai appris à reconnaître cette démarche élastique et ce mouvement de tête pour chasser les mèches qui lui tombent sur le front. Il sourit et me fait signe. Je pédale vers lui, contente de l'obscurité des bois qui m'angoissait il y a à peine une minute.

– J'ai voulu venir à ta rencontre pour éviter que tu te perdes, dit-il quand je descends de mon vélo. Ça peut être difficile de trouver la bonne route. Ma mère l'a manquée trois fois quand on est arrivés.

– Merci.

Je ne lui avoue pas que je connais bien le coin. Que tous les mômes de Rock Point le connaissent.

– Viens, dit Oliver. On a beaucoup de boulot !

Je pousse mon vélo sur le sentier plein d'ornières. Oliver marche de l'autre côté.

– Est-ce que... Est-ce que ta mère est là ?

Je m'apprêtais à lui demander si son grand-père était là, mais j'ai changé d'avis à la dernière seconde.

– Dans la maison. Et Pépé est dans le cabanon. Il a dit qu'il pourrait nous aider.

Nous aider ? Je ne sais pas ce qui me choque le plus : l'idée de me retrouver nez à nez avec le Frappadingue – c'est un peu comme bavarder avec un yéti – ou le fait qu'il soit carrément disposé à nous aider.

Le sentier ne paraît pas du tout aussi long que le soir de Halloween. Bientôt, une maison d'un étage avec un grenier apparaît entre les buissons, avec le pick-up bleu du Frappadingue garé sur le côté de la pelouse pleine de trous et une voiture argentée rutilante à côté. En plein jour, on voit mieux l'état de délabrement de la maison : tuiles manquantes sur le toit, peinture écaillée, terrasse affaissée. On dirait une maison dont personne ne se soucie. Je me demande comment c'est de loger ici.

– On est installés à l'arrière, annonce Oliver. Allons d'abord nous chercher des sodas.

Je hoche la tête, trop nerveuse pour ouvrir la bouche. Et je me prépare à affronter tout ce que je pourrais y trouver : têtes réduites, bougies vaudoues, piles de journaux jusqu'au plafond, moutons de poussière aussi gros d'un tyrannosaure.

Oliver pousse la moustiquaire et je le suis à l'intérieur, un sourire plaqué sur le visage, décidée à paraître détendue quoi qu'il arrive. Je m'immobilise après quelques pas. Ça ne ressemble à rien de ce que j'imaginais.

Le salon est grand, impeccable, avec seulement quelques meubles usés. Un canapé. Un grand fauteuil près de la fenêtre. Je m'aperçois que c'est la première fois que je vois les rideaux ouverts. Il y a une table basse devant le canapé avec une tasse de café et un journal dessus. Derrière le canapé, deux lampes et des livres sont posés sur une table. Il y a une cheminée avec un grand tas de bois empilé à côté ; je vois à ses briques noircies qu'elle sert beaucoup. Entre les fenêtres, une grande peinture à l'huile est accrochée ; une magnifique représentation de ce qui semble être le port de Rock Point dans la brume. C'est peut-être la vue dont profite le Frappadingue quand il laisse les rideaux fermés.

Près de la porte d'entrée, un escalier étroit mène à l'étage – sans doute aux chambres. Un encadrement sans porte, à l'autre bout de la pièce, révèle une cuisine d'un jaune solaire. Je ne m'attendais pas à voir cette couleur chez le Frappadingue. Il y a une porte dans ce qui semble être un nouveau mur, une sorte d'extension invisible de l'extérieur. La maison d'origine est tellement grande que je me demande pourquoi il a eu besoin de plus d'espace. C'est peut-être là qu'il cache les cadavres...

« Arrête ! » je m'ordonne en suivant Oliver, qui traverse le salon. Malgré tout, je ne peux pas m'empêcher de jeter un coup d'œil par la vitre de la porte qui donne sur l'extension. Je n'aperçois que ce qui semble être des rouleaux de toile.

– Salut, maman, lance Oliver quand on entre dans la cuisine. Je te présente Mandy.

Si le salon m'a surprise, la cuisine est un vrai choc. Le vieux poêle gigantesque qui occupe beaucoup d'espace me paraît logique ; on dirait qu'il était déjà dans la maison au temps des dinosaures. Mais la batterie de cuisine de luxe ne colle pas avec le reste. La machine à cappuccino que la mère d'Oliver est en train d'utiliser va bien avec *elle*, mais pas avec le Frappadingue. A-t-elle un si grand besoin de sa machine à café habituelle qu'elle l'a apportée ?

Elle lève le nez de la mousse et sourit.

– Bonjour, Mandy. Tu es la fille de la bibliothécaire, c'est ça ?

– C'est ça.

Je souris. C'est Oliver qui a dû lui dire ça. Ce qui signifie qu'il a parlé de moi.

Et c'est là que ça me revient. Il n'y a pas de secrets à Rock Point. La mère d'Oliver parlera à ma mère de ma visite ici la prochaine fois qu'elle aura besoin d'une connexion internet.

Elle verse la mousse dans sa tasse avec une cuillère et saupoudre de la cannelle dessus. Même si elle me tourne le dos, je vois ce que ma mère a vu. Une femme soignée et posée qui dégage une sorte d'énergie retenue, comme si elle brûlait de faire des choses et qu'il n'y avait pas assez à faire. Si je portais son pantalon en lin bleu marine et son haut blanc bien repassés, ils seraient chiffonnés et tachés à peine enfilés.

Elle se retourne et s'appuie sur le bar.

– Tu sais, ce défilé de bateaux existait déjà quand j'étais gamine, dit-elle. Les moteurs sont toujours interdits ?

– Ouaip, je réponds.

Puis je m'aperçois que je ferais sans doute mieux de lui donner une réponse plus élaborée. C'est la mère d'Oliver ! Je veux faire bonne impression.

– Dommage, commente-t-elle. Ce serait beaucoup plus facile de fabriquer des décorations sophistiquées si on n'était pas obligés de ramer.

Ce problème m'avait traversé l'esprit, à moi aussi. J'ai vu suffisamment de barques se renverser et de rames arracher des décorations pour savoir que ce sera une difficulté de ramer. C'est super marrant quand on regarde ça depuis le rivage, Cynthia et moi. Personne n'est jamais vraiment blessé. Les participants finissent trempés et frigorifiés, certes, mais le défilé est trop bien surveillé pour qu'il se passe quelque chose de grave. Mais cette fois, je vais faire partie des gens qui risquent de finir à l'eau.

– Je trouve ça cool, intervient Oliver en ouvrant le frigo pour en sortir deux sodas.

– Je sais. Tu adores les défis, déclare sa mère en lui souriant.

Elle lui ébouriffe les cheveux quand il passe devant elle.

– Mamaaan ! râle-t-il.

Il me tend mon soda et se recoiffe avec la main.

– Bon, je ne vais pas vous retenir. Je sais que vous avez beaucoup de travail, tous les deux.

– C'était un plaisir de vous rencontrer, madame...

Je m'interromps en me rappelant qu'elle est divorcée, maintenant, et que j'ignore quel nom elle utilise.

– Appelle-moi Alice, dit-elle.

Waouh. Une adulte qui me propose de l'appeler par son prénom ? Elle n'est vraiment *pas* de Rock Point.

– Eh bien, merci, Alice.

Ça me fait bizarre, mais je me sens très adulte.

– Il reste le gratin de macaronis au homard que Pépé a laissé, de la salade et de la viande froide, si vous avez faim, nous dit-elle.

Puis vient le coup fatal :

– La bibliothèque est ouverte, aujourd'hui ?

– Non, je réponds.

Par chance, c'est vrai. Maman y est, mais pour s'occuper de la Société d'histoire ; la bibliothèque est fermée au public.

Mme... *Alice* soupire.

– Je suppose que j'irai à Franklin, dans ce cas. Faites-moi signe si vous voulez que j'achète quelque chose.

– OK, dit Oliver.

J'ai survécu à la première épreuve : rencontrer la mère. Je crois que j'ai réussi. Maintenant, on passe à la deuxième : rencontrer le Frappadingue.

Peut-être qu'on s'est tous trompés sur lui, me dis-je, songeuse. La maison est tellement... normale ! Peut-être que le Frappadingue l'est aussi.

On franchit la porte de la cuisine. Le jardin de derrière est beaucoup plus grand que celui de devant, quoique tout aussi négligé. Il y a un grand cabanon qui a pratiquement la taille d'un petit pavillon. Une table de pique-nique avec des bancs est installée sous un arbre qui offre de l'ombre ; du gazon et des mauvaises herbes s'enroulent autour des pieds de la table. Juste devant le cabanon se dresse un établi avec un étau fixé dessus et une scie. Je retrouve cette bonne odeur de bois fraîchement coupé et poncé. En effet, il y a plusieurs planches impeccables empilées à côté de l'établi.

– Pépé ? appelle Oliver. Tu es derrière ?

Pendant qu'Oliver s'avance vers le cabanon, je bois une gorgée de soda et je m'installe sur le banc de la table de pique-nique.

– Pas la peine de hurler.

Framingham le Frappadingue sort du cabanon armé

d'un rouleau de grillage. Il me regarde en plissant les yeux.

– Pépé, je te présente Mandy. Elle va m'aider pour le bateau.

– Bonjour, dis-je.

Je me retiens de dire : « Bonjour, le Frappadingue. »

Le Frappadingue se contente d'un bref signe de tête, puis appuie le rouleau de grillage contre le cabanon.

– Je vous apporte le matériel, dit-il à Oliver. C'est comme ça qu'il faut commencer. Avec tout à portée de main.

– D'accord, Pépé, dit Oliver en s'approchant du Frappadingue. Il reste beaucoup de choses à sortir ?

– Oui, pas mal.

Ils se dirigent vers le cabanon. Je me lève et je pose ma cannette de soda sur la table. Je m'apprête à les suivre quand le Frappadingue lance par-dessus son épaule :

– On s'en occupe.

– Ah. Euh... D'accord.

Je me rassieds. Est-ce qu'il pense que je ne dois pas toucher aux outils sous prétexte que je suis une fille ? Ou bien est-ce que le Frappadingue ne veut pas de moi dans son cabanon ?

Je bois une autre gorgée de soda. La brume s'est dissipée et, maintenant, c'est l'extérieur de la cannette qui transpire. Bientôt, ce sera mon tour.

Oliver et le Frappadingue ressortent. Oliver est chargé d'une caisse à outils, son carnet glissé sous le bras. Le Frappadingue apporte une agrafeuse dans une main et du fil de fer dans l'autre. En les regardant côte à côte, je vois la ressemblance. Ils ont tous deux de longues jambes et des épaules plutôt étroites. On ne risquerait pas de les prendre pour des joueurs de football américain. Comme à son habitude, le Frappadingue porte sa chemise en flanelle et sa salopette maculée de taches de peinture. Aujourd'hui, peut-être parce qu'il travaillait, ses cheveux gris en bataille sont retenus en arrière non seulement par un catogan, mais aussi par un bandana violet, style hippie.

– Je vous laisse, dit-il. Je pars à la pêche. Préviens ta mère.

– OK, dit Oliver.

Le Frappadingue retourne dans le cabanon. Oliver pose son carnet sur la table de pique-nique et l'ouvre sur un schéma de la structure qu'il veut qu'on fabrique. C'est assez intimidant.

– Bon, je pense avoir fait tous les calculs, commence-t-il.

Mais il s'interrompt quand le Frappadingue ressort avec son matériel de pêche. À présent, il porte un chapeau en toile élimée et il a remplacé sa chemise par un T-shirt qui dévoile des bras musclés et bronzés. Maigres, mais musclés. Il me semble que le mot approprié, c'est « secs ». Sa chemise est désormais nouée par les manches autour de sa taille. Il nous fait un signe de tête en passant, mais ne dit pas un mot de plus. Il contourne la maison et, quelques minutes après, on entend son camion démarrer.

Oliver tripote le crayon qu'il a dans la main.

– Euh... Mon grand-père ne parle pas beaucoup. Ne le prends pas personnellement.

– Non, non.

Je me demande si Oliver a conscience de la réputation de son grand-père dans notre ville. Dois-je lui en parler, ou bien est-ce que ça risquerait de se retourner contre moi ?

– Pépé m'a aidé à déterminer de quel matériel on aura besoin, reprend Oliver. Il a déjà des tas de trucs.

– Et comment ça va marcher ? je demande.

Il me montre le schéma.

– On va prendre les planches pour faire la base. Pépé les a déjà découpées à la bonne taille. On construira le phare par-dessus.

– Avec du grillage, je devine.

– Exactement. C'est léger, alors ça devrait fonctionner.

– Ouais, dis-je en riant. Ce serait hyper gênant si un phare faisait couler un bateau. C'est ce qu'il est censé éviter !

Il sourit, puis reporte son attention sur le schéma.

– Quand on aura formé la structure, on pourra la recouvrir de papier mâché et la peindre.

– Et le chapeau ? je demande.

Il fronce les sourcils.

– Le quoi ?

Mes joues s'empourprent.

– C'est comme ça qu'on appelle le sommet de la tour,

où se trouvait la lampe. Ça va être difficile de faire ça en grillage.

– Ah, la salle de la lanterne ! Je pensais peut-être la faire en balsa. C'est super léger. Je m'en sers tout le temps pour fabriquer des maquettes.

Donc c'est un fan de modélisme. Ça le range un peu dans la catégorie des ringards obsessionnels, mais je ne l'en apprécie que plus, bizarrement.

– Quel genre de maquettes ?

Il rougit.

– Oh, tu sais, les trucs habituels. De vieux modèles d'avions. Des baleiniers. Ce genre de choses.

– C'est pour ça que tu étais si captivé le jour de la fête.

– Ah, tu as remarqué ça...

– Ouais, un peu, dis-je.

Il sourit à nouveau. Je ne sais pas pourquoi, mais ça m'enchante d'arriver à le faire sourire si facilement.

Oliver pose les planches sur l'établi.

– À l'échelle que j'ai calculée, le phare sera assez petit pour tenir dans le bateau, et assez grand pour qu'on puisse s'asseoir dedans.

– Et comment tu vas ramer ? je demande, tâchant de comprendre ce qu'il a en tête.

– Qui a dit que ce serait moi qui ramerais ?

Je le regarde, bouche bée.

– Tu m'as embarquée dans ce projet pour que ce soit moi qui me coltine le plus dur ?

– Je plaisante ! Quoique...

Il observe les planches.

– Tu y tiendrais sans doute plus facilement que moi.

– Vérifions que ce bazar peut flotter avant que j'envisage de me porter volontaire pour cette tâche.

Il me montre la mini-maison de gardien qu'il a déjà commencé à fabriquer, puis on passe la matinée à travailler sur la tour du phare. On cloue les planches ensemble pour constituer un carré, puis on utilise les agrafeuses pour y fixer le grillage. Oliver est hyper précis pour tout, alors ça prend une éternité. Il a remarqué que le Sucre d'Orge s'affine vers le sommet et il insiste pour que notre copie en grillage fasse pareil. Ce n'est pas facile à faire, d'autant que c'est mon rôle de tenir les extrémités ensemble pendant qu'il vérifie les mesures et ses croquis. Le grillage me rentre dans les mains et y laisse de profondes marques rouges. Je le trouve de moins en moins mignon et de plus en plus agaçant.

Quand on a terminé la forme de la base, Oliver recule et annonce :

– On a besoin d'une pause.

– C'est clair.

J'essuie mon front en sueur avec mon bras et je me mets à ouvrir et à refermer les doigts pour les dérouiller. Je ne savais pas qu'on pouvait se faire des foulures aux paumes des mains.

– Si on mangeait au bord de la rivière ? propose-t-il.

– Bonne idée.

Peut-être que ma mauvaise humeur va se dissiper quand je serai installée à l'ombre et qu'on n'aura plus à s'assurer que mes clous s'enfoncent parfaitement droit ou que les agrafes sont espacées de manière régulière. Dire que je trouvais M. Forester, notre prof de sciences, maniaque.

Je suis Oliver dans la maison. Le Frappadingue n'est pas rentré. La voiture argentée est garée devant, alors sa mère est toujours dans les parages.

– Euh... Le gratin de macaronis au fromage et au homard, ça ne me paraît pas très commode pour un pique-nique.

– Pas tellement, j'acquiesce, soulagée de ne pas avoir à admettre ma hantise des produits de la mer.

Je m'aperçois également que je meurs de faim. Un rapide coup d'œil à l'horloge m'indique qu'on a travaillé bien au-delà de mon heure de déjeuner habituelle.

– Est-ce que ça te dirait...

Il farfouille dans le frigo et en sort un truc enveloppé dans du papier.

– De la dinde ?

Il pose le paquet sur le bar. Puis il replonge la main dans le frigo et en sort un autre paquet.

– Ou du jambon.

Il le pose également sur le bar.

– Ou encore ce vieux classique, un sandwich au beurre de cacahuètes et à la confiture. Naturellement, c'est de la confiture de myrtilles sauvages du Maine.

Il sort les bocaux et les pose sur le bar, puis se remet

à inspecter le frigo. J'ai l'impression que si je ne l'arrête pas, il va le vider entièrement.

– Jambon, je déclare à l'instant où il brandit plusieurs fromages emballés dans du plastique.

Je m'approche et je lui en prends un qui ressemble à de l'emmental.

– Et fromage.

Il me fait un sourire radieux et toute mon irritation s'évapore.

– Moutarde ? Mayonnaise ? Salade verte ? Cornichons ?

– Des « cornichons » ? je répète. Mais qui est-ce qui mange ça, des cornichons ?

Il brandit un bocal en haussant les épaules.

– Pépé aime bien les aliments qui sortent de l'ordinaire.

– Tu te fiches de moi !

– Ça t'étonne ?

– Il... Il ne m'a jamais donné l'impression d'être un fin gourmet.

Je fronce les sourcils.

– Même s'il a une cuisine de type qui s'y connaît en cuisine.

– Ouais. Il est clairement plus doué que ma mère.

– J'ai entendu.

On lève le nez tous les deux. Sa mère est plantée sur le seuil.

– Euh... Désolé, maman.

Je note qu'elle a les mêmes yeux d'un bleu pétillant qu'Oliver.

– Ne t'excuse pas. Je suis d'accord avec toi. Il aime bien faire la cuisine, et moi pas. Mais je n'ai aucun souvenir de lui aux fourneaux quand j'étais gamine.

Elle ajoute d'une voix différente, moins chaleureuse :

– Il s'y est intéressé plus tard.

Elle lorgne le bar, désormais jonché de toutes les propositions qu'Oliver a sorties.

– Vous avez faim ?

– J'essaie juste d'être un bon hôte, explique Oliver.

Je vois que sa mère et lui s'entendent bien et qu'ils aiment se taquiner.

– Tu avais l'intention de manger le beurre de cacahuètes à la petite cuillère ?

Elle s'approche de l'évier et pose sa tasse de cappuccino dedans.

Oliver et moi, on regarde le bar. Il se frappe le front.

– Du pain ! Je savais bien que j'oubliais quelque chose.

– C'est le genre de truc qui m'arrive tout le temps, lui dis-je. Y compris de me frapper le front.

Il sourit encore. Manifestement, il apprécie mes mini-confessions. C'est chouette de rencontrer un garçon à qui je peux confier des trucs gênants et qui, au lieu de se moquer de moi (oui, Justin, c'est à toi que je pense !), trouve ça charmant. En tout cas, c'est l'impression qu'il me donne.

– Comment avance le projet ? demande Alice.

– On va poser le papier mâché après le déjeuner, dit Oliver.

C'est donc ça qui est au programme pour cet après-midi ? Excellent ! Ça, je sais faire. C'est très difficile à rater.

– J'ai l'impression que vous vous débrouillez bien.

– Où est la glacière ? demande Oliver. On va au bord de la rivière.

– Ne rapporte pas de boue, l'avertit-elle en s'écartant pour ouvrir un cellier extrêmement bien rangé derrière elle.

Elle récupère une glacière en polystyrène sur une étagère.

– Tu connais ton grand-père.

– Dehors, c'est dehors, dedans, c'est dedans, dit Oliver comme s'il citait une formule souvent répétée.

Il lui prend la glacière et y balance des sachets fraîcheur qu'il a sortis du congélateur. Sauf qu'il doit s'y prendre à deux fois avant qu'ils atterrissent là où il voulait. Je fais mine de ne pas le remarquer.

– Exactement.

Alice ouvre un placard et en sort une assiette, puis regarde le bar en plissant les yeux.

– Je vais attendre que vous ayez terminé ici.

Elle repose l'assiette sur l'étagère et repasse la main dans les cheveux d'Oliver en quittant la pièce.

Oliver lève les yeux au ciel et se recoiffe.

– Ah, les mères... Pas vrai ?

– Je connais le problème.

On prépare nos sandwichs – jambon-fromage pour moi, dinde avec des *cornichons* (*ouuuuuh là là !*) pour lui –, puis on les range dans la glacière. Oliver y ajoute deux sodas, deux pêches et des cookies. On sort dans le jardin, on fait le tour du cabanon et on emprunte un sentier en pente qui, d'après ce que me dit Oliver, mène à la rivière.

– J'ai découvert cet endroit le premier jour, raconte Oliver. Tu vas adorer.

Je lui jette un coup d'œil et je vois une adorable rougeur s'étendre sur son visage. « Exactement, me dis-je avec plaisir. Cette petite supposition que tu viens de faire ne m'a pas échappé. Je vais l'adorer parce que toi aussi. »

– Enfin, je *pense* que tu vas adorer.

Il prend la glacière dans l'autre main.

– Disons que je l'espère.

– J'en suis certaine, dis-je pour le soulager. Même si je n'ai pas pris de cornichons, j'ai l'impression que je peux me fier à ton jugement.

La partie boisée de Rock Point ne fait pas du tout le même effet que le port et la baie. Ce sont de grands espaces ouverts où le son circule facilement et où la lumière se reflète sur l'eau. Les jours où il fait beau, en tout cas. J'ai tout le temps envie de chuchoter, dans les bois ; la canopée, loin au-dessus de ma tête, et les ronciers épais donnent le sentiment que c'est un bon endroit pour les secrets. Les odeurs aussi sont différentes ; ce n'est pas le parfum salé de la mer, mais une odeur plus sombre – une odeur de pin et de terre humide.

– Ça devient plus étroit et plus raide, ici, dit Oliver. On ferait mieux d'avancer en file indienne.

Il passe devant moi, et je dois dire que j'apprécie de pouvoir observer son adorable petite manie : tapoter les buissons au passage, comme s'il les caressait. Et la façon dont son T-shirt bouge sur ses épaules quand il se baisse sous une branche basse. Sans parler de ses fesses galbées dans son short en jean.

J'accorde beaucoup trop d'attention à Oliver, et pas assez à mes pieds. Je trébuche sur des racines et je me cogne contre lui. Mes mains volent pour me retenir et finissent par empoigner son T-shirt. Ce qui lui fait perdre l'équilibre à son tour. On agite les bras et on atterrit dans la boue.

– Pardon, pardon, pardon ! dis-je alors qu'il se retourne pour me regarder.

– Ça va ? demande-t-il.

– J'aurais dû te prévenir. Je suis assez maladroite.

Bizarrement, un air soulagé passe sur son visage.

– Sérieux ?

– Euh... Ouais. Pourquoi tu réagis comme si je venais de t'annoncer que ta peste bubonique est en rémission ?

– C'est juste que... Moi aussi, je suis hyper maladroit !

– Ah oui ? Mais tu n'as pas fait une seule bêtise quand tu construisais la tour.

– Je suis bon en miniature, explique-t-il. Mais en taille

réelle… La seule raison pour laquelle je ne me suis pas encore pris d'arbre, c'est que je me concentre à mort.

– C'est génial ! je m'exclame.

On se regarde pendant un moment. Un regard appuyé comme si on se voyait pour la première fois. Ensuite, je gâche tout en éclatant de rire.

– Quoi ? demande-t-il, l'air méfiant, comme si j'avais juste fait semblant d'être maladroite pour le pousser à faire cet aveu.

– On est tous les deux super contents d'avoir notre maladresse en commun. Mais on travaille ensemble sur un projet qui nécessite non seulement qu'on utilise des outils pour fabriquer quelque chose, mais aussi qu'on navigue sur une rivière.

Il lâche un éclat de rire si contagieux que je m'esclaffe à nouveau. On se sourit en secouant la tête et, pendant une minute, je pense qu'il va peut-être m'embrasser. Mais il ne se penche pas vers moi et, tout d'un coup, je suis mal à l'aise. Je me lève et j'époussette l'arrière de mon short. Puis je lui tends une main pour l'aider à se lever. Il la prend et je sens la chaleur de la sienne, sa paume robuste et ses doigts fins. C'est la main de quelqu'un qui est capable de faire des travaux minutieux et délicats, pas une main de sportif ou de pêcheur.

Je la lâche dès que je me rends compte que je l'ai gardée un peu trop longtemps.

– Passe devant, dis-je d'un ton enjoué digne de Cynthia dans ses performances les plus guillerettes. Je te jure de ne plus te faire trébucher si tu me promets de ne pas nous emmener tout droit à la rivière pour nous noyer, j'ajoute de ma voix normale.

Il affiche un sourire qui laisse dépasser son incisive légèrement plus longue devant sa lèvre inférieure. Adorable.

– Marché conclu.

Il se retourne, et on se faufile prudemment jusqu'au bord de l'eau. La rivière est assez large, par ici, et coule avec une paresse de tortue. Le seul mouvement notable, c'est là où des rochers pointus dépassent et où l'eau doit les contourner en clapotant.

Je parcours la zone du regard en quête d'un endroit sec où on pourrait s'installer. Comme souvent dans le Maine, la berge est toute petite, et elle est essentiellement constituée d'herbe boueuse. On n'a pas pris la peine d'apporter une couverture, ce qui semble être une grave erreur.

– Je vais te montrer mon coin préféré, annonce Oliver.

Il écarte les branches d'un buisson épais, révélant un gros rocher plat. Un gros rocher plat et *sec*.

– Ça a l'air bien, dis-je.

Il se faufile de l'autre côté du buisson, puis le tient pour que je puisse passer sans trop d'égratignures.

On s'installe sur le rocher. La surface a été délicieusement réchauffée par le soleil, mais elle est tout de même rafraîchie par la brise qui souffle sur l'eau et l'ombre des arbres au-dessus. Oliver sort notre déjeuner, et j'essaie de trouver la position assise la plus flatteuse. Je décide de tendre mes jambes devant moi pour éviter une surexposition gênante. J'aurais vraiment dû vérifier ma tenue dans toutes les positions imaginables. Encore un truc pour lequel Cynthia m'aurait été utile. Je compte sur elle pour tant de choses. Mon cœur se serre un peu quand je repense à notre dispute d'hier soir.

Mais je retrouve vite le moral. Oliver s'agenouille à côté de moi et me tend mon sandwich. Je le lui prends, et il se retourne pour attraper les sodas. Il ouvre sa cannette, puis trinque avec moi. Il brandit la sienne comme pour porter un toast.

– À une bonne matinée de travail, dit-il.

– Sans blessés, j'ajoute en cognant ma cannette contre la sienne.

J'aurais préféré qu'il fasse un toast plus personnel, mais c'est quand même mignon.

On boit une gorgée chacun, puis on s'attelle à une mission plus sérieuse : manger. Je ne suis pas le genre de fille qui fait mine de ne pas avoir faim dès qu'il y a un garçon dans les parages. On ne doit pas trahir la nourriture de cette façon. Sauf si c'est du homard, bien sûr.

– Sympa, hein ? fait Oliver.

Il a terminé son sandwich et il est désormais allongé, les bras sous la tête, en train de contempler la cime des arbres.

J'avale le reste du mien, puis je m'étends à côté de lui.

– Carrément, j'approuve.

Au-dessus de nous, les feuilles bruissent dans le vent.

Chaque fois qu'elles volettent, une tache de ciel bleu lumineuse apparaît, puis s'évapore à nouveau.

– C'est marrant, dis-je, songeuse. Les quatre coins de Rock Point sont hyper différents. C'est comme s'il y avait quatre villes distinctes.

– Qu'est-ce que tu veux dire ?

Il roule sur le flanc, appuyé sur un coude.

Sensible à la proximité de son visage, je garde les yeux fixés sur les feuilles au-dessus de nous. Et puis je ne voudrais pas gâcher ce moment en devenant obsédée par la tache de moutarde au coin de sa bouche.

– Eh bien ici, c'est les bois et la rivière. Ensuite, il y a le port.

– Où il y avait les stands de nourriture pendant la fête.

– Ouaip. Pour moi, le port est un peu le cœur de Rock Point. La partie la plus *authentique*. C'est là que les pêcheurs vivent, travaillent et s'occupent de leurs bateaux. Les boutiques, là-bas, ce ne sont pas des magasins pour touristes.

– Il y a cette cabane qui vend du homard, souligne Oliver. J'ai même lu quelque chose dessus dans un guide touristique.

– Ouais, je lui accorde. Mais elle est toujours là quand il n'y a pas de touristes. Pour les pêcheurs de homards, c'est un moyen hyper pratique de se débarrasser d'une cargaison qui n'a pas été réservée par un restaurant.

– Et c'est quoi, les autres coins ? Pour toi.

– Il y a le côté de la baie, je continue.

J'apprécie de jouer les guides touristiques, d'autant que je peux le faire allongée. Avec un garçon. Un garçon qui est non seulement Mignon avec un « m » majuscule, mais qui, en plus, semble drôlement intéressé. Même si je ne sais toujours pas trop si c'est pour moi ou pour Rock Point.

– C'est là qu'on peut aller assouvir son manque de plage avec du vrai sable. Elle n'est pas très grande, mais il y a des boutiques de plage, des paysages de plage, des trucs de plage à faire. Des maisons de plage...

– Des parasols de plage, du volley-ball de plage...

Je continue notre petit jeu en gloussant.

– Des dunes de plage, de l'herbe de plage, des...

Je suis à court d'inspiration, alors Oliver prend le relais.

– Des baleines échouées sur la plage. Des parties de bingo sur serviette de plage. Des tombeurs des plages.

Je lui donne une tape sur la poitrine en riant.

– Ensuite, il y a le Square. La place du centre-ville, j'ajoute pour qu'il sache de quoi je parle. Là-bas, c'est une petite ville comme celles qu'on trouve un peu partout en Nouvelle-Angleterre. Mais ce qui rend Rock Point unique, dis-je en prenant conscience que je crois vraiment ce que je lui dis, c'est qu'on peut profiter de tous ces Rock Point différents en une seule journée. Il suffit d'avoir un vélo.

Il sourit.

– Tu adores Rock Point.

Je me redresse et me tourne vers lui.

– Tu sais quoi, peut-être bien.

Il se redresse à son tour, fouille dans la glacière et me tend un cookie. Je le prends en réfléchissant, les sourcils froncés.

– Ça ne va pas ? demande Oliver.

– J'étais juste en train de penser que je devrais te remercier.

– Pourquoi ?

– Pour plusieurs choses, en fait. Premièrement, parce que tu m'as fait voir ma propre ville sous un autre jour. Grâce à toi, je me rends compte que je ne la déteste pas, en fait.

Je croque dans mon cookie géant. Oh là là. C'est sans doute le meilleur cookie de farine d'avoine aux pépites de chocolat que j'aie goûté de toute ma vie.

– Et merci pour ce cookie ! je m'exclame en crachant des miettes.

Ma main vole vers ma bouche.

– Pardon.

– Merci Pépé, dit-il avec un sourire. Comme je te l'ai dit, il se débrouille bien en cuisine.

– Tu ne mentais pas.

Je bois une gorgée de soda pour faire descendre les miettes et je regrette aussitôt d'avoir chassé le goût du cookie. Heureusement, il est vraiment énorme, alors il m'en reste un tas de bouchées à savourer.

– C'était quoi, l'autre chose que tu allais dire avant d'être déconcentrée par ton cookie ?

– Merci de m'avoir proposé de décorer un bateau avec toi. J'ai toujours eu envie de participer au défilé.

– Alors pourquoi tu ne l'as pas fait ? demande-t-il en croquant dans son cookie.

Je hausse les épaules. Comment lui expliquer que ça n'a jamais collé ? Ça ne branchait pas Cynthia, et personne ne m'a jamais invitée à faire partie d'une équipe. Il penserait que je suis une naze qui n'a pas d'amis.

Je me détourne, tâchant de trouver un moyen de changer de sujet, et j'aperçois du coin de l'œil quelque chose qui flotte en aval. Je pivote et m'agenouille pour mieux voir.

– Tu as repéré quelque chose ? demande Oliver.

– Juste des brindilles enchevêtrées, dis-je.

Ces bâtons dans l'eau me rappellent quelque chose.

– Mes radeaux de poupées, je murmure.

Ma gorge se serre et j'ai du mal à respirer, comme si on appuyait sur ma poitrine.

– Quoi ?

Oliver se redresse et se glisse vers moi. Je me détourne. Je reconnais ces signes. Je suis au bord des larmes. « Pas cool du tout ! » je crie dans ma tête.

Je contracte la mâchoire et je serre les dents. Je déglutis pour essayer de dissoudre la boule dans ma gorge.

– Qu'est-ce qu'il y a ? demande-t-il, inquiet.

Je ne voudrais pas lui balancer l'excuse des « hormones », ce serait encore plus gênant que pleurer.

Je secoue la tête, ce qui, *horreur !*, fait couler des larmes de mes yeux. Je me cache la figure.

– Mandy ?

J'inspire vivement, je ferme les yeux de toutes mes forces derrière mes mains pour essorer les dernières larmes et je me force à le regarder.

– Je ne veux pas avoir l'air d'une folle, dis-je. C'est juste que...

Il me regarde avec tant de douceur et d'inquiétude que je me détourne. Les yeux fixés sur une branche qui se dresse contre un rocher, au milieu de la rivière, je termine :

– Je viens d'avoir un souvenir. Il m'est tombé dessus par surprise.

– Un mauvais souvenir ?

Sa voix est aussi douce et soucieuse que son expression.

– Non. Un bon, je soupire. Un souvenir de mon père et moi.

– Et ça t'a rendue triste ?

Je referme les yeux et je lâche un petit rire.

– C'est vrai. Tu n'es pas d'ici. Tu ne connais pas l'histoire de chaque habitant depuis sa naissance.

Je rouvre les paupières et je me tourne face à lui.

– Mon père. Il est mort quand j'avais huit ans. Il avait un problème cardiaque.

La perplexité soucieuse est remplacée par de la compassion.

– Oh, dit-il tout bas. Je suis désolé.

– Merci.

Je plie les genoux et je les serre contre moi. Avec une brindille, je trace de petits sillons dans la terre.

– En général, ça ne m'atteint pas. Tu sais ? Ça fait partie de moi. Mais de temps en temps, un souvenir me revient soudainement.

– Et la rivière t'a envoyé une attaque surprise ?

– Ouais.

Je sens mon minuscule sourire et je m'aperçois que, désormais, c'est un souvenir agréable, pas triste.

– Je ne viens pas souvent à la rivière. Je suppose qu'être ici maintenant...

Je lève la tête, mais je ne suis toujours pas vraiment prête à le regarder, alors je me concentre sur l'eau. Avec le bâton, je désigne le tas de brindilles qui m'a troublée.

– Ce tas de brindilles, Dieu sait pourquoi, m'a fait penser aux radeaux que je fabriquais avec mon père. Des radeaux miniatures. Il les appelait des « radeaux de poupées » parce que j'insistais pour mettre des passagers dessus. Ensuite, évidemment, il devait aller les secourir parce que je piquais une crise quand ils partaient à la dérive.

– Il avait l'air sympa.

– Ouais.

C'est sorti dans un soupir. Je regarde à nouveau par terre.

– Ouais.

Un nouveau souvenir me revient.

– De temps en temps, il inventait des histoires qui allaient avec les radeaux. En général, c'étaient des histoires sur quelqu'un qui était sauvé par le gardien du Sucre d'Orge.

– Attends... Un elfe de Noël?

Je rigole.

– Je parle du phare. On l'appelle le « Sucre d'Orge ». À cause de ses rayures. C'est pas son nom officiel, bien sûr.

Il sourit.

– Ça me plaît.

– Je crois me souvenir d'une histoire qu'il me racontait pour me consoler. Une histoire de jouet qu'il n'arrivait pas à rattraper à temps...

J'essaie de retrouver les détails, mais ils ne me reviennent pas. Je hausse les épaules.

– Bref, être ici. Ça a réveillé plein de souvenirs, subitement.

– Mais c'est un chouette souvenir, non? demande Oliver. Je veux dire... Je serais désolé que... Je n'aimerais pas...

– C'est un chouette souvenir. Oui.

Je pose une main légère sur son bras.

– Encore une chose pour laquelle je dois te remercier.

Il pose sa main par-dessus la mienne.

– Je t'en prie. Ça me fait plaisir.

Quelque chose saute de la berge dans la rivière avec un grand bruit d'éclaboussures. Surpris, on détache nos mains pour regarder. Et hop, ce moment spécial est passé. À cause d'une grenouille.

Oliver arrache une feuille au buisson et la déchire en bandelettes.

– Moi aussi, mon père me manque. Mais au moins, je sais que, si j'en ai envie, je peux lui téléphoner. Le voir.

– C'était dur ? je demande.

Je connais des jeunes dont les parents ont divorcé, et c'était assez moche.

– Dur ?

Il réfléchit.

– Pas vraiment. Ça n'a jamais dégénéré. Ils ne se sont jamais disputés... En tout cas pas devant moi. Quand ils m'ont annoncé la nouvelle, ils ont dit que c'était une décision mutuelle, et je les ai crus. Maintenant, maman dit que c'est parce qu'ils avaient tous les deux changé.

– Qu'est-ce que tu en penses ?

Il hausse les épaules.

– Pour moi, c'était simplement papa et maman. S'ils ont changé depuis ma petite enfance, je ne l'ai pas remarqué. Mais...

Pendant que ses pensées l'emmènent ailleurs, son regard dérive. J'attends. Je ne veux pas le bousculer, je le laisse comprendre sous mes yeux ce qu'il a besoin de comprendre.

– Notre façon de vivre a changé, déclare-t-il finalement. Vers le moment de mon entrée en sixième, maman est devenue super demandée et super occupée. On avait plus d'argent, mais je voyais qu'il y avait aussi plus de stress.

– Comment ça ? Tu as dit qu'ils ne se disputaient pas vraiment.

– Il n'y avait pas de cris, non. Mais maintenant que j'y

pense, peut-être que tout ce silence était lourd de sens. Tu vois ce que je veux dire ?

Je hoche la tête. L'ex de mon frère, Fiona, lui a fait la tête une semaine entière quand ils sortaient ensemble. C'était moche, ce silence.

– Maman dit qu'en fin de compte ils ne voulaient plus les mêmes choses, continue Oliver. En fait, elle est hyper heureuse d'être cette sorte de super femme d'affaires. Elle stresse quand elle n'a pas assez de travail, et non l'inverse. Son cerveau est constamment en surrégime. Je pense que ça fait partie de ce qui les a éloignés l'un de l'autre. Papa, il appartient plutôt à la catégorie des gens qui travaillent dur mais qui veulent aussi se détendre. Elle n'a pas de bouton « détente » dans son disque dur.

– Et toi, tu ressembles à qui ? je demande.

– À toi de me le dire.

Je le dévisage. L'humour de ses yeux brillants. Les dents inégales. Les lèvres qui ont l'air douces...

– Le jury est en train de délibérer, dis-je d'une voix tremblante.

Sa manière de me scruter me déstabilise.

– Mais si je devais donner une réponse tout de suite, je dirais que tu es un mélange des deux.

– Ça me paraît juste, s'esclaffe-t-il. En tout cas, ça me va mieux que d'entendre que je suis un bûcheur obsessionnel ou un fêtard dégénéré.

– Ton père est un fêtard dégénéré ?

– Nan. Mais c'est *vrai* que ça l'intéresse plus que

maman de végéter devant la télé ou d'inviter tout le quartier pour un barbecue.

– Peut-être que les opposés s'attirent, mais, ensuite, ils finissent par se rendre dingues, dis-je.

– Hé, ton radeau de poupées est parti.

Oliver pointe le doigt vers l'eau.

Je tourne la tête pour regarder. Il a raison. Le rocher est débarrassé de ses débris, à présent.

– Il est parti vers le Sucre d'Orge.

– Je suppose qu'on ferait mieux de retourner travailler.

Je n'ai pas envie que ce pique-nique se termine, mais je l'aide à remballer nos déchets dans la glacière.

Il la prend et part en tête sur le sentier. On se tait tous les deux, mais c'est un silence agréable. Je n'essaie pas de trouver des choses à dire et je crois que lui non plus. On se sent juste... calmes. Détendus.

Les visiteurs disent que ça les détend d'être au bord de l'eau. Peu importe que ce soit la baie, l'océan, la rivière ou le port. Une histoire d'ions négatifs. Ou peut-être que c'est l'effet hypnotisant du courant. Il est possible qu'il y ait du vrai, là-dedans, et que ce soit pour cette raison qu'on est si à l'aise, Oliver et moi, à marcher paresseusement côte à côte sans parler. J'ai l'impression que ce ne sont pas les mêmes personnes qui ressortent du bois. Ou que notre relation a changé, en tout cas : on se connaît mieux, on s'est tous les deux dévoilés un peu plus, sans doute bien davantage que prévu.

Une fois qu'on est sortis du bois, je vois à la hauteur

du soleil que notre pique-nique a duré bien plus longtemps que ce qu'on pensait.

On entre dans la cuisine et il pose la glacière sur le bar. Sa mère devait être dans le salon, parce qu'elle passe la tête dans la pièce avec un air interrogateur.

– Ah, vous voilà. Je commençais à penser qu'il faudrait lancer des recherches pour vous retrouver.

Je recule contre la porte, hyper gênée. Elle pense sans doute qu'on a passé tout ce temps à se rouler des pelles. Alors qu'on ne s'est jamais embrassés.

– On était au bord de la rivière, dit Oliver.

Il fouille dans le frigo et en sort un soda, qu'il me tend. Je secoue la tête.

Il referme le frigo et arrache la languette de la cannette. Je jette un coup d'œil à sa mère. Vu sa tête, elle se demande ce qu'on a fabriqué. Oliver ne s'en rend pas compte, mais moi, je reconnais immédiatement cette expression.

C'est peut-être une expression que les parents réservent à leurs filles. Ou alors les garçons ne voient pas ce genre de choses.

Oliver penche la tête en arrière pour avaler une gorgée, et son regard tombe sur l'horloge murale.

– Il est vraiment cette heure-là ?

Sa mère croise les bras.

– Oui, il est vraiment cette heure-là.

Le ton qu'elle a employé lui échappe totalement. Elle semble dire : « C'est pour ça que je me demande ce que vous fabriquiez. »

– Oh là là.

Il repose son soda et se passe la main dans les cheveux.

– Je suppose qu'on ferait mieux d'arrêter là, me dit-il. Je ne me rendais pas compte qu'il était si tard. Ça ne sert à rien de commencer à faire le papier mâché maintenant.

– OK. Je devrais sans doute rentrer, de toute façon.

– Tu veux rester dîner ? demande la mère d'Oliver.

J'aimerais bien, mais je dois dire à ma mère que je fréquente le petit-fils de Framingham le Frappadingue avant de lui annoncer que je suis déjà chez lui. Mais j'ai une autre raison de refuser.

– Il n'y a pas beaucoup de réseau ici, pas vrai ? Il faudrait que je prévienne ma mère.

Alice fronce les sourcils.

– Exact. Et Pépé n'a jamais installé de ligne fixe. Une autre fois, alors.

– Demain ? propose Oliver.

Un air inquiet apparaît sur son visage.

– Tu reviens demain, non ?

– Il faut que je sois au Sucre d'Orge, dis-je en remarquant que ce surnom fait sourire Oliver, maintenant qu'il le connaît. Mais je peux venir après seize heures. Si ce n'est pas trop tard.

– Tout le temps que tu pourras y consacrer sera le bienvenu, dit Oliver.

– OK. Je demanderai à ma mère si je peux dîner avec vous.

J'espère qu'elle m'y autorisera. D'ailleurs, j'espère

qu'elle m'autorisera à sortir de la maison quand elle saura que j'ai passé toute la journée chez Framingham le Frappadingue sans le lui dire.

On traverse le salon.

– Qu'est-ce qu'il y a, là-dedans ? je demande en désignant la porte de l'extension.

– L'atelier de Pépé, dit Oliver. C'est un peintre fabuleux. Il y range des trucs, mais c'est toujours là qu'il travaille quand il ne peint pas en plein air.

– Je peux voir ?

Je mets la main sur la poignée, mais Oliver retient vite mon bras pour m'empêcher de la tourner.

Il semble nerveux.

– En fait, non. C'est la seule pièce où on n'a pas le droit d'entrer quand il n'est pas là. C'est la règle principale.

Je retire ma main, déçue.

– Mais personne n'a dit qu'on n'avait pas le droit de jeter un coup d'œil, ajoute Oliver avec un sourire. Regarde.

Je m'approche de la vitre et tends le cou. En prenant des positions bizarres, je vois différents coins de la pièce. J'aperçois un bout de toile peinte sur un côté, et des boîtes de conserve pleines de pinceaux sur un établi. Je me contorsionne encore un peu et je repère des tableaux empilés contre un mur. Je recule.

– Il a l'air d'être un vrai bon peintre.

– C'est le cas.

Oliver me fait pivoter et montre le tableau accroché

au mur en face de la cheminée. Celui du port dans la brume que j'ai remarqué en arrivant.

– C'est de lui, ça.

Je m'approche. Je ne sais pas comment il a fait, mais il a su rendre l'étrangeté du brouillard, l'humidité, la manière dont la lumière passe à travers. De minuscules coups de pinceau dans des couleurs inhabituelles qui, lorsque je recule, forment un port de Rock Point très reconnaissable.

– C'est vraiment excellent, dis-je. Il les vend ?

À cet instant, le Frappadingue entre, nous regarde d'un œil méfiant, fait un signe de tête à Oliver et disparaît dans la cuisine. Il salue la mère d'Oliver d'un grognement – enfin, je crois –, puis j'entends claquer la porte du fond.

– Les outils ! je l'entends vociférer depuis le jardin de derrière.

Oliver rougit.

– Faut que j'y aille. Pépé est maniaque, avec ses outils. Il faut en prendre grand soin. S'il n'est pas content, il ne nous permettra plus de les utiliser.

Je le congédie d'un geste.

– Vas-y, vas-y. À demain.

Je suis de si bonne humeur quand j'arrive à la maison que je n'en veux plus à Cynthia. Au contraire, je suis même contente d'avoir une amie qui s'inquiète pour moi. Cynthia est plus une sœur qu'une amie, et c'en est un exemple de plus.

Je tape son numéro. Elle répond dès la première sonnerie.

– Il semblerait que tu sois toujours vivante, donc, dit-elle d'une voix morne.

D'accord. Elle est toujours fâchée. Pas question que ça m'agace.

– Je sais que tu étais juste inquiète, dis-je.

– Ne prends pas ce ton maternel avec moi, grommelle-t-elle.

– Ce n'est pas ce que je fais ! De toute façon, c'est toi qui faisais la maman...

Je m'interromps et je reprends :

– On se trompait totalement sur le Frappadingue.

– Il n'est pas dingue ?

– Je n'irais pas jusque-là. On ne peut pas dire qu'il soit follement sociable. Mais l'intérieur de sa maison est complètement différent de l'extérieur.

– Ah ouais ?

Elle semble intéressée.

– Ouais. Il cuisine comme un pro. Ta mère donnerait tout pour avoir sa cuisine.

– Sérieux ?

– Mais attends le scoop.

Je marque un temps d'arrêt pour renforcer l'effet. Cynthia m'a beaucoup appris, au fil des années.

– Il est peintre. Et il est vraiment excellent. Il a des tonnes de toiles empilées dans un atelier qu'il a construit dans le prolongement la maison.

– C'est vrai que c'est un scoop.

– Allons, Cyn'. Ce n'est pas la peine qu'on se dispute.

– On ne se dispute pas, proteste-t-elle.

– Je sais. Passons.

– Il faut que tu comprennes...

Je chante pour couvrir sa voix :

– La la la la la...

Ça la fait rire.

– Tu n'es qu'une gamine, dit-elle.

Je ne peux pas vraiment le lui reprocher, parce qu'on faisait ça, quand on était petites, pour empêcher quelqu'un de parler. Mais en général, on infligeait ce traitement aux autres, pas à l'une d'entre nous. Malgré tout, je réplique :

– Non, je ne suis pas une gamine. C'est juste...

On crie en chœur dans le téléphone :

– Hormonal !

Là-dessus, tout redevient normal.

– Dis, maman, euh... Tu te souviens de ce garçon, Oliver ?

On mange du poulet frit qu'on s'est fait livrer. Ai-je déjà mentionné le fait que maman n'aime pas trop faire la cuisine ? Ça me fait rire de l'imaginer prendre des cours de cuisine avec le Frappadingue.

– Le fan du phare, répond maman avec un sourire.

Ouf. La première chose qui lui vient à l'esprit, c'est ce qui lui plaît le plus chez lui.

Allez, Mandy, lâche le morceau...

– Sa mère m'a invitée à dîner. Demain soir.

Maman lève le nez de son supplément de maïs en grains et penche la tête.

– Quand est-ce que tu as vu sa mère ?

Aïe. Je n'étais pas préparée à cette question. Je n'ai que la vérité sans le temps de trouver le meilleur moyen de la présenter. Alors je la balance, tout simplement.

– Oliver et moi, on travaille sur un projet ensemble. Pour le 4 Juillet, j'ajoute vivement.

Elle aime bien que je participe aux événements collectifs.

– C'est sur le Sucre d'Orge, j'ajoute pour faire bonne mesure.

Elle fronce les sourcils et repose sa fourchette. À présent, j'ai toute son attention. Je préférais quand elle était plus distraite.

Elle croise les mains devant elle.

– Vous travaillez sur quoi, au juste ?

– Un bateau décoré pour le défilé, je réponds avec un immense enthousiasme en espérant qu'il sera contagieux.

– Et où est-ce que vous y travaillez, au juste ?

Aïe. Deux « au juste » d'affilée. Mauvais signe. C'est là que la dispute va éclater.

– Chez, euh... Chez M. Framingham.

Je pense qu'il vaut mieux *éviter* de l'appeler le Frappadingue quand j'essaie de convaincre maman qu'Oliver est parfaitement normal.

– Sa mère était là tout...

Elle m'interrompt.

– Soyons claires. Tu es allée chez un inconnu. Dans un endroit où les portables ne passent pas. Où il n'y a peut-être même pas de ligne fixe qui fonctionne. Sans me dire où tu allais. Ni me demander la permission.

– Ce n'est pas exactement un inconnu, je réplique en essayant de rester calme.

Une grosse crise ne servirait pas mes intérêts au mieux.

– M. Framingham est un inconnu, et en plus, il est pour le moins *étrange*, répond maman avec colère.

– C'est injuste !

Mon projet de rester calme, c'est raté. Mais c'est vrai que c'est injuste.

– Tout ce que tu sais, ça vient de rumeurs stupides. Et puis ce n'est même pas ça que je voulais dire.

Elle hausse un sourcil. Au moins, elle me laisse encore parler.

– Je parlais d'*Oliver*. Ce n'est pas un inconnu. Tu as même rencontré sa mère. Tu lui as parlé plusieurs fois cette semaine. C'est tout ce que tu demandes quand je vais quelque part.

Curieusement, cet argument semble fonctionner. Pas mal, pour une improvisation. Son expression menaçante, qui semble dire « Tu vas être punie sous peu », se mue en quelque chose de plus neutre. Mais d'indéchiffrable.

– Je vais y réfléchir, se contente-t-elle de dire avant de se remettre à manger son maïs.

Je soupire. Bon, au moins ce n'est pas un « non ».

Pendant toute la journée au Sucre d'Orge, je me repasse celle d'hier avec Oliver. Je n'arrive pas à croire que j'ai pleuré devant lui ! Mais le plus choquant, c'est que je n'en ai pas honte. Le petit pli qui s'est formé entre ses yeux quand il avait peur de m'avoir blessée, la douceur de sa voix... Je m'en pâme encore. Entre le moment où il s'est confié au sujet du divorce et ma petite scène de larmes, on ne peut pas nier qu'on ait fait vraiment connaissance.

« C'est bizarre », me dis-je en fermant les yeux. Même les gens que je rangerais dans la catégorie des vagues relations, je les connais depuis toujours. Je n'ai pas eu à... *découvrir* quelqu'un depuis une éternité.

C'est flippant.

Mais c'est aussi hyper excitant.

Maman a fini par céder. Elle m'a autorisée à retourner chez Oliver pour travailler sur le bateau et pour dîner ce soir, mais elle a tenu à m'y conduire depuis la bibliothèque. Elle prétend que c'est parce qu'elle ne veut pas que je rentre à vélo à la nuit tombée. Le bois qui borde Evergreen Road est très sombre, à cause des épais bosquets de sapins auxquels la route doit son nom. Il y a une raison si l'emblème de notre État, c'est une pomme de pin. Mais en *réalité*, ma mère veut jauger la situation. Je m'en réjouis secrètement. Ça fait long, à vélo, d'aller de la pointe de Rock Point, où se trouve le phare, jusqu'à la maison du Frappadingue dans les bois.

Je pédale jusqu'au Square et j'attache mon vélo au râtelier devant la bibliothèque. Maman est aussi maladroite que moi, alors elle ne voulait pas qu'on s'embête à fourrer mon vélo dans la voiture. Et moi, je ne voulais pas perdre de temps à repasser par la maison. On a donc trouvé un compromis. Elle me reconduira ici en voiture demain matin, et je finirai à vélo jusqu'au Sucre d'Orge. Ça divise mon trajet par deux, en prime.

La clim' de la bibliothèque n'est pas top, mais au moins, les placards en bois sombre et les hauts plafonds donnent l'impression qu'il fait bien plus frais à l'intérieur. Elle est presque déserte. Un père avec un nourrisson dans un porte-bébé essaie de convaincre un petit de deux ans que c'est l'heure de partir. Une femme plus âgée est installée devant un ordinateur. Un lycéen a la tête posée sur une table : manifestement, il dort. Je reconnais les cheveux bouclés de Marshall Beamer. Il doit suivre les cours de rattrapage. Je feuillette les livres de poche d'un présentoir tournant en attendant.

J'entends ma mère dire :

– Je suis désolée. C'est juste impossible de réussir, ce coup-là.

Je lève les yeux et je la vois descendre l'escalier avec M. Garrity, l'autre cadre de la Société d'histoire.

M. Garrity soupire et sort un mouchoir de la poche de sa veste. Il s'en sert pour s'essuyer la nuque.

– Je sais. On va devoir réexaminer le budget de près. Et vite.

Je repose le livre pour qu'on puisse s'en aller dès la seconde où ma mère sera arrivée au rez-de-chaussée. Oliver m'attend.

– Voilà ma fille, dit ma mère en me repérant. Nous en reparlerons.

– Bien sûr, répond tristement M. Garrity avant de disparaître derrière la porte « RÉSERVÉE AU PERSONNEL ».

– Il y a eu des visiteurs, aujourd'hui ? demande-t-elle alors qu'on quitte la bibliothèque.

– Personne, je me lamente.

– Au café non plus ?

On monte dans la voiture.

– En fait, il y a eu quelques clients, dis-je pendant que maman manœuvre pour éviter des touristes qui traversent hors des clous. Des garçons.

Je lui jette un regard en biais.

– C'est pour ça que tu as engagé Céleste ?

– Qu'est-ce que tu veux dire ?

Elle quitte Main Street et s'engage sur la route sinueuse qui mène à Evergreen.

– Pour que les mecs du coin viennent au café.

Elle lâche un petit rire.

– Non, mais si c'est un avantage supplémentaire, je prends. On l'a engagée parce que c'est la seule qui ait postulé.

Ça ne m'étonne pas. Tout le monde sait qu'on ne gagne pas beaucoup d'argent là-bas. Mais je me demande pourquoi Céleste a voulu y travailler.

– C'est une fan de phares, elle aussi ?

Ça lui ferait un point commun avec Oliver. Flûte.

Il fait plus sombre, maintenant qu'on est dans les bois, et maman garde les yeux fixés devant elle. J'en fais autant pour pouvoir lui indiquer quand tourner sur la bonne route.

– En fait, je crois qu'elle a besoin de gagner un peu de sous tout en gardant du temps pour ses études. Je devine qu'elle a pas mal de moments calmes au café. Elle suit un cursus par correspondance.

Maintenant que j'y pense, c'est vrai que j'ai remarqué de gros manuels près de la caisse, au café.

– C'est là, dis-je quand je repère le tournant.

Maman hausse les sourcils en empruntant le chemin étroit et cahoteux qui mène chez Framingham le Frappadingue.

– Ce n'est pas follement accueillant.

Elle jette un regard vers moi.

– Tu t'es sentie... à l'aise, quand tu étais ici ?

– Oui, dis-je avec emphase.

Ensuite, pour qu'elle ne doute pas que je dis la vérité, j'ajoute :

– Au début, non. Mais au moment du déjeuner, j'étais vraiment à l'aise.

Elle s'arrête devant la maison, et je vois son air effaré.

– C'est totalement différent à l'intérieur, je lui assure en détachant ma ceinture et en ouvrant la portière avant qu'elle redémarre en panique pour nous éloigner d'ici. Tu vas voir.

On grimpe les marches affaissées, j'ouvre la moustiquaire et je frappe.

Alice apparaît, un torchon sur l'épaule.

– Salut, Mandy. Bonjour, Marjorie. Ça me fait plaisir de te voir.

C'est vrai, elles se connaissent. Tant mieux. Même si la mère d'Oliver m'a demandé de l'appeler par son prénom, ça m'aurait fait bizarre de dire : « Alice, je te présente ma mère, Mme Sullivan. »

– J'ai emmené Mandy en voiture, explique ma mère. Je ne veux pas qu'elle rentre à vélo la nuit.

Au moins, ce prétexte paraît raisonnable. Ce serait horrible qu'Alice devine la vraie raison : que maman puisse vérifier que ce n'est pas une famille de cannibales ou je ne sais quoi.

– Entrez, entrez, dit Alice en s'écartant.

– À quelle heure dois-je venir la chercher ? demande maman pendant qu'on entre.

Son regard fuse de toutes parts ; j'espère qu'Alice ne remarque pas sa surprise.

– Tu peux rester, propose Alice.

Pitié, dis non. Pitié pitié pitié, dis non !

– Une autre fois, dit maman. J'ai une tonne de paperasse à remplir pour les événements du 4 Juillet qui approchent.

– Tu as le temps de boire un café ? Ou un thé ? demande Alice.

Maman sourit.

– Ça, je peux.

– Oliver est dans le jardin de derrière, dit Alice en nous entraînant dans la cuisine. En plein travail. Je faisais un peu de vaisselle pour que tout soit prêt quand mon père rentrera.

Maman a les yeux pratiquement exorbités quand on arrive dans la cuisine.

– Mandy ne plaisantait pas quand elle m'a raconté que c'était une cuisine high-tech.

Alice observe les lieux d'un regard affectueux, puis tapote la cuisinière géante.

– Ce n'est pas exactement dernier cri, mais Pépé refuse de la changer. C'est lui qui fait la cuisine, dans la famille, pas moi.

– Nous avons ça en commun, dit maman en s'appuyant contre le plan de travail en marbre. Chez nous, c'était le papa de Mandy qui faisait la cuisine, en général.

– Ah oui ? dis-je.

Elle passe un bras sur mon épaule.

– Mais je suis fière de dire que tu préférais mes carottes trop cuites.

Elle n'a pas tort. J'aimais bien les parties cramées. J'aime toujours.

– Où est ton père, d'ailleurs ? demande maman.

Je ne saurais dire si elle espère qu'il est là ou le contraire.

– Il est parti faire des courses. Il ne me fait pas confiance pour ça non plus. Ce qui me va très bien.

La porte du fond s'ouvre sur Oliver. Son T-shirt est trempé de sueur, il a des gravillons et de la terre collés aux genoux et ses gants de bricolage paraissent trop grands pour lui. Il porte un bandana à la mode du Frappadingue sur le front. Ce n'est pas la grande classe, mais ça lui donne un charme fou.

De même que le grand sourire qui apparaît quand il me voit.

– Génial ! Du renfort ! s'exclame-t-il.

– Oliver, je te présente ma mère, dis-je.

Puis je me frappe le front.

– Ah, c'est vrai ! Vous vous êtes déjà rencontrés.

– Au phare, précise Oliver.

Il lui tend la main, ce qui paraît un peu trop formel, puis la retire avec embarras quand il remarque le gant de bricolage.

– Bonjour.

Maman fait cette tête agaçante qui semble dire : « Ce que c'est mignon, les enfants... Pas vrai ? »

– Bonjour. Tous les amis du phare sont mes amis, dit-elle.

– Je suis contente de voir que tu as décidé d'écouter ton grand-père et moi, et de mettre ces gants, commente Alice.

Il regarde ses mains d'un air sombre.

– Tout est encore plus difficile, avec ça.

– Peut-être, mais je suppose que ça limite drastiquement les coupures et les égratignures.

– Mouais, grommelle-t-il en partant vers le frigo.

Il en sort une bouteille de soda et boit une longue gorgée. Je regarde sa pomme d'Adam monter et redescendre à chaque goulée.

– On ferait mieux de s'y mettre, dis-je.

Je suis pressée de quitter la zone des sourires maternels complaisants. Ils me donnent l'impression qu'on est des spécimens à étudier. Comme j'essaie encore de comprendre ce qui se passe entre Oliver et moi, c'est particulièrement inconfortable d'être sous le microscope.

Oliver prend une deuxième bouteille de soda et me la tend.

– Tu aimes bien ce parfum ?

Je hoche la tête et on file vers la porte du fond.

– J'espère que ma mère ne va pas raconter des histoires gênantes sur moi à la tienne, dis-je.

– Pareil ! répond Oliver.

Je me fige devant la construction, les yeux écarquillés.

– Tu as fait les fenêtres !

À présent, il y a des ouvertures découpées dans la tour de grillage, trois de chaque côté, à égale distance, exactement comme dans le Sucre d'Orge. Sur l'établi, je remarque une petite construction en balsa à côté d'une maquette de la maison du gardien.

– Et la salle de la lanterne !

– C'était beaucoup plus facile que les fenêtres, ça, dit Oliver. Le grillage, c'est résistant.

– Qu'est-ce que je peux faire, alors ?

– Tu veux bien déchirer les journaux en bandelettes ? L'étape suivante, c'est le papier mâché.

– Je devrais y arriver.

Je m'assieds à côté d'une pile de journaux que je

commence à déchirer. Oliver est très organisé. Il a posé un carton où jeter les bandelettes pour éviter qu'elles s'envolent ou se salissent. En déchirant, je le regarde utiliser une pince pour recourber les bords des fenêtres.

– Je les ai taillées plus grandes qu'en réalité, explique-t-il en travaillant. Comme ça, on pourra laisser dépasser du papier mâché pour empêcher que les bords du grillage nous piquent.

– *Te* piquent, tu veux dire. Rappelle-toi, c'est toi qui vas ramer.

J'arrête de déchirer.

– Et la porte ?

Il continue à travailler en me tournant le dos.

– Quelle porte ?

– Comment tu vas faire pour entrer dedans ?

Il s'immobilise, la pince en l'air. Sans se retourner, il finit par dire :

– On l'apportera au bord de la rivière, tu le poseras sur moi, tu le fixeras et hop !, je suis dedans, prêt à ramer.

Je suis vraiment contente qu'il me tourne le dos. Je ne pense pas qu'il apprécierait la façon dont je le regarde. Mais je n'arrive pas à tenir ma langue :

– C'est de la folie !

Il s'interrompt dans ce qu'il est en train de faire pour se tourner vers moi.

– J'ai tout prévu, dit-il d'un ton légèrement irrité.

Je ricane.

– Ah ouais ? Tu as tout prévu ? À l'instant même, quand je t'ai fait remarquer qu'il n'y avait pas de porte.

Il s'apprête à répliquer, puis s'esclaffe.

– Tu m'as grillé.

Je ris à mon tour.

– Je croyais que tu étais le roi de la précision.

– Je le suis, assure-t-il. Mais il n'y a pas de porte dans le phare, alors il ne peut pas y en avoir une là-dedans.

– Il y en avait une autrefois. Avant qu'ils construisent l'extension.

Ça le fige un instant, puis il secoue la tête.

– Non. Une porte assez grande pour moi ne serait pas à l'échelle. C'est censé être une réplique exacte.

J'ai envie de discuter, mais je me tais. Après tout, c'est son bébé.

Malgré tout, je réfléchis frénétiquement en déchirant journal après journal. J'ai de gros doutes sur son projet.

Il repose la pince, retire ses gants et s'essuie les mains sur son short.

– Bien, déclare-t-il en se retournant. C'est l'heure de la patouille. Je vais chercher de quoi fabriquer la colle.

Quand il part vers la maison, je me lève et je m'étire. J'ai les mains couvertes d'encre. Je repère un robinet contre la façade de la maison et je me rince les mains.

Il est sous la fenêtre de l'extension. Quand je me redresse, je vois un grand tableau appuyé contre le mur, à l'intérieur. Il est à couper le souffle. C'est un petit garçon qui joue dans une rivière, si concentré sur son bateau qu'il ne remarque pas le cerf qui l'observe depuis la berge. Il est peint d'une telle manière que je sentirais presque l'eau froide sur mes orteils et la pluie imminente. Le petit garçon devra bientôt arrêter de jouer. Je comprends que l'enfant et le cerf sont comme hypnotisés l'un et l'autre. Ça me donne envie d'être discrète pour ne pas les déranger, mais aussi de les prévenir qu'il faut s'abriter. Framingham le Frappadingue est un artiste d'un talent fou.

Oliver revient dehors avec un énorme saladier, un sachet de farine et un pichet d'eau. Il pose tout par terre à côté de la construction en grillage, puis me lance le tablier qu'il avait jeté sur son épaule. Ce n'est pas un tablier à froufrous mais un vrai tablier de bricoleur.

– Ça devrait te protéger en grande partie, dit-il. Tu es beaucoup plus petite que Pépé.

Je le passe par-dessus ma tête et j'attache le cordon.

– Ça ne le dérange pas que je le lui emprunte ?

– Nan, dit Oliver en riant. Tout ce qui pourra nous empêcher d'aller dans la cuisine pendant qu'il prépare le repas lui ira, je pense.

Mon ventre se noue. Je n'ai pas mentionné mon aversion pour le homard. Et si le Frappadingue était en train de mitonner un plat gastronomique aux fruits de mer ? Est-ce que j'arriverais à avaler quelques bouchées, au moins ?

– J'espère que tu aimes la cuisine indienne, reprend Oliver en s'installant. Pépé dit que tu en as sans doute marre des fruits de mer, vu que tu vis ici.

– J'adore la cuisine indienne ! je m'exclame.

Je n'en suis pas sûre, mais du moment qu'il n'y a rien dans mon assiette qui ait nagé dans l'eau, je suis prête à goûter. Sauvée par le Frappadingue !

Oliver mélange la farine et l'eau.

– Il faut veiller à ce qu'il n'y ait pas de grumeaux. Tu en as déjà fait ?

– Pas depuis la maternelle, mais c'est sûrement comme le vélo, non ? Une fois qu'on a appris à en faire...

On se met au travail. On trempe chaque bandelette dans le mélange de colle jusqu'à ce qu'elle soit bien imbibée. Poser la bandelette sur le grillage est plus difficile qu'on pourrait l'imaginer. Ces saletés aiment s'enrouler partout : autour de mes doigts, du mauvais endroit du grillage, sur elles-mêmes. Oliver tient à ce qu'on les pose toutes dans le même sens, mais en les superposant. Comme ça, d'après lui, on saura qu'on a recouvert chaque partie le même nombre de fois.

C'est gluant, et mes jambes fatiguent. À force de me pencher et de m'étirer, je fais drôlement travailler mes cuisses.

Et l'heure file.

– *My father was the keeper of the Eddystone Light*, je chante quand vient mon tour.

On passe le temps en se racontant des histoires de pirates (avec le jargon adéquat, raaaah !) et à chanter des chants de marins. C'est une vieille chanson populaire que pratiquement tous les gamins de Rock Point connaissent. Évidemment : il y a un phare, chez nous.

– *He married a mermaid one fine night !*

– *From this union there came three*, renchérit Oliver. *A porpoise and a porgy and the other was me*[1] *!*

Je le regarde, bouche bée.

– Tu la connais !

– Bien sûr. Même nous, les gens qui n'avons pas de phare, on connaît des chansons qui parlent de la mer.

Oliver enroule délicatement une bandelette autour de la fenêtre du bas pour couvrir les dents du grillage. Lorsqu'on aura posé trois couches, les bouts pointus ne devraient plus être fatals.

Je m'accroupis près de notre saladier de colle farineuse et j'y trempe une nouvelle bandelette. Oliver s'agenouille et y fourre une bandelette aussi. Je regarde nos mains tourner le papier sans jamais se toucher tout à fait. On dirait une chorégraphie. C'est comme ça qu'on travaille, d'ailleurs, quand on est ensemble. On dirait qu'on a fait ça toute notre vie, sur le même rythme. Je me glisse en dessous de lui pile au moment où il tend le bras au-dessus de moi : il part d'un côté quand je pars de l'autre. C'est comme si on lisait dans les pensées l'un de l'autre.

On sort nos bandelettes et on les étale avec les doigts pour chasser l'excès de colle. Puis on se lève tous les deux et, pour la première fois de tout l'après-midi, on se cogne alors qu'on tend le bras vers le même endroit.

---

1. « D'Eddystone mon père était le gardien de la lanterne / Par une belle nuit claire il épousa une sirène / De cette union, il en naquit trois / Un marsouin, une dorade, et l'autre c'était moi ! »

– Oups, dis-je en décollant délicatement ma bandelette de son bras.

Des petites gouttes de colle blanche se détachent sur son bronzage.

Je sens quelque chose de collant sur mon épaule. C'est là que la bandelette d'Oliver a atterri. Sa main reste en suspens juste au-dessus.

– On dirait que je suis collé à toi.

Je redresse vivement la tête en entendant le ton rauque de sa voix. Il me regarde avec une telle douceur, comme on regarderait un chaton ou un chiot. Je commence à dire quelque chose, mais le vide se fait dans mon cerveau quand, soudain, ses lèvres se posent sur les miennes.

C'est un baiser tendre, léger, mais il me transperce comme un coup de tonnerre lors d'un orage d'été.

Ça ne dure qu'un instant, puis c'est fini. Il s'écarte si vite que mes yeux viennent juste de se fermer. Je les rouvre lentement et il scrute mon visage. Je suppose qu'il se demande si ce baiser était bienvenu.

Avant que l'un de nous puisse ouvrir la bouche, battre en retraite, paniquer ou bafouiller, je pose le dos de ma main sur sa joue – je ne veux pas mettre de colle sur ce beau visage. Je me dresse sur la pointe des pieds, en évitant de renverser le saladier de colle, et je l'embrasse.

Moi. Mandy Sullivan.

JE l'embrasse.

LUI.

Et c'est fabuleux.

Juillet

Il ne reste plus que trois jours avant le défilé de bateaux, et j'ai découvert autre chose que nous avons en commun, Oliver et moi. On ne travaille pas bien sous pression.

On a pris du retard sur notre planning. Le temps habituel du Maine n'a pas aidé. Par chance, le Frappadingue prédit la météo avec une exactitude dingue, alors le Sucre d'Orge Junior (le surnom rigolo qu'Oliver a trouvé pour notre bateau) ne s'est jamais retrouvé dehors au mauvais moment, même si la météo annonçait du soleil. Mais la pluie et l'humidité générale de Rock Point ont beaucoup ralenti notre avancée.

On est censés attendre vingt-quatre heures entre deux couches de papier mâché, mais il reste collant plus longtemps que ça. Et en attendant qu'il soit sec, on ne peut pas le peindre.

Mais ne vous inquiétez pas. On a trouvé des moyens de s'occuper en attendant. Ce premier baiser couvert de colle farineuse a tout changé.

Des baisers. Des baisers qui durent une éternité et qui ne durent pas assez. Qui occupent mes rêveries quand je m'endors. Je n'envoie même pas de message à Cynthia. Comme si ces baisers n'existaient que dans leur monde à eux, un monde parfait. Si privé, si délicat, que je ne suis pas prête à le partager avec qui que ce soit. Même pas elle.

Je n'avais jamais vécu la moindre expérience – et sûrement pas d'expérience aussi importante – dans laquelle elle n'ait pas été impliquée d'une manière ou d'une autre. On disséquait, analysait et classait tout ensemble jusque dans les moindres détails. Avec autant de précision qu'Oliver quand il prend des mesures.

Mais ça, c'est différent. Pour une fois, je n'ai pas envie de trop réfléchir. Je veux juste... vivre. Découvrir. Comprendre ce que c'est que cette nouvelle énergie radieuse et brillante.

Ce n'est pas que je le lui cache. C'est juste que je n'ai pas de mots pour décrire ce que je ressens. À quoi ressemblent nos moments ensemble. Son expression quand il me confie ce qui lui manque du temps d'avant le divorce. Sa façon de me prendre la main sans un mot et de me laisser parler de papa. Me plaindre de maman. Notre truc pour faire avancer le travail plus vite, en inventant de ridicules chants marins ou des histoires d'une complexité impossible. Ce que je ressens quand il passe négligemment son bras autour de mes épaules pour montrer quelque chose sur le Sucre d'Orge Junior comme si c'était évident que son bras est censé être là.

Ma manière de glisser ma main dans sa poche arrière, de m'appuyer contre lui et de l'écouter, heureuse d'être où je suis.

C'est ça, tomber amoureuse ?

Sauf que je n'éprouve pas beaucoup d'amour aujourd'hui. La semaine dernière, à force de stresser à cause du Sucre d'Orge Junior, il y a eu pas mal de prises de bec entre nous, et, depuis notre session de travail ratée d'hier, je suis surtout irritée, agacée, exaspérée. Je pensais que ce projet nous rapprocherait, mais si ça continue ainsi, ça risque de nous séparer complètement ! Impossible d'être amis... ou je ne sais quoi.

Dehors, la pluie qui tombe est assortie à mon humeur. Elle a également attiré plus de visiteurs que d'habitude au Sucre d'Orge, alors je suis un peu occupée, pour une fois. Tant mieux, sinon je ruminerais toute la journée.

Je termine de compter la monnaie à rendre sur un billet d'entrée pour un adulte et deux enfants puis, quand les clients s'éloignent, je remarque Lexi Johnson qui flâne à l'entrée. Elle est flanquée d'un garçon maigre aussi roux qu'elle et d'une petite fille potelée qui semble être en maternelle.

– Salut, Mandy, fait-elle en s'approchant du bureau. J'ai entendu dire que tu travaillais ici.

– Ma mère, dis-je.

C'est une explication suffisante. Tout le monde connaît le lien entre ma mère et la Société d'histoire.

– Je fais du baby-sitting, dit-elle en désignant les deux enfants d'un geste du menton. Des cousins.

– Je n'ai pas besoin de baby-sitter, proteste le garçon.

Elle lève les yeux au ciel.

– Je sais, je sais. En fait, je garde juste ta sœur.

– C'est ça, approuve le garçon avec emphase.

Lexi paye leurs billets, et les enfants s'éloignent vers la boutique de souvenirs.

– Comment tu vas ? demande-t-elle.

– Pas trop mal.

Puis j'écarquille les yeux.

– Lexi ! Tu décores un bateau, cette année ?

Elle fronce les sourcils.

– Non. On n'était pas là au début de l'été, alors j'ai raté l'occasion de rejoindre une équipe.

– Tu veux rejoindre la mienne ?

Elle a l'air surprise.

– Tu décores un bateau ?

– Oui, et on est hyper en retard, et mon... ami, eh bien, hier, il m'a demandé si je connaissais quelqu'un qui pourrait nous aider. Tu serais parfaite !

Lexi fait toujours partie du groupe qui construit les décors et les accessoires pour les pièces de théâtre du lycée.

Son regard dérive vers ses cousins, qui se promènent à quatre pattes sous les tables vitrées.

– Je crois que tu viens de sauver ma santé mentale. Maintenant, Lara sera obligée de me remplacer pour le baby-sitting.

Lara est sa petite sœur. Lexi me sourit, et des fossettes se dessinent sur son visage en forme de cœur.

– Merci pour le sauvetage !

– Crois-moi, c'est toi qui me sauves ! J'ai besoin de renforts !

Lexi freine pour arrêter son vélo quand on arrive au tournant qui mène à la maison d'Oliver.

– Tu ne m'avais pas dit que tu décorais un bateau avec Framingham le Frappadingue !

Le soleil est enfin revenu et, même si j'ai raconté presque tous les détails à Lexi, j'avoue que j'ai omis de préciser l'endroit. Je lui ai dit qu'on irait là-bas de chez moi. J'avais peur qu'elle change d'avis.

– Ne t'inquiète pas, je lui assure. Il n'y a pas de problème. Et ce n'est pas le Frappadingue...

– Oh la vache.

Elle enfourche son vélo et se fige, les yeux fixés sur moi.

– Le nouveau mec ! Le petit-fils du Frappadingue ou je ne sais quoi. Tout le monde se demandait où il avait disparu ! Il était avec toi !

Je rougis.

– On a commencé à travailler sur le bateau il y a quelques semaines seulement. Je pense qu'il passe chaque minute de son temps à bosser dessus ou à prier pour qu'il arrête de pleuvoir.

On se remet à pédaler. Lexi a toujours été peu loquace. Elle prend rarement la parole en classe, n'est pas le genre de filles à diffuser des rumeurs – ou à en être le sujet. Cynthia la connaît mieux que moi, à cause de leurs liens avec le théâtre au lycée. Un jour, elle m'a dit que Lexi est timide, mais donne franchement son avis quand elle a des idées de décors ou de solutions pour faire quelque chose. En cet instant précis, je suis contente qu'elle ne soit pas indiscrète. Elle a sans doute un million de questions, mais elle est trop polie pour les poser.

On cale nos vélos contre la terrasse, et je l'entraîne dans la maison en criant :

– On est là !

J'ai envoyé un texto à Oliver hier soir pour lui dire que j'allais amener une assistante, mais avec son réseau peu fiable, je ne suis pas sûre qu'il l'ait reçu.

Il n'y a pas de réponse, alors je me dirige vers la cuisine. Puis je m'aperçois que Lexi n'est plus derrière moi. Comme ma mère et moi, elle est ébahie par le salon.

– Je sais, dis-je avec impatience, c'est différent à l'intérieur. Mais viens. On n'a pas de temps à perdre !

– OK...

Oliver est dans le jardin de derrière, bien sûr. Même si je me prépare mentalement pour d'autres disputes, je ne peux pas m'empêcher de sourire. Il est agenouillé à côté d'un pot de peinture, qu'il mélange. On va enfin commencer à peindre. Je ne sais pas si je dois me lancer directement dans mon plan pour le raisonner ou si je dois l'amener en douceur.

– Cool, votre phare, dit Lexi en s'approchant de la tour, tout près du cabanon.

– Oliver, je te présente Lexi, dis-je. Lexi, je te présente Oliver. C'est notre ingénieur en chef.

– Merci d'être venues à deux, dit Oliver. On a encore beaucoup à faire.

Lexi examine la construction.

– Et donc ça ira à l'arrière ? demande-t-elle.

– Au milieu, répond Oliver.

Bien, on dirait qu'on attaque tout de suite. Je suis contente que ce soit Lexi qui ait lancé le sujet, et pas moi, cette fois.

Elle lui jette un regard perplexe.

– À l'endroit où tu rames ?

– Ouaip.

Oliver se lève et pose délicatement la spatule en bois sur le couvercle du pot de peinture.

– Ça va être cool. Je vais monter dans le bateau, et puis on posera le phare sur moi.

Il s'approche de la tour et désigne les fenêtres du bas.

– Tu vois ? À cette échelle, elles sont assez grandes pour qu'on puisse y glisser les rames.

– Mmh hmm.

Lexi fait le tour de la structure pour l'examiner.

– Lexi fait beaucoup de construction pour les pièces de théâtre du lycée, dis-je. Elle a même déjà participé au défilé de bateaux.

Oliver semble un peu mal à l'aise. Je sais ce qu'il ressent. C'est son bébé, et maintenant, quelqu'un – une inconnue – l'évalue. J'ai soudain envie de le protéger.

– La salle de la lanterne est superbe ! dis-je.

– Et la lumière marche, ajoute Oliver. C'est une fausse bougie, qui fonctionne avec des piles. Je pense que ça aura l'air d'une lanterne, de loin.

– C'est clair.

Je jette un coup d'œil à Lexi.

– Euh, il veut que ce soit la réplique la plus fidèle possible.

Je lui avais déjà parlé des problèmes : qu'il refuse de découper une porte, qu'il ramera par les fenêtres. Mais celui que j'espère qu'elle va résoudre, c'est le plus ridicule. Le fait qu'il refuse de découper des trous pour voir dehors.

– Il n'y aura pas de fenêtres devant toi ? demande-t-elle.

– Non.

Il a répondu d'une voix dure. Comme s'il disait : « Ne discute pas. » Je l'ai déjà entendue plus d'une fois.

– Et je n'en ferai pas, ajoute-t-il.

Je sais qu'il dit ça pour moi, parce que je l'ai harcelé toute la semaine à ce sujet-là.

– Mais comment tu vas te diriger ? je demande pour la dix-millième fois.

– On s'assied à l'envers, pour ramer, de toute façon. Alors quelle différence ça fera ?

Il se détourne de nous et ouvre un autre pot de peinture.

Je lève les mains et je jette à Lexi un regard qui signifie : « Tu vois à qui j'ai affaire. »

– C'est totalement respectable que tu tiennes à être exact, dit Lexi. Mais tu ne verras rien, mec.

Oliver continue à touiller.

Je passe devant le phare et j'entre dans le cabanon, où est rangé le bateau qu'on va utiliser. Je monte dedans et je m'assieds sur le banc du milieu, où Oliver sera installé.

Je veux vraiment qu'Oliver puisse aller au bout de ce qu'il imagine. Mais je ne veux pas non plus qu'il fasse n'importe quoi. Déjà que ce n'est pas un rameur très expérimenté...

Mon regard dérive vers un petit tableau accroché au-dessus d'un des placards à outils. Je ne sais pas pourquoi le Frappadingue a mis un de ses tableaux ici, mais je ne sais jamais pourquoi il fait les choses. Une petite fille se tient au premier plan. Elle a le dos tourné. Loin vers le fond, l'air minuscule, il y a une grange. Un homme tout aussi minuscule s'appuie contre le mur de la grange mais, aussi petit soit-il, je vois qu'il regarde la fillette. Comme elle est au premier plan, elle paraît énorme, en comparaison.

Une idée me vient.

Je m'extirpe du bateau avec ma maladresse habituelle et je sors du cabanon en trombe.

– J'ai trouvé !

Oliver et Lexi lèvent tous les deux les yeux vers moi. Ils sont chacun d'un côté de la tour, en train de peindre. Ça semble être une trêve inconfortable.

J'espère que Lexi ne m'en veut pas de l'avoir entraînée dans cette histoire. J'espère qu'Oliver n'est pas fâché que j'aie amené quelqu'un qui risquait de discuter ses idées.

– Je serai tes yeux ! je déclare. Je vais m'installer à l'avant pour te guider !

– Mais...

– Écoute-moi jusqu'au bout. Je sais que tu te soucies de l'échelle. Mais il y a aussi la perspective !

Oliver me regarde sans comprendre, et Lexi fronce les sourcils. Puis, on dirait qu'une ampoule s'allume au-dessus de sa tête.

– Parfait !

Oliver nous regarde l'une après l'autre.

– Quoi ? De quoi vous parlez ?

– C'est un tableau du cabanon qui m'a donné l'idée, j'explique avec empressement. C'est pas gênant si je suis plus grande que je ne devrais l'être, à cause de la perspective. On aura l'impression que je suis au premier plan. Je serai la première chose que tout le monde voit... pendant une seconde.

– Je ne sais pas...

Je vois qu'Oliver veut trouver une solution, mais son côté perfectionniste résiste.

– Je sais ! dit Lexi en posant son pinceau. Je peux te faire un costume qui te fera paraître beaucoup plus petite.

– Comment ça ?

– Venez, dit-elle.

J'échange un regard perplexe avec Oliver, puis on la suit dans le cabanon.

– Monte à l'avant, me dit-elle. Penche-toi.

J'obéis.

Elle se tourne vers Oliver.

– Je vais faire une sorte de bavoir pour Mandy. Avec des pieds au bout. Elle pourra se pencher pour que les pieds touchent le bord du bateau.

– J'adore ! je m'exclame. Et le bavoir peut figurer une robe à l'ancienne. Je peux être Mme Gilhooley, la femme du premier gardien du phare.

Oliver semble toujours dubitatif.

– Mais l'illusion ne marchera pas quand on verra le bateau de côté.

Lexi et moi, on se regarde. Puis on le regarde. Puis on se regarde.

– Il faut que tu lâches un peu de lest, dit-elle plus calmement.

Oliver se voûte et regarde ses chaussures.

– OK, marmonne-t-il.

– Je vous laisse peindre, dit Lexi. Je vais essayer de trouver une robe de poupée qui puisse convenir pour le bavoir.

Elle frappe dans ses mains.

– Allez, les gars ! On a du boulot !

Elle nous montre du doigt l'un et l'autre, puis s'en va précipitamment.

– Dire que je l'ai toujours crue timide, je marmonne une fois qu'elle est partie.

– Timide ? répète Oliver. On dirait un général.

Puis il me sourit.

– Mais un général sympa.

Je suis soulagée qu'il ne soit pas en colère. Et encore plus soulagée qu'il ait écouté la voix de la raison pour éviter de finir échoué sur la berge.

Il s'approche de moi, me prend dans ses bras et m'étreint.

– Je suis désolé d'avoir été aussi bête.

Puis il recule d'un pas.

– Merci. Ça compte beaucoup pour moi que tu sois si attachée à notre projet.

Je tire le bas de son T-shirt, les yeux baissés.

– C'est important pour toi. Alors c'est important pour moi.

Il redresse mon menton du bout de son index, et je plonge dans ces yeux bleus qui m'ont toujours coupé le souffle. Il pose ses lèvres sur les miennes, et je sens un goût de sel avec une touche de beurre de cacahuètes. Mais ce n'est pas tout. Je ferme les yeux, je me fonds contre lui et je détecte des arômes de confiance, de bonheur et de gratitude. J'imagine que j'ai le même goût pour lui.

On se sépare et je niche mon visage contre sa poitrine pour écouter son cœur battant. Le menton posé sur ma tête, il joue avec ma natte.

– Je suppose qu'on devrait se remettre au travail, murmure-t-il.

Je hoche la tête, et son menton tressaute. Je m'écarte

de lui et ses mains se referment dans mon dos pour me retenir. Je le regarde en souriant.

– Qu'est-ce qu'on fait, maintenant, chef?

Il jette un coup d'œil par-dessus son épaule.

– Il faut laisser la peinture sécher. Finissons de peindre la maison du gardien.

On se relâche et on entre dans le cabanon.

– Tu as choisi des couleurs ? je demande.

Au fil des années, la maison du gardien a été peinte de différentes couleurs.

– Eh bien, maintenant que tu dois jouer le rôle de la femme du gardien, on devrait la peindre de la couleur qu'elle avait quand Mme Gilhooley y était.

– Logique.

Je lorgne le tas de pots de peinture dans le coin.

– Tu as une idée de ce que ça pouvait être ?

– Pas vraiment, non, admet Oliver.

– Je suis sûre qu'on peut trouver l'info à la Société d'histoire, dis-je. Si on allait à la bibliothèque ?

Il se tapote le menton comme il le fait quand il réfléchit. Je sais qu'il évalue le temps que ça nous prendra d'aller là-bas, de chercher et de revenir. Puis il lève le doigt comme pour dire : « Eurêka ! »

– Le grenier !

– Oui... ?

– Il y a un meuble plein de lettres d'information de la Société d'histoire, de vieilles photos et de toutes sortes de choses sur Rock Point, explique-t-il.

– Ah oui ?

Il semblerait que je découvre tous les jours un nouveau truc étonnant sur le vieux Frappadingue.

– Vois ce que tu pourras trouver pendant que j'installe tout ici.

Je me mets au garde-à-vous.

– Oui, chef !

Il n'y a pas un bruit dans la maison quand je traverse la cuisine. Un coup d'œil par les fenêtres du salon me montre que le jardin de devant est désert. La mère d'Oliver et le Frappadingue sont tous les deux sortis. Je suis un peu soulagée ; je viens de me rendre compte qu'ils auraient pu être témoins de notre mini-séance de roulage de pelles il y a une minute.

Le grenier est bourré de choses, mais plutôt bien rangé. Les meubles de rangement sont contre le mur du fond, et je parviens à les atteindre sans rien renverser, sans trébucher ni me cogner. Oliver m'attend, alors je m'interdis de fureter, même si ma fibre vide-greniers brûle de voir le bric-à-brac qui sommeille ici. Malheureusement, mes yeux aussi commencent à me brûler. Allergie à la poussière.

Je feuillette les dossiers et, bien que je ne trouve pas de photos en couleur, je découvre tout de même une lettre d'information qui parle de la maison du gardien au fil des années. Un rapide coup d'œil m'indique qu'il y a plusieurs paragraphes consacrés aux différentes fois où elle a été repeinte.

Mission accomplie. En me faufilant dans un passage

étroit, je remarque une pile de tableaux encadrés posés contre le mur, le dos vers l'extérieur.

Curieuse, je me fraie un chemin jusqu'à eux. Je tire le premier cadre vers moi, soulevant un énorme nuage de poussière. Ils n'ont pas dû être déplacés depuis un moment. Je laisse échapper trois énormes éternuements, puis je baisse les yeux. Même à l'envers, je vois que c'est magnifique. Je le cale contre mes jambes et j'approche le suivant.

– Qu'est-ce que tu fais ?

Je me retourne d'un bond, et les tableaux tombent avec fracas.

Le Frappadingue se tient sur le seuil et me fusille du regard.

– Je... Je suis désolée. Oliver m'a envoyée chercher ça.

Je brandis les brochures de la Société d'histoire.

Il continue à me fusiller du regard.

Je me détourne pour redresser les tableaux.

– Ils sont tellement beaux, dis-je. Je parie que les galeries se les arracheraient. Vous devriez les présenter à l'expo du 4 Juillet.

– Les petites filles ignorantes feraient mieux de s'occuper de leurs affaires.

Il sort du grenier en trombe.

Qu'est-ce que j'ai fait ? Je compte jusqu'à dix pour être sûre de ne pas tomber sur le Frappadingue en redescendant, puis je sors en hâte.

La moustiquaire claque derrière moi, et Oliver se retourne.

– Je crois que j'ai mis ton grand-père en colère, dis-je.

– Tu n'es pas allée dans son atelier, si ? demande-t-il nerveusement.

– Non, c'était dans le grenier. Je lui ai juste dit qu'il devrait présenter certains de ses tableaux à l'expo du 4 Juillet. Il était furieux.

– Il est extrêmement susceptible à propose de sa peinture, explique Oliver en venant vers moi.

Il glisse une mèche derrière mon oreille.

– Ne t'inquiète pas pour ça.

– Mais je lui faisais un compliment.

– Je ne sais pas trop ce que c'est, le problème, explique Oliver. Maman dit qu'il a été assez célèbre pendant un moment, mais que ensuite, il est devenu hyper amer à propos du monde de l'art. Même maman ne sait pas grand-chose.

Juste au moment où je me disais que le Frappadingue n'était pas si frappé que ça, j'apprends que peut-être bien que si.

Même si je ne suis *pas* du matin, je me réveille à l'aube le 4 Juillet. En fait, je me suis réveillée toutes les heures cette nuit, alors, vers six heures, j'ai décidé que je n'avais qu'à me lever. Syndrome du cerveau en surrégime.

Justin est rentré à la maison hier, et je l'ai immédiatement convaincu de rejoindre l'équipe du Sucre d'Orge Junior. Le phare est presque fini, à part un élément crucial : le fixer au bateau. À cause de l'idée folle d'Oliver, on ne pourra le faire qu'une fois sur la rivière.

Aujourd'hui, non seulement mes deux garçons préférés vont se rencontrer, mais ce sera peut-être aussi le jour où je vais me noyer. Ah oui, et où je vais révéler aux commères de Rock Point que j'ai un amoureux.

Enfin je crois.

Je renifle la boîte à café que maman a laissée sur le plan de travail quand Justin arrive dans la cuisine. Je n'aime pas le goût du café, mais j'aime l'odeur. J'espère inhaler une partie de la caféine pour me réveiller.

– Qu'est-ce que tu fabriques debout si tôt ? demande Justin en me prenant la boîte.

Il ajoute en remplissant le filtre :

– Ce n'est pas toi qui veux toujours faire la grasse matinée ?

– Je n'arrivais pas à dormir.

Je l'observe : déjà en tenue pour aller courir.

– Et toi ? D'habitude, tu dors jusqu'à midi, quand tu es à la maison.

– Je participe à la course Bleu-Blanc-Rouge de cinq kilomètres, dit-il. Ensuite, j'irai voir mes potes qui jouent au concert de midi.

Il sort une tasse du séchoir et s'en sert pour remplir la machine à café, puis appuie sur le bouton *ON*.

– Où est maman ?

– Elle était déjà partie quand je me suis levée.

Je désigne un petit mot sur le frigo.

– Voici sa liste de choses à faire.

Justin la parcourt comme je l'ai fait moi-même il y a quelques minutes, pour vérifier qu'on n'est pas dessus. Elle est au courant de tout pour le défilé de bateaux, bien sûr, mais il était possible qu'elle compte sur nous pour aider à organiser certains des événements de la Société d'histoire, vu que ça ne commence pas avant cet après-midi.

La fête du 4 Juillet, c'est un peu comme la fête du Lupin sous amphétamines. C'est le *vrai* début de la saison estivale, et tous les gens du coin le savent. C'est la première occasion d'attirer l'attention (et les dollars) des Habitués de l'Été. Tout le monde – ceux qui habitent ici à l'année, les Habitués et les touristes qui viennent juste pour la journée – essaie de remplir ces deux petits mois le plus possible, et la frénésie commence aujourd'hui. Des gens qui ne se sont pas vus de toute l'année échangent des nouvelles dans cette ambiance festive qui règne dans toute la ville. On est tous heureux ; on fait tous la fête ensemble. Bien sûr, beaucoup de gens du coin travaillent comme des malades, aujourd'hui, mais c'est quand même joyeux.

– Je suis libre, annonce Justin.

– Pour le moment, dis-je en lui jetant un regard d'avertissement. Tu te souviens que tu nous emmènes en voiture à seize heures, Lexi et moi ?

Il s'appuie contre le plan de travail, croise les bras et sourit.

– Donc. Toi et le petit-fils de Framingham le Frappadingue.

– Il s'appelle John Framingham, dis-je. Pas « le Frappadingue ».

Certes, je n'ai jamais réussi à l'appeler autrement que le Frappadingue, dans ma tête. Je travaille encore là-dessus.

Je plisse les yeux.

– Tu ne vas pas me fiche la honte, hein ?

– Je ne te promets rien, Atchoum.

On n'est pas obligés de s'inscrire avant dix-sept heures, mais, avec tout ce qu'il nous reste à faire, on a prévu de retrouver le Frappadingue et Oliver au point de départ à seize heures trente. J'ai demandé à Oliver s'il voulait profiter des festivités avant, mais il a dit qu'il avait encore des petites choses à fignoler.

Je ne suis pas sympa de ne pas lui avoir proposé de l'aider... C'est tout de même mon copain, non ? J'ai peur qu'on se dispute si j'y vais – ce projet nous rend tous les deux tellement nerveux. J'ai pensé que ce serait plus prudent d'attendre la dernière minute.

Ce qui me ramène à la première question : est-ce que c'est mon copain ?

C'est possible de se faire une entorse au cerveau ? Toutes ces idées qui se bousculent dans ma tête me donnent le tournis. J'ai besoin de m'allonger.

– Je retourne me coucher, dis-je à Justin. Il vaut mieux que je commence la journée à une heure plus raisonnable.

Je quitte la cuisine d'un pas traînant.

– Ne sois pas en retard ! je lui ordonne par-dessus mon épaule.

– Ouais, ouais, ouais, marmonne-t-il en cherchant les céréales.

Je suis agitée toute la journée. J'ai beau me rallonger je ne sais combien de fois, je ne parviens à faire que des petites siestes de vingt minutes. Entre ces mini-roupillons totalement insatisfaisants, j'ai changé de tenue et je me suis recoiffée deux fois, j'ai téléphoné trois fois à Cynthia (messagerie) et j'ai fixé un rendez-vous avec Patti et Joanna pour aller voir le feu d'artifice ce soir. En fin d'après-midi, je suis prête à grimper aux rideaux.

Je suis au bord de la crise cardiaque quand mon téléphone sonne.

– Tu arrives bientôt ? demande Oliver, tendu.

– Dès que Justin sera là, on passera chercher Lexi.

Je fais les cent pas devant ma fenêtre, en guettant la voiture de Justin dans la rue.

– Il allait au concert, mais ça s'est terminé il y a des heures. Je t'enverrai un texto dès qu'on sera en route.

– Tu devrais peut-être l'appeler pour vérifier qu'il...

– Le voilà !

Je raccroche, puis je me rends compte que je viens de lui raccrocher au nez sans même dire au revoir. Oups.

J'attrape mon sac et je cours vers la porte.

– Tu as pris ton temps, je lance à Justin en montant précipitamment dans la voiture.

– Hé, dit Justin. Je suis en train de te rendre un service, tu te rappelles ?

– Désolée, désolée, désolée.

Je pianote sur ma jambe en essayant de me calmer.

Justin me jette un regard en biais.

– Ça va ?

– Non ! je laisse échapper. Et oui !

Justin éclate de rire.

– Très bien.

À notre arrivée chez Lexi, je sors pour l'aider à charger son matériel dans le coffre. Je me glisse sur la banquette arrière. Mes nerfs agités ont besoin de place. Lexi rejoint Justin à l'avant.

Mon frère et elle bavardent, mais je suis incapable de suivre leur conversation. Ma tête est trop pleine de toutes les choses qui pourraient mal tourner. J'espère juste que ce ne sera pas ma faute.

Le point de départ n'est pas trop loin de l'endroit où j'ai pique-niqué avec Oliver, au bord de la rivière. Elle se sépare en deux après la maison du Frappadingue. Un des bras descend la colline jusqu'au port, l'autre forme un petit lac où a lieu le défilé de bateaux.

Justin se gare à côté du pick-up du Frappadingue. Ils ont déjà descendu le bateau de la remorque. Il est au bord de l'eau, avec la réplique de la maison du gardien toujours intacte à l'arrière. Je dois dire que le Sucre d'Orge Junior est incroyable, perché là-haut, à l'arrière du camion. Puis j'entends des jurons et je m'aperçois qu'Oliver et son grand-père ne trouvent pas du tout le Sucre d'Orge Junior incroyable. Ils semblent plutôt le trouver infernal.

Justin descend de la voiture et passe à l'action.

– Je vais vous donner un coup de main !

Pendant qu'il s'élance vers le camion, je décharge deux rouleaux de tissu et des piles de journaux avec Lexi. J'apporte le bavoir que je vais porter et la lanterne miniature que j'avais achetée « par compassion » dans un vide-greniers. De loin, personne ne remarquera qu'il manque un panneau d'un côté et que l'autre côté est fissuré. Ce qui compte, c'est que c'est le genre de chose que Mme Gilhooley aurait pu tenir à la main et avec sa batterie neuve, on peut carrément l'allumer.

Une fois que le Sucre d'Orge Junior est déchargé du camion, ils se débrouillent beaucoup plus facilement. À eux trois, ils le transportent jusqu'à la berge, mais ne le posent par terre que lorsque Lexi et moi avons étalé des journaux pour le protéger de la boue.

– Je dois dire qu'il est super classe, dit Justin en reculant.

Puis il fronce les sourcils.

– Mais comment...

Je l'interromps :

– On gère, t'inquiète.

Je ne veux pas qu'on replonge dans le débat « Mais comment tu vas faire pour ramer, sans parler d'y voir quelque chose ? ».

– Au fait, Justin... Je te présente Oliver, j'ajoute en m'apercevant que je ne les ai pas présentés.

– Je t'ai déjà vu... de l'autre côté d'un phare, non ? plaisante Justin.

– Ouais, c'était bien moi, répond Oliver avec un sourire. Sauf si tu parles de mon grand-père. M. Framingham.

Le Frappadingue le salue d'un grognement et continue à poser des outils sur le journal, à côté du Sucre d'Orge Junior.

Mes tennis s'enfoncent un peu dans la boue et produisent de petits bruits de succion chaque fois que je lève un pied. Le Maine étant le Maine, on s'est pris une petite averse ce matin mais, heureusement, la présentatrice météo de la télé *et* le Frappadingue ont tous les deux déclaré que le reste de la journée et de la soirée seraient totalement dégagés.

Oliver sautille sur ses talons, nerveux.

– Je vais te montrer l'idée géniale de Lexi, dis-je pour lui changer les idées.

Je jette un coup d'œil autour de nous et je repère un gros rocher.

– Là-bas, dis-je à Lexi.

Elle me suit avec un rouleau de tissu. Je m'accroupis derrière le rocher et je mets le bavoir. J'enfile le chapeau de Mme Gilhooley que maman a eu la générosité de me prêter (quand je lui ai promis mille fois de sauter à l'eau si jamais il s'envolait) et je prends la petite lanterne. Puis je me lève juste assez pour que les chaussures de poupée élimées touchent le haut du rocher.

– Je suis Mme Gilhooley, j'annonce. Mon mari, le gardien du phare, m'a demandé de vous dire bonjour.

Justin éclate de rire, mais c'est un rire bienveillant.

Oliver m'applaudit en souriant. Même le vieux Frappadingue semble amusé.

– Je sais que vous vous inquiétez de l'allure que ça aura vu de côté, dit Lexi, alors venez par ici.

Pendant que Justin et Oliver s'approchent, elle accroche le tissu marron foncé à mes épaules et l'étale sur l'herbe.

– Vous voyez ? reprend-elle. On va couvrir l'intérieur du bateau avec ça. Comme ça, personne ne verra Mandy, et on aura l'impression que Mme Gilhooley se tient sur le sol.

– Génial ! s'exclame Oliver. C'est pour ça que vous faisiez des messes basses, toutes les deux !

Je me redresse entièrement.

– On voulait te faire la surprise.

Oliver effleure mes lèvres avec les siennes.

– J'adore, dit-il tout bas. Merci.

Je suis gênée que Justin me voie embrasser Oliver, alors je baisse la tête.

– C'est Lexi qui a eu l'idée, en réalité, j'avoue.

– Mais c'est toi que je préfère embrasser, chuchote-t-il.

Alors qu'un gigantesque sourire me dévore le visage, il ajoute à voix haute :

– Merci, Lexi. Tu as été super ! On n'aurait jamais réussi sans toi.

– Bah, vous n'avez pas encore exactement réussi, souligne Lexi. On pourra fêter ça quand vous serez parvenus à passer devant l'estrade du jury avec votre bateau.

Gloups. Ramer, c'est la mission d'Oliver. Moi, je dois le guider. Et on est des novices tous les deux. Sans parler de notre maladresse officielle.

Comme s'il avait lu dans mes pensées, Justin lance :

– Ça promet d'être intéressant.

– Enfilez vos costumes et faites un essai, nous ordonne le Frappadingue. Je sais que vous vous êtes entraînés, mais avec le poids en plus, ce ne sera pas pareil que quand il est vide.

Je m'empêche d'écarquiller les yeux. Je crois bien que je ne l'avais jamais entendu en dire autant d'un seul coup.

– Tu as raison, Pépé.

Je sens Oliver se crisper à côté de moi. Il met beaucoup en jeu dans cette histoire. On se moque bien de gagner, lui et moi. Mais on ne veut pas non plus s'humilier. C'est Oliver qui a conçu notre décor – pour l'essentiel. Lexi et moi, on a cédé devant son insistance pour ramer à l'aveugle. On s'apprête à mettre à l'épreuve tout ce qu'il nous assurait avec bravade.

Oliver s'approche du bateau et reste à côté pour l'examiner. Il lance au Frappadingue :

– Tu penses que je dois embarquer depuis la berge ?

Le Frappadingue hausse les épaules.

– Oui, c'est plus prudent. Mais ils sont assez forts, tes copains ?

Inquiet, Oliver nous jette un coup d'œil.

– Viens nous aider à installer Oliver dans le phare, dis-je à Justin.

Oliver s'assied à sa place, sur le banc du milieu. Pendant un instant, on se contente de regarder la barque et le phare alternativement.

– Ça ne va pas se mettre en place tout seul, marmonne le Frappadingue en s'approchant avec les pinces qu'on va utiliser pour fixer le phare au bord du bateau.

– Bon, on fait comment ? je demande, stressée parce que le temps passe et que les gens commencent à arriver.

À ma grande surprise, le Frappadingue prend les choses en main.

– Ollie, roule-toi en boule. À notre signal, redresse-toi lentement. Mandy, monte dans le bateau et guide le phare pendant qu'on l'abaisse au-dessus de lui. Et toi, la grande, comment tu t'appelles ?

Il désigne Lexi en claquant des doigts.

– Toi, moi et le garçon, là, ajoute-t-il en indiquant Justin, on va soulever le bazar. Très haut.

– Compris, dit Justin.

Entre ses dents, il murmure :

– J'espère que vous avez bien pris les mesures.

– On l'a testé, je réplique sèchement.

C'est vrai. Quand on a terminé la tour en grillage, avant d'ajouter le papier mâché, le Frappadingue, la mère d'Oliver et moi l'avons posée sur Oliver. Sur la terre ferme, ça marchait. J'espère qu'on y arrivera sur le bateau.

Je grimpe à bord, Oliver se recroqueville, et les trois autres soulèvent le phare. Je tends les bras pour les aider à l'amener au-dessus d'Oliver, bien centré. Je le pousse un peu plus vers la gauche, et Oliver disparaît sous la tour.

– Ça va, là-dedans ? je demande.

– Ouais, répond-il d'une voix étouffée.

– Tu es complètement redressé ? demande le Frappadingue.

Le phare remue mais ne se renverse pas.

– Maintenant, oui.

On pousse tous un soupir de soulagement.

Le Frappadingue, Justin et Lexi s'écartent prudemment, comme si le moindre mouvement brusque pouvait renverser la structure.

– Ça vous paraît droit ? je leur demande.

Lexi en fait le tour.

– Ça me semble bien. Il est temps de le fixer.

Le Frappadingue et Justin se mettent au boulot pendant que je sors du bateau pour aider Lexi à poser le tissu bleu-vert qu'on a apporté aussi. Une fois qu'ils ont terminé, on recouvre le bois de la barque et les pinces métalliques avec le tissu. L'idée, c'est que ça ressemblera à des vagues.

– Ça va toujours ? je demande.

– Super, répond Oliver.

– Mettons ce bébé à l'eau ! lance Justin.

Le Frappadingue est retourné près de son camion, auquel il est adossé, les bras croisés. Je suppose qu'il a fini. Justin, Lexi et moi, on tire et on pousse en grognant. Enfin, on parvient à mettre la barque à l'eau. Je saute dedans, et elle se met à tanguer.

– Qu'est-ce qui se passe ? s'écrie Oliver depuis sa prison.

– Tout va bien, je m'installe, c'est tout, je lui assure.

– Et les rames ? demande Oliver.

– Ça vient ! crie Justin.

Lexi et lui glissent des rames par les hublots. Je suis soulagée quand elles commencent à bouger selon un rythme régulier : non seulement Oliver les a bien en main, mais il s'est vraiment entraîné comme il me l'avait promis.

On s'échoue aussitôt.

– Qu'est-ce qui s'est passé ? hurle Oliver.

– Pardon, pardon, pardon ! dis-je. Je ne te guidais pas. Ne fais plus rien avant que je sois installée.

– Attends, dit Justin.

Il entre dans l'eau pour immobiliser la barque. J'aurai une grosse dette envers lui. Sauf que personne ne semble contrarié. Au contraire, tout le monde a l'air de bien s'amuser. Même le vieux Framingham le Frappadingue, je note en lui jetant un rapide coup d'œil.

– Je me mets en position, dis-je à Oliver, puisque je dois être ses yeux.

Lexi m'accroche mon bavoir. Maintenant, elle fixe le tissu avec des épingles.

Je reste tranquille pendant qu'elle dispose le tissu à l'avant pour donner l'impression que les chaussures de la poupée reposent sur un rocher, puis amène le reste autour de moi pour cacher mon corps.

– C'est fini ! déclare Lexi.

Elle contourne le bateau dans l'eau pour prendre des photos.

– La lanterne est allumée ? demande Oliver.

– Je vous l'apporte, lance Justin, qui part en courant. Ça va tanguer, nous prévient-il.

Lexi tient le bateau.

Justin monte prudemment à bord. La barque s'incline, mais le phare reste en place. Vive les pinces ! Justin appuie sur l'interrupteur de la bougie.

– Ça y est.

Ce qui me rappelle que je dois faire de même avec la mienne. J'allume ma petite lanterne jouet.

– C'est génial, déclare Lexi.

Désormais, le président du défilé de bateaux, M. Saunders, est arrivé. Il s'approche vite de nous dans l'eau peu profonde.

– Vous n'êtes pas censés partir avant que ce soit votre tour, me dit-il.

– Il faut qu'on sorte de l'eau ? je demande d'un ton plaintif.

Je ne voudrais *vraiment pas* être obligée de demander à Justin, à Lexi et au Frappadingue de nous remonter sur la berge et de nous remettre à l'eau.

– Qu'est-ce qui se passe ? demande Oliver de sa voix étouffée.

M. Saunders paraît surpris.

– Il y a quelqu'un, là-dedans ?

J'ai envie de lui demander s'il s'imagine que le Sucre

d'Orge Junior rame tout seul, mais je me retiens, vu qu'on lui demande de faire une exception au règlement pour nous. J'affiche un air pitoyable et je dis :

– Ce serait trop dur de nous sortir et de nous remettre à l'eau.

– Vous êtes quel numéro ?

– Le cinq.

Il jette un coup d'œil aux gens qui arrivent avec leurs bateaux, puis à sa liste.

– Ça vous dérange si on leur donne le numéro trois ? leur lance-t-il.

Pendant un court instant qui me noue les tripes, les concurrents discutent entre eux. Puis je vois des haussements d'épaules et j'entends :

– Pas de problème !

– D'accord.

– Bien sûr.

Je me détends à nouveau.

Enfin, à peu près.

– Décalez-vous le plus possible pour faire de la place aux deux premiers bateaux, nous ordonne M. Saunders.

– Oh, MERCIIIIIIIII !

Le Frappadingue revient près du bateau et glisse une grosse pince coupante à mes pieds, sous le tissu.

– Juste au cas où, dit-il.

D'un hochement de tête, il montre Oliver, invisible sous notre décor. Il ajoute à voix basse :

– Il peut être têtu, ce gosse. Je me demande de qui il tient ça.

Puis il me fait un clin d'œil, tapote le bateau et se redresse.

– Amusez-vous bien.

Il pousse doucement la barque pour qu'on libère de l'espace et repart vers son camion.

J'ai l'impression stupéfiante que je viens d'entrevoir le « vrai » Frappadingue. Et que c'était sa façon de me montrer qu'il n'est pas vraiment fâché pour l'autre jour, dans le grenier.

Le premier bateau n'est pas spectaculaire, mais il a l'avantage d'être mignon. Un papa en tenue typique de pêcheur de homards rame sur une barque avec des pièges à homards suspendus à l'avant et à l'arrière. Quatre petits gamins dans des déguisements de poissons faits maison agitent la main. Une maman est assise à la proue avec, dans les bras, un bébé habillé en homard – un déguisement de bébé très prisé pour Halloween, par ici. Ils mettent un moment à démarrer, parce qu'une foule de membres de leur famille tient à les filmer et à les prendre en photo.

Ensuite, il y a un bateau plein de sirènes en tenue légère, et je me réjouis secrètement qu'Oliver ne voie rien depuis son poste dans la tour. Mon frère Justin est ravi d'aider les filles à mettre leur bateau à l'eau. Je pense que ce dernier va remporter un grand succès auprès des garçons alignés sur les berges.

Puis c'est notre tour.

– À nous de jouer, dis-je à Oliver.

– Maintenant ?

– Maintenant !

Mon ventre se noue. Je viens de me rendre compte que, même si Oliver fait avancer le bateau, c'est moi qui suis le capitaine. Notre réussite dépend de moi.

Les rames d'Oliver frappent l'eau en projetant des éclaboussures.

– Hé ! je crie.

– Pardon ! Pardon !

Il reprend le contrôle de ses rames et on s'éloigne en douceur de la berge. Premier défi : suivre le tournant sans heurter des rochers ou des branches basses, ni s'échouer.

– Tout droit, dis-je à Oliver. Tout droit.

Je parle d'une voix calme et posée. Presque chantante. Notre première mission, c'est de partir suffisamment loin de la berge pour tourner sans catastrophe. Mais pas trop loin non plus, pour que les spectateurs nous voient.

– Tourne ! je lance.

– Quoi ? j'entends Oliver demander.

– Tourne ! je hurle.

– De quel côté ? hurle Oliver à son tour.

Je comprends seulement maintenant qu'on aurait dû répéter le parcours. Sans parler de vérifier qu'on pourrait s'entendre, vu qu'Oliver est *à l'intérieur* du Sucre d'Orge Junior et *me tourne le dos* pour ramer. Trop tard, à présent.

– À DROITE, À DROITE, À DROITE ! je vocifère.

Oliver rectifie vite le tir (un point pour lui !), et on prend la bonne direction. Devant nous, le premier bateau attire des « oooooh » attendris, et la cargaison de sirènes ondulantes reçoit beaucoup d'acclamations et de sifflets. J'espère qu'elles ne vont pas nous éclipser totalement. Je ne voudrais pas qu'on passe le long de la berge sans que personne ne nous remarque.

J'ai sous-estimé notre fan-club.

– Le Sucre d'Orge ! s'écrie quelqu'un depuis la berge.

Je crois que c'est Lexi.

– Regardez ! vocifère une voix qui ressemble étrangement à celle de Justin. C'est Mme Gilhooley !

Une acclamation scandée s'élève.

– Sucre d'Orge ! Sucre d'Orge !

J'y détecte un fort accent de Brooklyn. Joanna a dû arrêter d'envoyer des textos à son copain quelques instants pour y prendre part.

Je souris jusqu'aux oreilles. C'est fabuleux d'entendre ces applaudissements et ces acclamations en sachant que c'est pour nous. Je comprends soudain l'excitation que Cynthia me dit ressentir sur scène.

– Qu'est-ce qui se passe ? demande Oliver.

– Ils nous acclament !

Je crois qu'il dit « cool », mais c'est difficile d'en être sûre sous cette montagne de papier mâché et de grillage.

Puis le bruit change. Les applaudissements s'arrêtent, il y a un petit silence, et j'entends Justin crier :

– Mandy ! Attention !

Je m'arrache à ma rêverie. Oliver est droitier et, sans repères visuels, il nous a rapprochés de la berge au lieu d'aller tout droit, bien au centre. On est trop près. Voilà des rochers et des débris qui attendent d'accrocher notre bateau et de renverser le Sucre d'Orge Junior.

– Rame plus fort à gauche ! je crie.

Mais il ne m'entend pas. Le bateau suivant à dû apparaître derrière nous, parce qu'une autre partie de la foule se met à applaudir.

– À gauche, Oliver ! À gauche !

– Quoi ? s'écrie Oliver à travers le papier mâché.

– À gauche ! À gauche !

Je me retourne pour crier directement vers la tour, ce qui déchire le tissu. La robe de Mme Gilhooley volette, et ses pieds ballottent quand je pivote.

– À GAUCHE !

Sur la berge, les gens s'y mettent aussi :

– Gauche ! Gauche ! Gauche ! entonnent-ils.

Le bateau se redresse enfin, et un tonnerre d'applaudissements éclate à nouveau. Je me retourne sur mon banc et je remets en place tous les éléments de mon costume, tout en sachant que c'est le bazar en comparaison du travail soigné de Lexi. *Tant pis*, me dis-je. On était déjà passés devant le jury avant ce petit incident, quand on avait encore une belle allure. Je me promets d'ignorer la berge, désormais, et de me concentrer exclusivement sur la navigation.

– On arrive au tournant, maintenant, dis-je à Oliver.

On aura moins de fans, ici – cette zone a tendance à être investie par les familles qui vivent du côté ouest du bras de la rivière. J'aurai moins de mal à rester concentrée.

On prend le tournant et on accoste pile de l'autre côté de notre point de départ sans autres incidents. Le voyage n'a duré qu'une quinzaine de minutes, mais je sais qu'Oliver doit être exténué. Et crever de chaud. Et, s'il est un tant soit peu comme moi, hyper stressé. Peut-être même en pleine crise de claustrophobie.

On gagne sans problème l'endroit où on peut débarquer et, heureusement, un groupe de gens vient nous aider dès la minute où on atteint l'eau peu profonde. Quelqu'un détache le tissu de mes épaules, et je défais mon costume-bavoir. Je lâche Mme Gilhooley dans le bateau et je saute dehors. Je le maintiens pendant que trois papas décrochent le phare et en dégagent Oliver.

Il est trempé de sueur, les cheveux collés au visage. Quelqu'un lui tend une bouteille d'eau, qu'il accepte avec gratitude. Il est trop tendu pour parler ou même sortir du bateau. Je me penche vers lui et je le prends dans mes bras quand même. Le bateau tangue un peu.

– On a réussi !

Il a toujours une respiration entrecoupée, mais il répond d'une voix tremblante :

– Je suis carrément dégueu.

Je recule et je lui tends les mains pour l'aider.

– Ouais, c'est vrai ! dis-je en riant.

Une fois qu'Oliver a débarqué et qu'on est revenus sur la berge en titubant dans l'eau, les mêmes papas tirent la barque hors du chemin des bateaux qui arrivent. Je sais qu'on devrait les aider, mais étant donné notre maladresse naturelle et l'état de fatigue d'Oliver, je me dis qu'on les aide davantage en restant à l'écart.

Oliver vide le reste de la bouteille sur sa tête et frotte son visage mouillé. Il inspire longuement, puis expire.

– Je regrette que tu ne les aies pas vus, dis-je. Ils nous ont applaudis et acclamés.

– J'ai *vaguement* entendu, dit-il avec un sourire navré.

Il secoue énergiquement la tête, comme un chiot, et m'éclabousse.

– Hé ! je piaille.

– Pardon !

Oliver sourit et pose un bras trempé sur mes épaules. Ça ne me dérange pas.

– Ça me fait mal de l'admettre, dit-il, mais j'aurais vraiment dû vous écouter, Lexi et toi. Des judas m'auraient aidé. Et ramer là-dessous, ce n'était pas marrant.

– Bah, on a survécu, dis-je. C'est tout ce qui compte.

Oliver se retourne pour regarder le Sucre d'Orge Junior.

– Ouais... Je suppose...

– J'ai compris quelque chose sur toi, lui dis-je. C'est comme ce que tu m'as dit un jour. Tu es excellent à petite échelle. Mais pour ce qui est des grandes échelles...

Je m'interromps en haussant les épaules.

– Qu'est-ce que tu sous-entends ? demande Oliver en revenant vers moi.

Voyant que je ne réponds pas, il me donne un coup de hanche.

– Allez, tu ne peux pas me laisser en plan comme ça.

Je continue en espérant qu'il ne va pas se fâcher :

– Tes mesures étaient parfaites. Tes agrafes étaient plantées à égale distance. La salle de la lanterne, les rayures, tout était parfait, tous les petits détails.

– Mais... ?

– Mais disons que la vue d'ensemble est occultée par tout le reste.

– Comme renoncer à la possibilité de voir quelque chose pour avoir une réplique totalement exacte, termine-t-il avec un sourire penaud.

Je lui presse le bras.

– Ne culpabilise pas. Je suis douée pour les vues d'ensemble et super maladroite pour les détails, moi.

– Je suppose qu'on est donc des opposés.

J'ai le sentiment que ça pourrait être une mauvaise chose.

– Je dirais plutôt qu'on est complémentaires, pas opposés. C'est pour ça qu'on forme une super équipe.

Il se baisse pour m'embrasser, mais je recule. C'est un peu trop public, avec les autres concurrents du défilé qui vont et viennent. Sans parler du Frappadingue, dont le pick-up bleu va apparaître d'une minute à l'autre.

Je jette un coup d'œil en haut de la pente et j'aperçois son camion qui se gare. Le Frappadingue en sort et descend la colline à grandes enjambées.

– Bien joué, dit-il.

Le visage d'Oliver s'illumine. Je vois que l'approbation de son grand-père compte énormément pour lui.

À nous trois, on charge le Sucre d'Orge Junior dans

le pick-up et le bateau sur la remorque. Oliver monte dans la cabine du camion, puis se penche par la fenêtre ouverte.

– Rendez-vous à la plage pour le feu d'artifice !

– Près du port, je lui rappelle.

Il me tapote le nez, puis s'adosse au fond de son siège. Je recule pour regarder le camion s'éloigner.

Je jette un coup d'œil autour de moi et je m'aperçois que les gens me regardent avec des yeux ronds. Ils n'ont pas dû voir le Frappadingue aussi longuement de tout l'été. Je me demande s'ils pensent que je suis bizarre à cause de mes liens avec lui.

Et là, prise de conscience monumentale : je m'en fiche. Non seulement j'aime bien Oliver – et peut-être même que je l'aime plus que bien –, mais en plus, je commence à apprécier le Frappadingue. Pourvu qu'il soit contaminé par ma normalité, et pas moi par sa dinguerie. Au moins du point de vue des commères de Rock Point.

J'envoie un texto à Justin pour lui dire de venir me chercher. Puis j'observe un bateau à la décoration très élaborée revenir vers la berge. Un auvent en filet est tendu au-dessus. Les poteaux sont dissimulés sous des algues. « Sous l'océan », la chanson de *La Petite Sirène*, sort à plein volume de haut-parleurs cachés. Le mec qui rame est en tenue de plongeur, et trois personnes manient des marionnettes grandeur nature : une méduse, un homard et un crabe. Des bâtonnets phosphorescents glissés dans le filet et les algues créent une ambiance surnaturelle de fonds marins.

– Incroyable, je murmure. Je sais qui va remporter le premier prix, maintenant !

J'entends klaxonner et je vois Justin se garer. Je gravis la petite colline boueuse.

– Vous avez assuré ! dit Justin quand je monte dans la voiture.

– Ouais, dis-je. Je suis presque stupéfaite qu'on ait survécu.

– On est tous stupéfaits, crois-moi. Alors, on va où ? On retourne chez le Frappadingue ?

Je le fusille du regard.

– Pardon, fait-il en haussant les épaules. Je ne sais pas comment l'appeler autrement.

Je soupire.

– Moi non plus. Mais il faut qu'on trouve quelque chose !

– On pourrait l'appeler *Monsieur* Frappadingue ! plaisante Justin. Ça paraît plus respectueux.

Je lui donne une tape sur le bras, tout en riant avec lui.

– Il est différent de ce que j'imaginais, reprend Justin. Le Frappadingue, je veux dire.

– C'est vrai, hein ?

Je lui ai déjà raconté que le Frappadingue était un artiste et qu'il était hyper susceptible au sujet de ses tableaux.

– Dépose-moi juste à la maison pour que je puisse me doucher et me changer, s'il te plaît.

Je me mordille la lèvre inférieure en regardant les maisons ornées de drapeaux et de pavillons bleu-blanc-rouge qui défilent devant ma vitre.

– Et Oliver ?

– Quoi, Oliver ? demande-t-il en tournant dans la rue Dumont.

– Il est... différent de ce que tu imaginais ?

Un petit sourire sournois s'étire sur son visage.

– Mandy a un amoureux, chantonne-t-il. Mandy a un amoureux.

– Arrête ! je proteste.

Mais il continue à chanter.

– Ouh, la menteuse, elle est amoureuse !

– Ça suffit ! je piaille entre deux gloussements.

Justin imite des bruits de baisers.

Je lui picote le flanc avec l'index.

– Tu... (*Pic !*) es... (*Pic !*) méchant.

Il éclate d'un rire sardonique. Puis il me regarde en remuant les sourcils.

– Tu as intérêt à être sympa avec moi, sœurette. Pour le moment, je n'ai répété aucun de tes secrets...

– Je n'ai pas de secrets.

– Et je ne l'ai pas interrogé sur ses intentions, ni sur son étrange passion pour le Sucre d'Orge ou pour...

– C'est bon, c'est bon ! J'ai compris. Tu es le meilleur frère du monde et j'ai de la chance de t'avoir et quand est-ce que tu retournes à la fac, déjà ?

Il s'esclaffe et s'arrête pour laisser passer un troupeau de parents accompagnés de mômes au visage peinturluré, armés de ballons. Il y avait des animations pour les enfants toute la journée au Square, et maintenant, ces gamins partent sans doute chercher un endroit d'où regarder le feu d'artifice. Ou de quoi manger sur la jetée, même s'il y a également des stands près du port. Ouaip, encore une orgie de fruits de mer.

Quand Justin se gare devant chez nous, une idée me vient. Ce soir, je fais ma première sortie en tant que petite amie d'Oliver. À moins que ce ne soit *lui* qui fasse sa première sortie en tant que petit ami de Mandy.

Si on est vraiment ensemble, du moins. On n'a pas discuté de notre « statut » ; on était trop occupés à construire notre phare et, certes, à s'embrasser, pour aborder le sens de ces baisers. *Ne réfléchis pas trop*, je m'ordonne.

Entre mes heures au Sucre d'Orge et la construction du décor pour le défilé, je n'ai pas eu l'occasion de voir qui que ce soit ni même de parler à quiconque. Ni Patti, ni Joanna, ni aucun de mes amis du lycée (bon, il s'agit essentiellement de Cynthia, mais passons). Aucun d'entre eux n'est au courant pour Oliver et moi. Et maintenant, on s'apprête à se montrer en public.

Je crois que je suis encore plus stressée qu'avant le défilé de bateaux.

Je fais courir mes doigts le long de ma ceinture de sécurité.

– Alors, euh…

Justin s'immobilise, la main sur la portière.

– Quoi ?

Je rougis. C'est embarrassant, mais je veux vraiment le savoir.

– Alors, tu l'aimes bien ?

– Le Frappadingue ? Ouais, il est top.

Je lève encore une fois les yeux au ciel. Justin me fait cet effet-là.

– Oui, sœurette, j'aime bien Oliver. Et le plus important, c'est que toi, tu l'aimes bien. Et ce qui est sans doute encore plus important pour toi...

Il me plante un doigt dans le ventre.

– ... c'est que lui aussi, il t'aime bien.

Je m'enfonce dans mon siège et je sens la tension se dissiper, comme emportée par une bourrasque.

– Ah oui, il m'aime bien ?

Justin sort de la voiture.

– Ne joue pas les mijaurées avec moi, Atchoum. Tu le sais bien. Ne fais pas semblant de l'ignorer.

Je suis sur le point de protester, puis je m'aperçois qu'il a raison. Oliver m'aime bien. Je le sais. Et il sait que je l'aime bien. Et c'est bien.

La barge d'où le feu d'artifice sera tiré est amarrée entre Rock Point et Hubbard Island, alors on a une bonne vue de tous les côtés de la baie. Et tous les côtés sont noirs de monde, en particulier la plage de sable en forme de U qui forme la crique. Le groupe et les autorités locales investissent les deux ports de ferry de la baie, alors personne ne peut s'installer là-bas, mais c'est un excellent point de rendez-vous. C'est là que je vais pour retrouver Patti et Joanna quand maman me dépose sur le quai.

Je passe devant les mêmes stands de nourriture qu'à la fête du Lupin, mais maintenant que les Habitués de l'Été sont arrivés – et qu'on est envahis par une foule de visiteurs pour la journée –, c'est *vraiment* bondé. Je renonce à mon beignet aux myrtoches au cas où Oliver et Lexi seraient déjà arrivés. Je ne veux pas qu'il se retrouve devant Joanna et Patti sans moi.

De la musique sort à plein volume des haut-parleurs, et une ambiance de fête règne sur tout le quai. Des tas de gens sont en bleu-blanc-rouge. C'est la cohue totale, même quand je descends les rochers pour rejoindre le rivage. J'espère que je vais retrouver mes amis dans cette foule ! La lumière des docks et des stands éclaire une partie de la plage, mais il fait quand même bien sombre quand je m'approche de l'eau.

Je n'aurais pas dû m'inquiéter. J'entends l'accent de Brooklyn bien reconnaissable de Joanna, et il me sert de guide. J'essaie d'éviter d'écraser des doigts ou des orteils en me frayant prudemment un chemin entre les gens perchés sur des rochers couverts de mousse ou étalés sur le sable. On dirait une course d'obstacles humains.

– Je ne t'entends pas ! braille Joanna dans son portable, en se couvrant l'autre oreille d'une main. On ferait mieux de s'envoyer des textos. Des TEXTOS !

Elle est assise sur une chaise de plage portative qui tient en place un coin d'une couverture. Patti est installée sur un autre bord, les jambes tendues devant elle. Ce qui m'intéresse, c'est le gars contre lequel elle est adossée. Alors que je m'approche, elle lève le visage vers lui. Il se penche pour l'embrasser, puis elle se met à genoux pour fouiller dans une glacière qui bloque un autre coin de la couverture.

Ainsi, Patti s'est trouvé un amour d'été. Intéressant.

– Salut tout le monde ! je lance en m'affalant sur la couverture.

– Mandy ! s'écrie Joanna. On croyait que tu avais disparu !

– Désolée, mais entre mon travail au phare et la construction du décor pour le défilé de bateaux, j'ai été hyper occupée.

Patti pivote, le dos tourné vers l'eau.

– Mandy, tu connais Kyle Marcus ?

Je regarde Kyle, qui est désormais assis en tailleur à côté d'elle. Son visage me dit quelque chose. Une crinière blonde et bouclée. Des taches de rousseur.

– Tu étais dans l'équipe de foot avec mon frère, non ? Justin ?

– Tu es la sœur de Justin Sullivan ?

Il sourit.

– Cool. Il va venir ?

– Il est quelque part dans les parages, dis-je en parcourant la foule des yeux. On tombera peut-être sur lui. Alors, qu'est-ce que vous avez fabriqué, vous, les vacanciers, pendant que je trimais ?

– Eh bien, dit Patti. Grincheuse, ici présente, a passé

la majeure partie du temps à la bibliothèque pour vérifier ses e-mails et contempler des photos de son Brooklyn adoré. Sans parler de son amoureux.

Joanna jette une poignée de sable à Patti.

– Je n'étais pas si horrible que ça.

– C'est vrai. Tu as réussi à t'arracher au Wi-Fi le temps d'une excursion sur Hubbard Island.

Patti me jette un regard d'excuse.

– On voulait te proposer de venir, mais on sait que ce n'est pas trop ton truc, le vélo et la marche.

– Pas plus que les éternuements et les yeux qui piquent, j'ajoute. Mes allergies commencent en cette période, alors ça ne m'éclate pas spécialement, les sorties dans la nature.

– Tu avais l'air de bien t'amuser pendant le défilé de bateaux, aujourd'hui, commente Joanna.

Elle brandit sa cannette de soda pour me rendre hommage.

– Superbe bateau !

– Merci, dis-je. C'était l'idée d'Oliver.

Joanna tourne la tête.

– Alors, il est où, ton homme mystérieux ?

Patti glisse sur ses fesses pour se rapprocher.

– C'est vraiment le petit-fils de Framingham le Frappadingue ?

– Les infos circulent vraiment vite, dans cette ville, dis-je.

– Encore une raison pour laquelle Brooklyn me manque, marmonne Joanna.

– Il va arriver, j'ajoute.

Je me dresse sur les genoux pour parcourir la foule du regard.

– Tu parlais de moi ?

Des mains apparaissent sur mes épaules. Les mains d'Oliver.

– Tu nous as trouvés ! je m'exclame en levant les yeux.

Je suis tellement soulagée de ne pas trop en avoir dit. Il aurait tout entendu.

– Avec l'aide de Lexi, précise-t-il en s'installant à côté de moi. Elle discute avec des amis près des docks. Elle a dit qu'elle nous rejoindrait dans une minute.

– C'est donc toi, le génie derrière le mini-Sucre d'Orge, dit Joanna.

– Je ne sais pas si le mot « génie » est approprié, répond Oliver. « Cinglé », peut-être. Mais je pense que Lexi et Mandy m'appelleraient plus volontiers « le Casse-Pieds ».

– Les copains, je vous présente Oliver, dis-je en riant.

Je désigne mes amis d'un hochement de tête.

– Celle qui se cramponne à son portable, c'est Joanna ; là-bas, c'est Patti et son ami, Kyle.

– Salut, mec, dit Kyle.

Il se lève et s'étire.

– Je file. Faut que j'aille vendre un peu de homards.

Patti se lève et se met sur la pointe des pieds pour lui faire un rapide baiser.

– À plus tard, lui dit-il.

– J'y compte bien.

Pour nous, il ajoute :

– Si vous avez faim, passez à notre stand. C'est le deuxième au croisement de Main Street et de Water. Vous n'avez pas intérêt à aller chez Jake's. Et saluez Sully de ma part.

– Promis ! je lui lance tandis qu'il s'éloigne.

– C'est qui, Sully ? demande Oliver.

– Justin. Un de ses nombreux surnoms.

Dès la minute où Kyle est trop loin pour nous entendre, Patti me prend les mains.

– Alors comme ça, tu le connais ? Raconte-moi tout ! exige-t-elle.

– On dirait que tu le connais déjà pas mal, toi aussi, je la taquine.

– Mais tu es ici avec lui toute l'année ! Et au fait, où est-ce que tu le cachais ?

– Je suppose que tu ne faisais pas attention, dis-je.

– Alors... ?

Je fronce les sourcils.

– En fait, je ne sais pas grand-chose. Il était dans la classe au-dessus de Justin.

– Oooouh, fait Joanna. Un étudiant !

– En fait, précise Patti, il n'est pas à la fac. Il m'a dit que son père avait besoin de son aide, alors il n'y est pas allé.

Ça me revient.

– C'est vrai. Son père est pêcheur de homards. Je crois que c'est une entreprise familiale. L'oncle. Les cousins aussi, il me semble.

– Dur, commente Joanna. Renoncer aux études pour rejoindre l'entreprise familiale.

– Je ne sais pas, intervient Oliver. Il pourra toujours y aller plus tard. Je trouve ça plutôt noble. De soutenir sa famille.

Il sourit.

– Bien sûr, je suis totalement incapable de contribuer à l'entreprise de ma famille, alors c'est facile à dire pour moi.

– Mandy est un peu dans l'entreprise familiale, cet été, souligne Patti. Ce phare fait pratiquement partie de sa famille.

– Ouais, dit Oliver en glissant une mèche derrière mon oreille. Et je trouve ça super.

– Bon. Maintenant, on veut tout savoir sur *toi* ! lance Joanna en se concentrant sur Oliver.

Encore des points pour lui. Il ne s'enfuit pas dans la nuit en hurlant.

– Il n'y a pas grand-chose à dire. Je viens de Californie. Et, ajoute-t-il en glissant un bras autour de moi, je m'éclate bien plus que je ne l'imaginais.

– Et donc... Comment vous vous êtes rencontrés ? demande Patti d'une voix chantante.

Je lui fais la grimace. Pour la prévenir de ne pas être trop... Eh bien, disons, « mignonne ».

– Le Sucre d'Orge, leur dit Oliver.

– Tu sais, ce boulot dont je ne voulais pas ? je reprends. Eh bien, finalement, il avait des points positifs inattendus.

– Tu me traites de « point positif inattendu » ? demande Oliver en faisant mine d'être vexé.

– Tu es beaucoup plus positif que moi, dis-je.

– Et que Joanna, surtout, grommelle Patti.

– Quoi ? Qu'est-ce que vous dites ? demande Joanna en levant le nez de son portable.

– Arrête d'envoyer des textos, bon sang ! grogne Patti. On fait la connaissance du nouveau !

Je secoue la tête, mais Oliver semble amusé.

– Au fait, dit-il.

Il commence à déballer un sac de courses qu'il a apporté. Des sandwichs emballés, des légumes coupés en morceaux avec une sauce dans une boîte en plastique, et ses fameux cookies géants.

– Oh, mon héros ! je piaille.

Je me jette sur un des sandwichs. Je l'agite sous le nez des autres :

– Je peux vous garantir que c'est trop bon, tout ça !

– Ouf, dit Lexi en nous rejoignant. Je n'ai pas raté le dîner !

Oliver se décale pour lui faire de la place.

– Pépé a insisté pour que j'apporte de quoi nourrir une armée, alors servez-vous.

– Le grand-père d'Oliver est un cuisinier fabuleux, je leur assure. Vos papilles vont connaître l'extase.

Lexi prend un sandwich et le déballe.

– C'est vrai. Le vieux Frappadingue est un cuisinier hors pair.

– Le « Frappadingue » ? répète Oliver.

Il regarde autour de lui, mais maintenant, tout le monde évite son regard.

– Mandy?

J'avale ma bouchée de sandwich mozzarella, pesto et roquette.

– C'est, euh... un genre de surnom. C'est idiot. Juste un truc de gamins.

– Ah.

Oliver baisse les yeux et tripote les lacets de ses tennis. Il s'éclaircit la gorge.

– Écoutez, je sais qu'il est un peu excentrique, mais en fait, il est...

– Il est super, le coupe Lexi. Il s'y connaît vachement bien en art, et en construction.

– Si les gens le connaissaient mieux, reprend Oliver d'un ton sec, ils ne seraient pas aussi méchants.

– C'est injuste, argumente Patti. C'est lui qui nous empêche de le connaître. Il vit en reclus dans les bois. La seule fois où je l'ai vu en ville, il a pratiquement rugi à la figure de tous ceux qui ont essayé de lui adresser la parole.

Je caresse le bras d'Oliver, désolée de l'avoir amené ici, désolée qu'il ait entendu ça, désolée de... Bref, désolée.

– Patti a raison, dis-je avec douceur. Jusqu'au moment où je l'ai rencontré, je le trouvais assez effrayant. Tu sais comment sont les mômes.

Oliver hoche légèrement la tête et prend un sandwich. Le fait qu'il soit encore assis avec nous m'encourage.

– Et maintenant que j'ai passé plein de temps chez lui, je le vois différemment, dis-je.

Oliver déballe son sandwich et croque une bouchée. En mastiquant, je vois qu'il réfléchit. Qu'il ressasse. Je tends la main vers la glacière pleine de sodas et je lui tends une cannette. Il l'ouvre et boit une gorgée.

– C'est pas grave, dit-il enfin. Je le trouvais super bizarre quand je suis arrivé, moi aussi. Et c'est vrai qu'il a ses humeurs. Alors je comprends. Et cette ville a l'air d'aimer les surnoms.

Il fait un petit sourire pour montrer qu'il n'est pas fâché, et je vois que tout le monde se détend. Mes épaules retombent à leur place et mon ventre se dénoue. Les sandwichs sont distribués et, lorsque Patti a goûté le sien, elle s'exclame :

– Oh la vache. Lexi a raison. C'est dingue ce qu'ils sont bons !

– À partir de maintenant, dit Lexi, c'est ce qu'on veut dire quand on l'appelle le « Frappadingue ». Qu'il prépare des plats de dingue.

Oliver éclate de rire pour de bon, et je vois que le malaise est totalement dissipé.

– Si tu trouves ça bon, dis-je, attends d'avoir goûté les cookies !

– Quelqu'un a parlé de cookies ?

– Salut, Vicki, dit Lexi.

Elle bouge pour lui faire de la place.

– Il était génial, votre bateau, me dit Vicki en lorgnant Oliver.

Je ne saurais dire si c'est parce qu'il est canon, parce qu'elle ne m'avait jamais vue avec un garçon ou parce qu'il a un lien avec le Frappadingue.

– Je te présente Oliver, dis-je. Il vient de Californie.

Je m'appuie contre Oliver et je lève les yeux vers lui.

– Vicki est dans certains de mes cours.

– De Californie ? répète Vicki. Cool.

Elle prend un cookie, puis nous interroge du regard.

– Vas-y, dit Oliver avec un sourire. J'en ai apporté plein.

– Comment s'est passé le spectacle ? je demande en mastiquant mon sandwich.

Vicki fait partie du club de théâtre avec Cynthia et, ces dernières années, elles ont joué sur une des scènes dressées sur le Square le 4 Juillet.

– J'ai séché, cette année, dit-elle avant d'examiner son cookie. Waouh, c'est bon.

– Pourquoi ? demande Lexi. Tu joues toujours dedans.

Vicki hausse les épaules.

– C'est Cynthia qui adore ça. Moi, je préfère profiter de la grosse fête, vu que, le reste de l'été, je fais du baby-sitting.

– Alors pourquoi tu le fais ? je demande.

Vicki hausse les épaules.

– Tu connais Cynthia.

Je m'apprête à lui demander ce qu'elle sous-entend quand le pied d'un étranger m'écrase la main.

– Aïe ! je hurle.

– Désolé.

En général, l'immense fête sur la plage bondée fait partie des plaisirs du 4 Juillet. Mais ce soir, j'aimerais mieux éviter de me faire marcher dessus et avoir un peu plus de temps à passer avec Oliver en privé.

– Il est quelle heure ? je demande.

Joanna regarde sur son portable.

– Neuf heures moins le quart.

Il nous reste donc un quart d'heure avant le feu d'artifice.

– J'ai une idée, je chuchote à Oliver. Un meilleur endroit pour regarder le feu d'artifice. Mais il faut qu'on se dépêche.

– D'accord.

Juste avant le feu d'artifice, il y a la distribution des prix aux gagnants du défilé de bateaux, les annonces et remerciements habituels, etc.

– Je ne pense pas qu'on va gagner, dis-je.

– À moins qu'ils aient un prix pour les plus audacieux, commente Lexi.

Elle secoue la tête et prend un autre sandwich.

– Je n'arrive toujours pas à croire que vous avez réussi votre coup.

– Si on gagne, lui répond Oliver, tu iras récupérer le prix pour l'équipe.

Lexi lève le pouce en mastiquant.

On part vers le quai en contournant des couvertures et en évitant des gamins qui galopent avec des moulins à vent et des cierges magiques.

– J'ai le temps d'acheter des sodas à un stand? demande Oliver.

– Si tu te dépêches.

– Ne bouge pas.

Il s'élance dans la foule. Les files d'attente autour des stands ne sont plus trop longues, maintenant que le feu d'artifice va bientôt commencer, et il ne tarde pas à revenir avec un sachet de plats à emporter. Il me tend un soda. Puis il sort autre chose.

Un sandwich au homard. Pour moi.

Il a l'air si fier de lui, c'est adorable.

– Je l'ai pris au stand de Kyle, comme promis.

– Je n'ai plus trop faim, dis-je.

– Allez, insiste-t-il. Kyle dit que les leurs sont les meilleurs. Après tout, c'est le jour ou jamais pour montrer notre patriotisme. Manger un sandwich au homard dans le Maine peut être considéré comme un acte patriotique.

Je le lui prends avec un faible sourire. L'odeur me fait plisser le nez. « Fais-le passer avec du soda, me dis-je. Masque le goût avec une bouchée de cookie. Tu vas y arriver. »

Il me regarde toujours. Je croque un tout petit morceau en espérant avoir surtout du pain. Mais la raison pour laquelle le stand de Kyle a tant de fans, c'est que leurs sandwichs sont excessivement bien fourrés.

Ré-pu-gnant.

Mes papilles voudraient s'échapper de ma langue. Je me force à avaler sans hoqueter de dégoût. Ce n'est pas facile. Je prends aussitôt une grosse gorgée de soda que je fais tourbillonner dans ma gorge comme pour un bain de bouche. Je bois une autre gorgée pour tâcher de rincer l'horrible goût des morceaux de homard imbibés de mayonnaise. J'en frémis carrément.

Heureusement, Oliver adore tellement le sien qu'il ferme les yeux et se pâme. Excellent. J'en profite pour laisser tomber mon sandwich.

– Oups, dis-je quand il ouvre les yeux. Ce que je suis maladroite.

– Je vais t'en chercher un autre, dit Oliver.

Je lui prends le bras.

– Non ! Euh... On n'a pas le temps.

– On n'a qu'à partager celui-là, propose-t-il en me tendant le sien.

– Mange-le. Je peux en manger n'importe quand, tu te rappelles ? Mais il faut vraiment qu'on se dépêche.

Je croque une énorme bouchée de cookie du Frappadingue – un cookie aux noix et aux pépites de chocolat – pour effacer les dernières traces d'arôme de crustacé et je lui prends le bras.

– Où on va ? demande Oliver tandis que je l'entraîne hors du quai.

– Au meilleur endroit pour célébrer cette journée, dis-je.

Il comprend enfin.

– Le Sucre d'Orge !

– Exactement. On a passé la journée avec le Sucre

d'Orge Junior, alors maintenant, c'est normal qu'on passe la soirée avec le vrai Sucre d'Orge.

– J'aime ta façon de penser.

Maintenant qu'il sait où nous allons, Oliver hâte le pas. On court presque quand on arrive devant. Il me suit jusqu'à la porte.

– On entre ? demande-t-il.

Je lui fais un sourire orgueilleux.

– On monte tout en haut.

Je repêche mes clés et on pousse la porte ensemble.

Je n'étais jamais entrée dans le phare la nuit. Il y fait noir comme dans un four, ce à quoi je m'attendais, mais c'est assez inquiétant.

– Attends, dis-je. Tiens la porte.

Même avec la porte ouverte, le clair de lune n'entame pratiquement pas l'obscurité.

– Prends ça, dis-je en tendant à Oliver le reste de mon cookie. J'ai besoin de mes deux mains. En fait, finis-le.

Je compte sur des baisers avant, pendant et après le feu d'artifice, et je ne supporte pas l'idée qu'Oliver ait une haleine de crustacé.

Une fois que j'ai réglé ça, je m'avance prudemment vers le banc de l'entrée. C'est une cible bien plus facile que la lampe sur la table, plus au fond. Je soulève l'assise et je fouille dedans.

– Ça y est ! je m'exclame en sortant une torche électrique.

Je l'allume. Oliver laisse la porte se refermer et me prend la torche pendant que j'en sors une autre.

Je repère la lampe de la table avec la torche.

– Par ici, dis-je à Oliver.

Il s'approche de la table, puis s'arrête.

– Pas la peine.

– Pas la peine de quoi ? je lui demande en me redressant.

– D'allumer les lumières. Faisons comme si on était remontés dans le temps. On est à l'époque de Mme Gilhooley.

– Je pense qu'ils n'avaient pas ça.

J'agite la torche.

– Ils avaient des lanternes. Disons que ce sont des lanternes.

Je secoue la tête en souriant.

– Tu ne vas pas m'obliger à enfiler la tenue de Mme Gilhooley, quand même ?

– Peut-être la prochaine fois.

Je gagne la porte qui donne sur l'escalier en colimaçon.

– Je ne voudrais pas monter ça dans le noir avec cette robe.

Le fait d'être dans la tour sans rien d'autre que nos lampes torches nous retient de parler. C'est peut-être parce qu'on se concentre de toutes nos forces – ce serait dangereux de trébucher, et on est tous deux d'une maladresse autoproclamée. Mais ça a aussi quelque chose de mystérieux, de privé et de magique, de monter juste avec nos lumières vacillantes ; ça nous invite au silence.

Ça me fait penser aux pas de tous ces gardiens de phare

qui ont monté les mêmes marches dans le noir. Oliver a peut-être raison : l'histoire de ce lieu a quelque chose de fascinant, dès qu'elle commence à vous paraître plus personnelle.

Mais aucun de nous n'arrive à se taire quand on débarque dans la salle de la lanterne.

– Oh là là ! je souffle.

Derrière moi, Oliver inspire vivement.

Je sais que les touristes viennent jusqu'ici pour voir cette vue, mais personne ne l'a jamais vue comme ça. J'éteins vite ma lampe, et Oliver fait de même avec la sienne. On les pose délicatement à nos pieds.

La salle de la lanterne est entièrement constituée de panneaux vitrés encastrés dans des cadres en métal, ce qui nous offre une vue panoramique sur tout Rock Point. Juste devant, le phare plus récent envoie des signaux clignotants depuis son bastion rocailleux, où la baie et le port se réunissent pour devenir le large. À travers les vitres à ma gauche, je vois les lumières du port du ferry et des stands de nourriture. De minuscules points verts tremblotants qui me font penser à des lucioles étincellent le long de la côte. Je devine que ce sont des bâtonnets phosphorescents trimballés par tous les gamins qui chahutent autour de leurs parents. De l'autre côté de la baie, les lumières de la péninsule de Cranston émaillent la côte.

Du côté droit, il fait plutôt sombre dans le port. Je distingue les guirlandes lumineuses des bateaux à bord desquels des gens célèbrent à leur manière le jour de l'Indépendance. Je fais un tour complet et je regarde la ville – les maisons éclairées, les lampadaires, les vitrines illuminées.

– Ça paraît irréel, je murmure.

– Comme les images d'un livre illustré, approuve Oliver. Ça ressemblait probablement à ça, pour tous ces gardiens qui devaient s'assurer que la lanterne reste allumée.

– Magnifique.

On est tous les deux perdus dans ce moment hors du temps. J'ai l'impression que l'histoire m'imprègne, comme elle a imprégné les pierres de la tour.

Boum !

On sursaute tous les deux.

– Ce... C'était quoi, ça ? je bafouille, cramponnée au parapet.

Oliver se met à rire.

– Il semblerait qu'il y ait un spectacle qui commence...

Je lève les yeux vers lui, puis je me frappe la tête.

– Bien sûr ! Le feu d'artifice.

– C'est pour ça qu'on est montés ici, tu te rappelles ?

Oliver pose un baiser sur le bout de mon nez.

– Ou bien est-ce que c'était juste un prétexte... ?

J'appuie mes bras contre sa poitrine, les mains sur ses épaules.

– Un peu des deux.

Il baisse la tête pour m'embrasser quand une autre explosion nous fait sursauter tous les deux.

– On s'embrassera plus tard, dis-je.

Je le fais pivoter pour le tourner dans la bonne direction.

– Maintenant, c'est le feu d'artifice.

– Je suis sûr qu'il y a une mauvaise blague à faire mais je ne peux pas...

Boum !

On reste figés, fascinés par le spectacle coloré. La beauté des explosions de lumière – même si elles ne durent que quelques instants – me touche. Tant d'efforts et de risques rien que pour nous donner une vision fugitive de quelque chose d'exquis.

On est trop loin pour entendre la musique programmée pour aller avec, mais c'est encore plus spectaculaire de regarder les fusées déchirer le ciel sans autre accompagnement que les sons naturels. Juste l'eau qui clapote contre les rochers, en dessous, et les gens si loin qu'on a du mal à distinguer la musique des bavardages et, à l'occasion, des piaillements, des rires et des applaudissements qui flottent jusqu'à nous.

J'ai une conscience aiguë de la proximité d'Oliver, de ses vives inspirations quand une explosion le prend au dépourvu, de ses rires quand il s'aperçoit qu'il a sursauté. Il n'arrête pas de me jeter des coups d'œil comme s'il savourait autant mon plaisir à regarder le feu d'artifice que le sien.

Je me félicite mentalement, ravie : *La meilleure idée que j'aie eue de ma vie !*

Pendant le bouquet final, Oliver se glisse derrière

moi et m'entoure en posant ses mains à côté des miennes sur la rambarde. Je sens sa chaleur contre mon dos, bienvenue dans la fraîcheur du haut de la tour. Je me sens protégée et je repense aux gardiens d'origine – aux risques extraordinaires qu'ils prenaient chaque jour rien qu'en faisant leur boulot. Que ressentait Mme Gilhooley, à vivre ici pour veiller sur les marins et leurs navires au temps où tout était transporté par mer, avant qu'il y ait de vraies routes ? Comme ils devaient être courageux. Et seuls.

Sur la plage, les applaudissements sont si forts qu'on les entend de la tour. C'est incroyable de penser qu'on a partagé ça avec tout Rock Point. Tout Cranston. Tous ces bateaux. Et, me semble-t-il, tous les temps.

– C'était spectaculaire, dit Oliver dans un souffle.

– J'ai assuré ? je demande en m'appuyant contre lui.

– Oui, tu as assuré.

Je me retourne et je lui souris. C'est difficile d'apercevoir son visage dans la faible lumière, mais je vois qu'il me contemple avec une émotion qui ressemble beaucoup à de l'amour. Ça me surprend qu'il se montre si transparent, puis je me rappelle que, moi aussi, mon visage est aussi facile à déchiffrer qu'un néon clignotant. Il a dû lire la même chose dans mon expression à moi.

Puis nos lèvres se retrouvent, et sa main s'emmêle dans mes cheveux. Je lui caresse le bas du dos et, quand notre baiser se fait plus intense, je me presse contre lui et je pose mes mains dans son dos pour le serrer contre moi. Notre respiration devient entrecoupée, nos baisers plus décidés, nos caresses plus appuyées.

On se sépare, j'inspire à fond et j'entends Oliver faire la même chose. Puis il approche son visage du mien et chuchote :

– Maintenant, on a un autre endroit à nous, comme le coin au bord de la rivière.

– Mmmh, je murmure pendant que sa bouche se promène dans mon cou.

Puis on recommence à s'embrasser et Rock Point disparaît.

– On, euh... On devrait y aller, dis-je finalement, à contrecœur. Ma mère va m'attendre.

– Tu as raison, soupire Oliver.

On se tourne vers la porte, et mon pied heurte quelque chose qui dégringole l'escalier avec fracas.

– Oups. Je pense que c'était une torche.

– C'est juste de la chance si on ne s'est pas noyés aujourd'hui, pas vrai ? observe Oliver d'un ton plaisant. On fait la paire.

Je glousse.

– Dommage que notre point commun principal soit la maladresse.

Oliver brandit sa torche.

– Je passe en tête ? Vu que tu m'as servi d'yeux sur le bateau ?

Je désigne l'entrée de l'escalier.

– Après vous, guide intrépide.

– Je te le propose juste parce que tu pèses moins

lourd que moi. Si je trébuche et que je te tombe dessus, je pense que ce serait plus douloureux.

– Je te propose qu'on évite de trébucher tous les deux, d'accord ?

– Ça me va, dit Oliver.

– Espérons juste que le fantôme d'Anna Christine ne verra pas d'objection à notre présence ici. Sinon, il pourrait nous pousser dans l'escalier.

– Tu ne m'avais pas dit que le Sucre d'Orge était hanté, répond Oliver d'un ton réjoui. Décidément, il est vraiment parfait. Alors, c'est qui ? Je veux dire : *c'était* qui ?

Je lui raconte la triste histoire de la jeune veuve qui attendait le retour de son mari. Il avait été emporté par une bourrasque alors qu'il bravait un orage torrentiel pour rallumer la lanterne. Ça me donne un peu la chair de poule de lui raconter ça alors qu'on descend lentement l'escalier, Oliver devant moi avec la torche à la main, et moi cramponnée à l'arrière de son T-shirt. Pour deux raisons : d'une part, c'est un peu difficile de voir le minuscule rayon de sa torche, alors ça me permet de savoir quand il est descendu sur la marche suivante. D'autre part, s'il se casse la figure, j'espère pouvoir le retenir.

Un grand bruit manque nous faire dégringoler de surprise.

– C'était quoi, ça ? je couine.

Oliver s'esclaffe.

– Anna Christine vient d'envoyer ta torche tout en bas de l'escalier. Par l'intermédiaire de mon pied.

On continue à descendre l'escalier en colimaçon. Les murs de pierre brute dégagent une odeur d'humidité, et la rampe en métal est froide sous mes doigts. Je la serre si fort que j'en garderai sans doute une crampe à vie dans la main.

– On a réussi ! s'exclame Oliver quand on arrive au rez-de-chaussée.

Je m'arrête et j'analyse l'atmosphère un moment.

– Je commence à comprendre.

– À comprendre quoi ?

– Le... Je ne sais pas... Le sentiment de connexion que les gens ressentent quand ils viennent ici. La raison pour laquelle ils veulent voir le phare.

Je ricane.

– Oh là là. Peut-être même que je comprends un peu mieux ma mère !

– Non, pas possible ! me taquine Oliver.

– Arrête, dis-je en riant. Mais à propos de ma mère, il faut que j'aille au Square. Tu veux qu'on te ramène ? Ou tu rentres avec Lexi et sa bande ?

– Je ne suis pas sûr de la retrouver, maintenant. Ça ne dérangera pas ta mère ? C'est un gros détour.

– Tu rigoles ? Elle sera forcément ravie de raccompagner le seul garçon au monde qui aime le Sucre d'Orge autant qu'elle !

– Je pense qu'elle m'appréciera encore plus si je persuade sa fille d'aimer le Sucre d'Orge aussi.

Je glisse un bras autour de sa taille.

– J'y viens.

On marche dans un silence confortable, en savourant l'air salé et la brise venue de l'océan. On reste près du rivage avec l'intention de retourner vers les terres quand on aura vu si mes amis sont encore sur la plage, pour leur dire au revoir. On s'entraide pour escalader les rochers irréguliers. On sent de l'écume sur nos chevilles lorsque l'océan arrose les pierres.

Les groupes se séparent. Des gens s'appellent, des parents rassemblent ou portent leurs enfants, et les stands sont en train d'être démontés. On arrive aux docks et on continue par la plage, mais on dirait que tout le monde est déjà parti. On se tient par le petit doigt en flânant tranquillement parmi la foule sur le départ, avec le sable et les coquillages qui crissent sous nos pieds.

Soudain, je me fige.

– Tu les as vus ? demande Oliver.

Une nuit de pleine lune. Oliver. Main dans la main. Un rire minuscule m'échappe. On se conforme vraiment à l'une des images du film romantique qui a défilé dans ma tête la toute première fois qu'Oliver est venu au Sucre d'Orge.

Incroyable.

La réalité, c'est tellement mieux.

Certaines personnes sont peut-être à Rock Point pour des vacances, mais pas moi. Me voilà de retour au Sucre d'Orge (le vrai, pas la maquette), bien trop tôt à mon goût.

Aujourd'hui, quand je pousse la porte réticente, je suis pleine de souvenirs d'hier soir. C'était tellement romantique. Tellement spécial. Tellement *Oliver*. Mais je m'aperçois aussi que je ressens une forme de déception, bizarrement. Cynthia en parle parfois : elle dit qu'après une représentation, elle a le blues. Tant de boulot, d'excitation et d'anticipation, et après... c'est fini. Et la vraie vie reprend.

Et moi, vu que je suis moi, j'ai également assez peur que, malgré hier soir, maintenant qu'on n'a plus de projet sur lequel travailler ensemble, Oliver et moi ne soyons plus... Eh bien, que ça n'existe plus.

J'essaie de chasser mon anxiété quand des gens arrivent. Vu leur allure, ils ont veillé aussi tard que moi hier soir. Mais ils sont plutôt gais et semblent apprécier les photos des différents gardiens qui s'alignent sur un des murs. Quand ils s'éloignent, je me lève pour les examiner à mon tour. Les anciens gardiens ont tous des visages si intéressants.

« Pourquoi as-tu choisi ce boulot ? » je demande à chacun d'entre eux. Aucun ne me répond – et ça vaut sans doute mieux comme ça. Dans les notes de ma mère, j'ai lu des trucs sur le gardien Abe McCarthy, qui n'a pas supporté l'isolement et qui a pété les plombs. Je ne voudrais pas suivre son exemple !

Je retourne à mon bureau en essayant de visualiser Oliver. Que fait-il à ce moment précis ? Je tourne d'un côté et de l'autre sur ma chaise à roulettes en l'imaginant... où ? Que va-t-il faire de son temps, maintenant qu'il n'est plus ici pour prendre des mesures ou chez lui pour construire sa maquette ? Je souris. Il est sans doute en train de mesurer et de construire autre chose.

Je pousse la porte du Café du Phare parce que j'ai dormi plus que prévu et que je n'ai pas eu le temps de me préparer un déjeuner. Je suis surprise de voir Mme Gallagher derrière le bar. Elle me fait un immense sourire.

– Bonjour, Mandy. J'ai adoré ton bateau, hier !

– Merci, dis-je en m'installant au bar. Céleste est malade ?

– Non, non, m'assure Mme Gallagher.

Elle pose un menu devant moi.

– C'est un de ses jours de congé. Je me suis proposée pour la remplacer.

– Ah.

Une soudaine angoisse me prend. Est-il possible qu'Oliver soit avec Céleste ? Je me dis de me calmer et je commande une salade.

Après le déjeuner, avec tous les visiteurs venus chez nous pour le 4 Juillet, je suis si occupée que je suis obligée d'oublier mon obsession. Quand je ferme le Sucre d'Orge, je tombe sur lui, assis sur le banc, un vélo flambant neuf appuyé contre la table de pique-nique.

– Qu'est-ce que tu fais là ? je demande en m'interdisant de traverser la pelouse en sautillant.

Il se déplie à sa manière langoureuse et décontractée et se lève.

– Un réflexe. J'ai tellement pris l'habitude de te retrouver à la sortie que mes pieds m'ont amené ici.

Il me donne un rapide baiser.

– Ou peut-être que c'est ma bouche qui l'a décidé.

– Ha ha.

Je désigne son vélo.

– Il a l'air neuf.

– Eh oui. C'est beaucoup plus rapide que de marcher, et je me suis dit que ça serait mieux que de demander à maman de m'emmener ici et là sans arrêt.

J'ouvre le cabanon et j'en sors mon fidèle destrier. Ensemble, on marche vers Weatherby.

– Je me suis senti drôle toute la journée, dit Oliver. Comme s'il y avait quelque chose que j'étais censé faire. Et puis je me rappelais qu'on l'a déjà fait !

– Je vois très bien ce que tu veux dire.

– Tu dois rentrer chez toi tout de suite ? J'ai pensé qu'on pourrait retourner au bord de la rivière.

Il me coule un regard en biais et remue les sourcils.

– Pépé a préparé des en-cas...

– Bon, dans ce cas, comment pourrais-je refuser ?

J'appelle rapidement maman à la bibliothèque, puis on va chez Oliver. On range nos vélos, il fait un saut à la cuisine et je le suis jusqu'à « notre » coin au bord de l'eau. Il n'y a pas si longtemps, j'avais un trac fou près de lui ; aujourd'hui, je suis à l'aise, et c'est vraiment nouveau pour moi.

– Alors ? Qu'est-ce que tu as fait, toute la journée ? je demande quand on s'installe sur le rocher plat.

– Pas grand-chose. J'ai acheté ce vélo. J'ai croisé Céleste.

Je me raidis. Ils étaient donc *bel et bien* ensemble. Ce n'était pas juste de la paranoïa.

– Ah oui ? je fais en me forçant à prendre un ton super désinvolte. Où ça ?

– À la librairie. Elle cherchait des manuels d'occasion. Tu savais qu'elle préparait un diplôme d'ingénieur ?

– Nan.

Génial. Une beauté surnaturelle et un don pour les maths. Je les vois d'ici faire connaissance autour d'une feuille de papier millimétré.

– Tu as eu du monde, aujourd'hui ?

Il me tend un paquet emballé dans de l'aluminium.

– Oui, pas mal de monde.

Je garde les yeux rivés sur le paquet comme s'il nécessitait une grande habileté pour être déballé. Puis j'écarquille les yeux et je tourne vivement la tête vers lui.

– C'est ce que je pense ?

Oliver sourit fièrement.

– Un beignet de myrtoches maison. Je ne sais pas s'il sera aussi bon que ceux que tu achètes sur des stands, mais j'ai pensé que, vu que tu n'avais pas pu en avoir aujourd'hui…

Je lui souris et je croque une énorme bouchée. Toute ma jalousie s'est évaporée. Il s'est non seulement souvenu de ma passion pour les beignets de myrtoches *et aussi* du nom que je leur donne, mais en plus, il a fait un gros effort pour m'en apporter un.

– Oh là là, dis-je – mais comme j'ai la bouche pleine, on dirait plutôt « Oufwahfwah ».

J'avale et je demande :

– Mais comment c'est possible ?

Il hausse les épaules.

– Pépé est un génie.

Je lui donne un baiser moucheté de pâte aux myrtilles.

– C'est toi, le génie, vu que tu t'es arrangé pour qu'il en fasse.

– Ah, c'est vrai, j'ai ce mérite-là.

Après quelques autres baisers teintés de myrtille, on s'allonge sur le dos en s'effleurant le bout des doigts et on écoute les bruits des alentours. J'espère juste que mes allergies ne vont pas reprendre et gâcher cette ambiance paisible. Mes éternuements sont célèbres pour faire fuir les chats.

Oliver pousse un long soupir comblé.

– C'est vraiment génial, ici.

– Comment ça se fait que tu ne sois jamais venu avant ?

Je me pose cette question depuis un moment.

– Ma mère et Pépé ne s'entendaient pas bien. Il a divorcé de sa mère quand elle était encore assez jeune. D'après ce qu'elle raconte, la séparation a été moche, et elle lui en a voulu longtemps. C'est sûrement pour ça que papa et elle ont fait de tels efforts pour éviter les aléas classiques du divorce.

Je me tourne sur le ventre et j'arrache un brin d'herbe. Je le coupe en deux, puis j'en arrache un autre.

– Alors pourquoi maintenant ? Elle n'a pas l'air de s'accorder tellement de temps libre.

Oliver se tourne sur le ventre à son tour, et son épaule effleure la mienne. Je pose la tête contre son épaule. Il sent la lessive, la crème solaire et ce que j'appelle désormais « Californie n° 5 ».

– Il y a pas mal de raisons, je crois. La mère de mon père est tombée malade l'année dernière, et je pense que ça a rappelé à ma mère que Pépé n'est plus tout jeune.

– Il paraît en bonne santé, dis-je. Un peu rouillé, peut-être.

– Ouais, il va bien. Mais tu sais... Je crois que l'idée de la mortalité, ça lui est tombé dessus.

– Ta grand-mère va bien ?

– Pas super, mais elle tient le coup.

Il se détourne de moi et fouille dans son sac. Il en sort une bouteille d'eau, boit une gorgée puis me la tend. Quand je la lui prends, il ajoute :

– Elle est aussi... Je crois que maman le comprend mieux, maintenant.

– Parce qu'elle est adulte ?

Je me demande si, une fois adulte, je comprendrai mieux ma mère, moi aussi.

– Non, parce que... Eh bien, Pépé a quitté sa femme au moment où il commençait à avoir énormément de succès. Ma mère lui en a voulu à mort.

Je lui rends sa bouteille d'eau.

– C'est compréhensible. Elle était avec lui quand il n'était personne, et une fois qu'il est devenu célèbre...

– Exactement. Mais il s'est passé la même chose pour nous. Maman a commencé à cartonner, et leur relation a mal tourné.

Je me redresse.

– Alors tu dis que le succès détruit les couples ? Ce serait vraiment horrible.

Il se redresse à son tour.

– Non, ce n'est pas ça. C'est... C'est plutôt que c'est un gros changement. Le changement... complique les choses. Le couple s'en débrouille ou non. S'il y avait déjà de grosses fissures dans les fondations...

Il hausse les épaules.

– Je comprends.

– Avec maman, ce n'était pas genre : « Oh, maintenant que je suis riche, je vais te remplacer par un nouveau modèle rutilant. » C'est plutôt que ses priorités ont changé. La pression a changé. La vie quotidienne a changé. Je pense que sa colère est retombée quand elle a compris le point de vue de Pépé.

– Logique, je suppose...

– Et puis Pépé voulait voyager à travers le monde, peindre différentes sortes de tableaux. Mémé était hyper casanière. Timide. Elle ne voulait jamais quitter son bled natal. Ça lui convenait comme ça. Ils n'ont jamais comparé leurs objectifs. Pas avant que ce soit trop tard. Je pense que c'est un peu ce qui s'est passé avec mes parents aussi.

Je pivote pour le regarder.

– Ta mère et toi, vous parlez beaucoup, non ?

Il hausse les épaules.

– Je suppose. Pas toi ? Avec ta mère, je veux dire.

Je tire sur les brins d'herbe.

– En général, elle se contente de me dire ce que je fais de travers.

– Oh, c'est pas possible.

– Si, tu peux me croire.

Oliver se lève et me tend une main pour m'aider à me lever. Il m'attire dans ses bras.

– C'est facile de parler avec toi. Je n'avais jamais autant discuté avec une fille de toute ma vie.

– Ça doit être cet endroit, dis-je en regardant la canopée formée par les arbres et le grand ciel bleu.

Avec le bruit de l'eau et le bourdonnement d'insectes invisibles c'est comme une minuscule bulle de paix.

– Parce que je n'avais jamais autant discuté avec un garçon de toute ma vie, moi non plus.

Il me serre plus fort.

– C'est *notre* endroit, chuchote-t-il en écartant mes cheveux pour effleurer mon cou du bout des lèvres.

Je ferme les yeux, et les picotements m'assaillent de la tête aux pieds.

Après quelques baisers de plus, il dit :

– Tu veux aller voir *Far Far Away* ? Il paraît que c'est excellent. Ça passe...

Il s'interrompt en voyant mes sourcils froncés.

– Pardon, tu as des projets ? Je te prends trop de temps ? Je fais tout le temps ça. Je m'imagine que...

– Non ! Non, c'est pas ça.

Je ne veux pas lui dire que j'ai déjà vu ce film et que je l'ai détesté.

– Tu ne me prends absolument pas trop de temps.

C'est là que ça me vient. Le temps. Il y a une date d'expiration sur le temps qu'on peut passer ensemble. Je le prends dans mes bras et je le serre farouchement.

– Je... Je veux passer le plus de temps possible avec toi, dis-je d'une voix qui se brise.

– Que... Qu'est-ce qui se passe ? demande-t-il.

Je ne peux pas répondre, je ne peux que secouer la tête. Son corps se crispe.

– Ah. D'accord.

Il me détache de lui et s'écarte.

– Tu penses à...

Il se passe la main dans les cheveux.

– J'essayais de ne *pas* y penser, moi.

Je n'arrive pas à le regarder.

– Mais il faut qu'on y pense, non ?

– Pourquoi ?

Sa question me prend au dépourvu. Je redresse vivement la tête.

– Quoi ?

Son visage reflète le chagrin et la confusion que je ressens.

– On est obligés de se concentrer sur la fin ? On ne peut pas juste... Je ne sais pas...

Il hausse les épaules, puis les laisse retomber en cherchant ses mots.

Je cligne des yeux pour chasser les larmes qui menacent quand je trouve la réponse.

– Se concentrer sur les petites choses? dis-je doucement. Ignorer les grandes?

Un sourire gagne ses yeux et s'étend à sa bouche.

– Un truc dans ce genre, ouais.

Je me suis répété un million de fois qu'il ne fallait pas trop réfléchir. La journée d'aujourd'hui, une petite chose, est fabuleuse. Je ne ferai que la gâcher si mon cerveau continue à se focaliser sur les grandes choses, la vue d'ensemble, l'avenir. *Contente-toi de ce qui est devant toi. Tant pis si ça te fait souffrir plus tard.* Est-ce que je veux vraiment renoncer à ce qui est si génial maintenant?

– Marché conclu, dis-je, et je scelle notre pacte d'un baiser.

Je m'écarte de lui. On se tient par la taille, les hanches collées.

– Je serais enchantée de voir *Far Far Away* avec toi.

Pourquoi tout gâcher en lui disant que le film qu'il a hâte de voir est un navet barbant? Je serai contente d'être assise à côté de lui dans le noir et d'avoir la clim.

On adopte une sorte de routine, si du moins on peut qualifier de « routine » un truc que je n'avais jamais vécu avant. Il me retrouve tous les jours au Sucre d'Orge. Quelquefois, on va au cinéma; quelquefois, on s'achète quelque chose à manger; quelquefois, on va dans « notre » coin au bord de la rivière. J'avoue que je le laisse choisir les films et les restaus. Comme il a adoré *Far Far Away* (argh), je sais que nous n'avons pas les mêmes goûts. Je ne voudrais pas qu'il déteste ce que je choisis. J'ai vu un bon nombre de navets, mais je suis disposée à ce sacrifice.

Pendant mes jours de congé, il débarque chez moi et dit : « Alors, ce sera quel Rock Point, aujourd'hui ? », en souvenir du jour où on était au bord de la rivière et où je lui ai expliqué qu'il y avait plusieurs Rock Point, tous accessibles à vélo. Je lui fais toujours la même réponse : « Choisis, c'est toi l'invité. » Au bout d'une semaine, il arrête de me poser la question. On y va, tout simplement.

Aujourd'hui, il arrive devant ma porte à vélo avec un immense sourire et un énorme sac à dos usé. Un vieux truc que le Frappadingue lui a refilé, j'imagine.

– Qu'est-ce qu'on fait, aujourd'hui ? je demande.

– Hubbard Island ! Toute une journée de marche, de vélo, d'observation des oiseaux... Le plan nature à fond. J'ai lu des trucs dessus dans mon guide et j'ai pensé que la meilleure façon de la visiter, c'était avec une indigène, pas vrai ?

Mon moral retombe à plat. Une journée entière coincés sur une île à faire des activités de plein air ! Ce n'est tellement pas mon truc.

– Euh... Je ne suis pas une indigène de Hubbard Island...

– Tu vois ce que je veux dire, réplique-t-il en riant. Prends ce dont tu penses avoir besoin, et allons-y. J'ai consulté les horaires du ferry, le prochain part dans une vingtaine de minutes.

« Dis-lui ! me hurle mon cerveau. Dis-lui que tu ne veux pas y aller. » Mais bizarrement, ce qui sort de ma bouche quand je vois son air radieux et surexcité, c'est juste :

– D'accord.

Oliver attend sur la terrasse pendant que je pars essayer de déterminer ce que je dois emporter comme kit de survie. Je jette un coup d'œil dans le placard à pharmacie de la salle de bains et je trouve des cachets contre les allergies. Faut-il que j'en prenne un maintenant à titre préventif? Mais ce genre de médicaments me rend somnolente. Je les glisse dans une poche de mon sac à dos au cas où. Un paquet de mouchoirs – une nécessité absolue. Un spray anti-moustiques. De la crème solaire. Je soupire. Voilà pourquoi je ne suis pas fan des sorties dans la nature. Je dois emporter tout un arsenal pour lutter contre ce que mère Nature me réserve.

Je laisse un mot à maman pour lui dire où je serai. Elle sera drôlement étonnée ; comme le phare, Hubbard Island est une autre des attractions de Rock Point qui ne m'ont jamais particulièrement attirée.

Mais tout de même, Oliver m'a fait changer d'avis à propos du Sucre d'Orge, alors peut-être qu'il arrivera à me faire changer d'avis à propos de Hubbard Island aussi.

Je pousse la moustiquaire et Oliver sursaute.

– Prête ?

– Prête.

J'espère.

Il y a deux ferries au départ de Rock Point ; un qui va à Cranston, la péninsule voisine, et l'autre à Hubbard Island. Celui qui emmène sur l'île est beaucoup plus touristique, et nous ne sommes pas les seuls à pousser nos vélos sur le pont. Je devine que ce sera une des rares journées caniculaires du Maine, aujourd'hui.

Je dois admettre que la balade en ferry est sympa, avec la brise qui nous rafraîchit et les bateaux qui dansent sur l'eau d'un bleu brillant, avec les pins de Hubbard Island à l'arrière-plan. Cela dit, ce n'est pas exactement romantique d'être serré contre des dizaines d'autres cyclistes, avec nos vélos entre nous. « Garde un esprit ouvert », me dis-je.

On débarque avec les autres et on pousse nos vélos vers la cabane rustique qui sert de point d'accueil pour les visiteurs.

– Je reviens tout de suite, dis-je à Oliver en posant mon vélo à côté d'un kiosque d'information plein de brochures, de plans et de cartes postales panoramiques.

Il y a même celle du Sucre d'Orge que je vends au phare. Sans laisser à Oliver le temps de me demander où je vais, je file de l'autre côté du bâtiment pour trouver les toilettes. Je ne sais pas quand j'aurai une autre occasion d'y aller.

À mon retour, Oliver est assis près de nos vélos, en train d'examiner une carte.

– Alors, où est-ce qu'il faut qu'on aille ? demande-t-il.

– C'est toi qui as le plan ; à toi de me le dire.

– Ouais, mais c'est toi qui es d'ici.

– La dernière fois que je suis venue sur Hubbard Island, je devais être en CM2.

– Ah. C'est comme les New-Yorkais qui ne vont jamais voir la statue de la Liberté. Tu ne fais pas les visites touristiques.

– Je suppose...

– OK. Dans ce cas...

Il regarde la carte en plissant les yeux, puis hausse les épaules.

– On n'a qu'à suivre un sentier.

Heureusement que je vais au Sucre d'Orge à vélo tous les jours. Je suis bien plus en forme qu'au début de l'été. Malgré tout, je suis vite en sueur, parce que le sentier qu'Oliver a choisi est pentu. Il paraît qu'il y a des vues spectaculaires, une chute d'eau et de chouettes endroits pour se baigner, parce que l'eau est plus chaude que dans la baie, sur cette île, mais je ne sais pas où ils sont. Et puis une vue, c'est une vue. Je peux voir la plupart d'entre elles n'importe quand.

« Mais pas Oliver », je me rappelle. C'est pour ça qu'il est tout excité par cette excursion.

Le sentier est trop étroit pour qu'on pédale côte à côte. Ce n'est pas bon : il n'y a rien pour me faire oublier les gouttelettes de transpiration qui coulent entre mes seins, mes cheveux collés dans ma nuque et l'inconfort de cette stupide selle. Je n'ai pas du tout choisi la tenue adéquate. Je suis trop bien habillée et pas assez protégée. S'il m'avait prévenue avant, si je n'avais pas dû me dépêcher pour attraper le ferry, je me serais mieux préparée.

J'essaie de penser à autre chose en regardant Oliver devant moi. Sauf que au lieu de m'aider à oublier les stupides mouches qui me volent dans la figure, ça m'énerve de voir son aisance sur son vélo. J'ai vraiment très, très, très envie de faire une pause, mais je ne veux pas qu'il pense que je suis une mauviette. En plus, il est si loin devant moi qu'il ne m'entendrait pas si je lui demandais de s'arrêter. Il ne me regarde même pas pour vérifier que je le suis toujours.

C'est correct, ça, pour un amoureux ? Je ne pense pas !

Oliver ralentit et s'arrête enfin quand on arrive à un croisement sur le sentier. Et, pour la première fois depuis qu'on s'est mis à pédaler, il se retourne. Son sourire m'agace. Quoi, il ne transpire même pas ? Ça ne transpire jamais, les mecs de Californie ? Dans le Maine, on n'est pas habitués à la chaleur, vu qu'on n'en a que quelques semaines par an. Il ne tiendrait pas deux minutes à Rock Point en hiver. Ce concours-là, je suis sûre que je le gagnerais.

– On va de quel côté ? demande-t-il gaiement.

Je suis sur le point de répondre « n'importe » parce que, sérieusement, je m'en fiche, mais ce qui m'échappe à la place, c'est un énorme éternuement. Puis un autre. Et encore un autre.

Aïe aïe aïe.

Je me tourne pour chercher mes mouchoirs dans mon sac à dos. Juste à temps.

– AAAAAAAA... tchoum !

Des oiseaux s'envolent, des écureuils filent en trottinant, et Oliver a toujours ce stupide sourire.

– Ça va ?

– Très bien.

Sauf que, maintenant que mes allergies ont commencé, elles m'attaquent *toutes* en même temps. J'ai les yeux qui me démangent et qui pleurent. J'essuie une larme qui coule sur ma joue. Avant de me transformer en souillon dégoulinante, je dis :

– Vas-y, choisis une direction. Allons-y.

Oliver semble un peu surpris par le ton que j'ai employé, mais se remet à pédaler. Je tâte mon sac à dos à la recherche de mes cachets antiallergiques. C'est peut-être trop tard, étant donné qu'ils mettent un moment à faire effet, mais je suis désespérée. En me rappelant que c'est Oliver qui a les bouteilles d'eau, j'accélère.

Erreur. Mes yeux pleins de larmes me brouillent la vue, et je rate la racine qu'Oliver vient de contourner. Je la percute brutalement et je m'envole.

Je pousse un cri. Le monde devient flou pendant que je décolle. Je retombe durement sur le flanc, éraflée et contusionnée en plusieurs endroits. J'entends la chaîne de mon vélo qui tourne et je sens quelque chose qui me pique les chevilles. Je reste étalée là, étourdie, les yeux fixés sur la tache de ciel bleu entre les pins épais.

Ai-je déjà mentionné que je ne suis pas trop fan des activités de plein air ? Ni particulièrement agile ?

Au moins, j'ai attiré l'attention d'Oliver, cette fois.

Quand je me redresse en regardant si je n'ai rien de cassé, il fait demi-tour et revient.

– Ça va ?

Non. J'ai honte, j'ai des bleus partout et j'ai les mains éraflées à cause du gravier. J'ai aussi des aiguilles de pin et des feuilles dans les cheveux.

– Oui, ça va.

Pourquoi mon cerveau et ma bouche donnent-ils des réponses différentes aux questions ?

Il lâche son vélo et court vers moi.

– Tu es sûre ?

Il tend la main vers mon vélo, mais je dégage brutalement mon pied et je donne un coup dedans pour l'éloigner de moi.

– Oui, je suis sûre ! j'aboie.

Il a un mouvement de recul avec sa tête, comme une tortue.

– D'aaaaccooord.

Je soupire.

– Ça va. Je me sens... bête, c'est tout.

Je commence à me lever et, aussitôt, il essaie de m'aider. Mais je suis tellement répugnante et trempée de sueur que je ne veux surtout pas qu'il me touche. Je me remets hors de sa portée, et il fait encore ce mouvement de tortue avec sa tête. Pour me cacher, je me penche et je frotte mes genoux poussiéreux, puis je pivote pour m'essuyer les fesses.

– Tu peux regarder mon vélo ? je demande. Vérifier que ça va ?

C'est le spécialiste des détails, pas vrai ? Cette tâche devrait bien lui convenir et me laisser le temps de me ressaisir.

Il redresse mon vélo et l'enfourche pour vérifier l'alignement, le guidon et la position de la selle. Quand il descend et s'agenouille pour examiner la chaîne, je fouille dans son sac. De l'eau. Excellent. Je prends un cachet antiallergique et je l'avale, puis j'utilise l'eau pour nettoyer mes éraflures. Rien de trop grave. Ça pique un peu, c'est tout.

Quand j'ai terminé, il a approuvé l'état de mon vélo.

– Prête à remonter sur ton cheval ?

– Hein ?

– C'est un vieux dicton, tu sais. Quand on tombe de cheval, on est censé remonter tout de suite... Oh, laisse tomber.

– OK.

Je lui arrache le guidon des mains.

– Passe en tête. Je ne sais pas où on va, moi.

Il me jette encore un regard perplexe, alors je lui fais un sourire forcé en me demandant dans quel état est mon visage. Des yeux rouges et gonflés ? Un nez tout aussi rouge et gonflé ? Mes allergies me démangent de partout, et ce n'est pas drôle. Allez, médecine moderne. Fais vite effet, s'il te plaît !

Je suis Oliver et, maintenant, ce léger désagrément suite à ma chute s'est transformé en vraies douleurs. J'espère qu'on trouvera bientôt un endroit où pique-niquer. A-t-il l'intention de faire tout le tour de l'île à vélo ?

Le sentier s'élargit, et il ralentit pour que je puisse venir pédaler à ses côtés. On longe une clairière entourée de grands pins.

– Et si on s'arrêtait ici ? je suggère.

– Il n'y a pas de vue, dit-il. On peut trouver mieux.

On pédale encore un peu et on sort du bois pour déboucher sur une véritable aire de pique-nique. Une famille squatte une des tables et un groupe de quatre personnes est installé autour d'une autre, mais il en reste quelques-unes de libres.

– Ici ?

Je ralentis.

– Pas assez spécial.

Et il continue à pédaler.

J'appuie de toutes mes forces pour le rattraper. Mes muscles sont en feu. Ces allers-retours jusqu'au Sucre d'Orge ne m'ont pas remise aussi en forme que je le pensais. L'idée de refaire tout ce trajet dans l'autre sens au retour ajoute à ma mauvaise humeur.

– Tu te prends pour qui ? Boucle d'Or ? je lance.

– Hein ?

– Quand est-ce que tu vas trouver le coin *parfait* ?

– Je voulais juste... Très bien. Arrêtons-nous ici.

Il s'arrête brutalement à côté d'un gros arbre et appuie son vélo dessus.

– Génial.

Mais ce n'est pas si génial que ça. Il a raison. Cet

endroit n'a rien de spécial ni de panoramique. On pourrait aussi bien être dans les bois près de chez lui.

– Où est l'autre bouteille d'eau ? demande-t-il en fouillant dans son sac à dos.

– Je l'ai prise quand je suis tombée, dis-je en la sortant, avant de boire une gorgée.

– Ne la vide pas. Je n'ai pas d'autres bouteilles.

– Tu plaisantes ?

– Il n'y a pas de magasins ?

Je le regarde bouche bée pendant qu'il étale une couverture de pique-nique.

– Sur les docks, oui. Mais ça, c'est une réserve naturelle. Tu sais, un endroit où on préserve la nature. Ton guide ne disait pas qu'il n'y a pas de magasins ici ?

Je secoue la tête.

– Tu n'es plus vraiment complétiste, maintenant, je marmonne.

– Pas la peine de me prendre de haut.

– Te prendre de haut ?

Je ricane.

– Ouais, c'est tout moi, ça. Je prends les gens de haut. Et je dégouline. Et je transpire. Et je suis pleine de bleus et d'éraflures.

– Prends un sandwich, grommelle-t-il.

Je l'accepte, mais seulement parce que c'est le Frappadingue qui l'a fait et que ses sandwichs sont délicieux. Dès que je l'ai en main, son odeur m'indique que c'est du homard.

– Je n'ai pas faim.

Je lâche le sandwich sur la couverture.

– Très bien. Ça m'en fera plus.

Mal joué. Prétendre que je n'ai pas faim m'empêche de demander s'il y a autre chose à manger. Je remonte mes genoux contre ma poitrine. On reste assis en silence pendant qu'Oliver engloutit son déjeuner. J'espère qu'il n'entend pas les gargouillis de mon estomac.

– Alors, qu'est-ce qu'on fait ? demande-t-il en repliant sa serviette et son sachet à sandwich.

Il les range dans un sac en plastique. De toute évidence, il a pensé aux déchets, alors pourquoi n'a-t-il pas pensé à l'eau ?

Je hausse les épaules et j'essuie la graisse de vélo sur ma cheville.

Je l'entends soupirer, puis dire :

– Et si on allait se baigner ? J'ai lu qu'il y avait...

Je l'interromps :

– Je n'ai pas apporté de maillot.

– Pourquoi pas ?

Il a un ton agacé.

Ce qui m'agace à mon tour.

– Tu ne m'as pas donné beaucoup de temps pour me préparer.

– Alors tu as emporté quoi ?

Je me lève et je m'approche de mon vélo. Je décroche mon sac du guidon et je reviens à pas lourds vers la couverture. Je le renverse pour le vider : crème solaire. Ce qui me rappelle que j'ai oublié d'en mettre. Génial, non ? Spray anti-moustiques. Dont on aura clairement besoin à l'approche du crépuscule. Je parie que c'est l'heure où il voudra reprendre le ferry. Mouchoirs. Collyre.

Oliver étudie mon matériel.

– Tu as des allergies.

– Ouaip.

– C'est tout ce que tu as apporté ? Pour un pique-nique sur Hubbard Island ?

Je m'agenouille pour remballer mes affaires.

– Je ne suis pas une idiote, tu sais. J'ai apporté ce dont j'avais besoin. Et tu sais quoi ? Ce pique-nique est terminé.

Je me lève et j'enfile une bretelle de mon sac à dos. Je retourne à pas furibonds vers mon vélo, j'enfile la deuxième bretelle et je tourne mon vélo pour me placer dans la bonne direction. Celle qui repart vers l'endroit d'où on vient.

– Je reprends le ferry. Maintenant, j'annonce en montant en selle. Pas la peine de me suivre.

– Waouh. Un peu excessive, ta réaction, non ? lance Oliver dans mon dos.

Je me raidis et je me cramponne au guidon. « Ne réponds pas, me dis-je. Va-t'en, c'est tout. »

Ce que je fais. En grommelant sur tout le chemin.

Le voyage sur le ferry qui me ramène à Rock Point est lugubre. J'ai attendu jusqu'à la dernière minute avant de monter à bord, dans l'espoir qu'Oliver débarque et me présente des excuses. Puis j'ai fulminé parce qu'il ne m'avait pas suivie, même si je lui avais interdit de le faire. J'ai encore poireauté un instant en me demandant si je devais attendre qu'il arrive – il finirait bien par arriver, à un moment ou à un autre. Finalement, je suis montée. Ils étaient sur le point de démarrer. J'ai eu de la chance de ne pas finir à l'eau. Ce qui aurait été la conclusion parfaite à une journée aussi pourrie.

Quand on s'approche des docks, il pleut. J'oscille entre l'inquiétude pour Oliver et le sentiment que c'est bien fait pour lui. Il faut se préparer, quand on part en excursion sur Hubbard. Lui qui dévore tous ces guides… Il n'a donc pas retenu ça ? Il n'avait même pas vérifié la météo, apporté un imperméable ou même suffisamment d'eau, bon sang !

Je rentre à vélo sous une pluie fine. À chaque rue que je dépasse, je suis de plus en plus déprimée. Et somnolente. Le cachet antiallergique fait enfin son effet. Encore une raison pour laquelle je suis contente de ne plus être sur cette île stupide. Mais petit à petit, je suis gagnée par l'idée que c'est peut-être à *moi* de présenter des excuses. Oliver voulait juste passer la journée avec moi. S'amuser. Voir les paysages.

J'appuie plus fort sur les pédales. Évidemment, il aurait pu commencer par me demander mon avis !

Je ralentis en tournant dans ma rue. Même s'il m'avait demandé, j'aurais dit oui quand même. C'est ce que j'ai fait tout l'été. Voir les films qu'il avait envie de voir. Le laisser décider de nos sorties. Pas étonnant qu'il ne m'ait pas posé la question.

– Quelle conne ! je marmonne en portant mon vélo sur les marches du perron.

Je laisse la moustiquaire se fermer en claquant derrière moi. J'espère que maman n'est pas à la maison ; elle déteste que je fasse ça.

Je ne m'étais encore jamais disputée avec un garçon. À part Justin, mais les frères ne comptent pas. Un garçon si important pour moi. Je vais dans la salle de bains et je décolle mes vêtements sales et trempés. Je m'assieds sur le bord de la baignoire en tamponnant mes égratignures avec du papier toilette. Puis je me prends la tête dans les mains. Submergée par le chagrin, je laisse enfin venir de vraies larmes.

J'évite de me regarder dans le miroir de l'entrée quand j'arrive pour prendre mon service au Sucre d'Orge. Je sais ce que je verrais. Des yeux rouges à force de pleurer, un gros nez à cause de mes allergies, la tête d'une fille qui a abandonné son amoureux sur une île sans raison valable et qui l'a sans doute perdu pour toujours.

C'est une fille que je n'ai vraiment aucune envie de voir.

Je n'ai pas tenté d'envoyer de texto à Oliver hier soir. Au cas où il ne répondrait pas, je ne voulais pas me demander si c'était parce que mon texto n'était pas passé ou parce qu'il me détestait. En plus, je ne savais pas quoi dire.

Je n'ai même pas essayé de contacter Cynthia. Il y aurait eu trop de choses à expliquer, et puis elle est tellement absorbée par son stage – je ne reçois que des textos super courts –, qu'elle a à peine le temps de parler.

– Qu'est-ce que j'ai ? je me lamente dans la pièce vide.

Heureusement, elle ne me répond pas.

Il y a tellement de visiteurs que c'est seulement lorsque mon ventre gargouille, si fort qu'un petit garçon assis sur la dernière marche de la tour du phare tourne la tête (je sais, je sais, je suis censée lui dire qu'on ne doit pas s'asseoir là), que je me rends compte qu'il est plus de midi. J'envisage de sauter le déjeuner pour éviter de voir la divine Céleste. Je suis sûre qu'elle n'a jamais été odieuse avec quelqu'un qui essayait juste d'être gentil avec elle. Mais mon estomac refuse qu'on l'ignore, alors je me force à supporter sa perfection.

– Salut, Mandy. Limonade ?

J'acquiesce et je m'installe au bar.

– Tu vas attendre Oliver pour commander ?

Je redresse vivement la tête.

– Il vient ?

Elle a l'air perplexe.

– Comment veux-tu que je le sache ? Tu n'as pas rendez-vous avec lui ? J'avais l'impression qu'il était tout le temps là les jours où tu travailles. Mais pas forcément pour le déjeuner, j'imagine...

Je tripote la salière et le poivrier.

– Il n'y aura que moi.

Je sens son regard sur moi. J'aimerais qu'elle arrête de me scruter comme ça.

– Une salade, s'il te plaît. Au poulet.

– Tout de suite.

Elle disparaît, et je remarque quelques touristes de ce matin installés à des tables. Un grand groupe avec un bébé dans une chaise haute est sans doute là pour déjeuner avant d'aller voir le Sucre d'Orge. Malgré tout, il n'y a pas grand monde. D'après ce que j'ai pu voir, les garçons qui se pâment devant Céleste ont tendance à venir quand elle se prépare à fermer. Je me demande ce qu'ils commandent.

Céleste revient avec ma salade, puis s'appuie contre le plan de travail du fond, les bras croisés.

– Bon, tu veux me raconter ce qui s'est passé entre vous ?

Je pique ma fourchette dans une tomate. Pour une raison mystérieuse, je n'arrive pas à la soulever jusqu'à ma bouche.

– J'ai été nulle, et maintenant, il me déteste, je lâche.

– Il a dit ça ?

– Non. Mais je le sais.

– Tu en es sûre ?

Je pousse un soupir tremblotant.

– *Moi*, je me détesterais. Je l'ai super mal traité, alors que tout ce qu'il voulait, c'était explorer Hubbard Island.

– Alors c'était quoi, le problème ?

– Par où commencer ?

Et puis tout sort : mes allergies et mon absence d'intérêt pour les prétendues joies des balades en plein air, le fait qu'il ne m'ait pas demandé si je voulais y aller, que je n'ai pas apporté ce qu'il fallait, qu'il était plus à l'aise que moi sur son vélo. Céleste m'écoute patiemment. Je suis trop honteuse pour lever les yeux, alors je connais en détail la moindre feuille de salade et la moindre rondelle de concombre de ma salade quand j'arrive à la fin de mon récit.

– Ouais, c'est vrai que tu as été nulle, dit Céleste. Mais pas parce que tu étais de mauvais poil.

– Génial.

Exactement ce dont j'avais besoin. Me sentir encore plus mal.

– Le vrai problème, c'est que tu n'étais pas toi-même. Tu étais celle que tu imagines qu'il veut que tu sois.

Son regard dérive quelque part au-delà de mon épaule. Elle tapote le bar devant moi.

– Attends.

Elle prend la cafetière et va remplir la tasse d'un client. Je regarde fixement les pâtisseries écœurantes de la vitrine du bar. C'est absurde.

– Mais si, j'étais moi, dis-je à Céleste quand elle revient derrière le bar. Et moi, c'est quelqu'un de râleur et d'énervant.

– Pourquoi tu ne lui as pas simplement dit que tu ne voulais pas aller à Hubbard ? Vous auriez pu trouver autre chose à faire. Quelque chose qui vous paraissait chouette à *tous les deux*.

J'ouvre la bouche pour répondre mais, comme je ne sais pas quoi dire, je la referme.

Elle repose la cafetière et entreprend d'enrouler des couverts dans des serviettes en papier.

– Je parie que ce n'est pas la première fois, en plus. Je parie que tu as vu les films qu'il avait envie de voir. Que tu allais dans les soirées où il avait envie d'aller.

– On n'est pas allés dans des soirées, je grommelle.

Céleste sourit, ce qui lui donne une allure de fée mélancolique.

– Pardon. C'est moi qui fais ça.

– Toi ?

– Je ne le connais que trop bien, ce syndrome. Je croyais que je devais faire semblant d'aimer tout ce que mon copain aimait – enfin, mon *ex*-copain.

C'est fascinant. Non seulement Céleste me raconte des trucs personnels, comme si nous étions, je ne sais pas, des égales, mais en plus, elle avoue qu'elle a foiré son coup avec un garçon.

– Pourquoi ?

– Pour qu'il m'aime, bien sûr ! Pourquoi tu le fais, toi ?

– Mais tu... Tu es... Tu es parfaite !

Là-dessus, elle éclate de rire.

– Tu plaisantes !

Je la considère avec stupeur, sans comprendre. Elle secoue la tête et reprend :

– En tout cas, si c'est le bon pour toi, c'est parce qu'il aime la vraie toi. Pas celle qui fait semblant d'aimer le catch et les jeux vidéo.

– J'ai l'impression que c'est le bon...

– Jeffrey – mon petit copain actuel – ne s'intéresse pas à la technique. Il fait des études de littérature anglophone et il adore ces films d'épouvante que j'évite comme la peste.

– Mais vous vous entendez bien quand même ?

Elle a un sourire doux, presque secret ; de toute évidence, elle pense à lui.

– Ouais... dit-elle d'un ton rêveur. Ouais, on s'entend bien.

Elle revient sur terre et pointe une fourchette vers moi.

– On n'est pas obligé d'être le clone de quelqu'un pour être proche de lui. C'est pareil avec les amis. Quelquefois, ce sont nos différences qui nous rapprochent.

– Complémentaires, pas opposés, dis-je en me rappelant les paroles d'Oliver.

Elle fait le tour du bar et s'assied sur le tabouret à côté de moi, appuyée sur un coude.

– Je vais te poser une question difficile. Est-ce que tu as déjà été toi-même avec lui ? Une seule fois ? Sois honnête.

La panique me serre la poitrine. Est-ce que toute cette histoire est une imposture ? La fille qui plaît à Oliver – ou qui lui *plaisait* – a-t-elle jamais existé ?

Mais en y réfléchissant, j'ai la réponse.

– Oui. Plein de fois.

Quand on a construit le Sucre d'Orge Junior. Quand on était dans « notre » coin au bord de la rivière. Quand on regardait le feu d'artifice du haut du phare. J'étais moi-même dans tous les moments qui comptaient vraiment.

– Tant mieux. Parce que, d'après ce que j'ai vu, Oliver tient énormément à toi. Contente de savoir que c'est vraiment Mandy qui lui plaît. Pas une fille imaginaire, pas un clone de Cynthia.

Cette remarque me surprend.

– Qu'est-ce que tu veux dire ?

Elle hausse les épaules en descendant du tabouret.

– Hé, moi aussi, je suis allée au lycée de Rock Point. C'est une petite ville. Quelquefois, on a l'impression que... Bah, oublie ça. Peut-être que je me trompe.

– Oui, tu te trompes, je lui assure. Cynthia est ma meilleure amie depuis qu'on est toutes gamines. Si on est pareilles...

– C'est ça, le truc. Je ne pense pas que vous soyez pareilles. Mais peut-être que je suis complètement à côté de la plaque.

– Oui, tu l'es.

Je ne veux pas que notre conversation se termine par une dispute. Elle est tellement gentille avec moi. En plus, c'est super rassurant d'apprendre qu'elle a un petit ami et que je n'avais aucune raison de redouter qu'elle s'intéresse à Oliver. Et puis elle dit qu'Oliver s'intéresse vraiment à moi. Autant de raisons de vouloir la serrer dans mes bras, au lieu de me disputer avec elle.

Je bois une longue gorgée pour terminer ma limonade. C'est sucré et ça pique un peu. Comme les relations amoureuses, j'imagine.

– Tu penses qu'il voudra bien me reparler ? je demande.

– Il n'y a qu'une seule façon de le savoir.

– J'avais peur que tu dises ça.

Ce serait beaucoup plus facile par e-mail. Mais je ne peux pas être sûre qu'Oliver trouvera un réseau wi-fi bientôt. Alors me voilà à faire les cent pas dans le jardin mal entretenu devant sa maison, mon vélo appuyé contre un arbre tordu, en essayant de trouver le courage de frapper.

« Qu'est-ce qui pourrait arriver de pire ? » je me demande. Mauvaise question. La liste est immense et me donne envie de reprendre mon vélo pour filer d'ici en vitesse. « Prends les choses autrement, me dis-je. Qu'est-ce qui pourrait arriver de *mieux* ? »

– Tu peux le faire, je marmonne pour la millionième fois.

Le problème, c'est que, chaque fois que je me dis ça, une autre voix dans ma tête rétorque : « Non, tu ne peux pas. » Une fois de plus, je regrette que Cynthia ne soit pas là. Pas seulement pour me conseiller, mais aussi pour qu'on élabore ensemble un scénario qui pourrait me guider. Qu'on aurait même répété ensemble.

J'inspire à fond pour me donner des forces, je gagne la porte d'entrée d'un pas décidé et je frappe avant de m'en dissuader. Peut-être qu'il ne sera pas à la maison. Je ne saurais dire si cette possibilité est un soulagement ou un problème.

Je décide de réessayer une dernière fois et, si personne ne répond, je me résignerai à l'idée que ça « n'était pas notre destin ». Ce sera dur et, rien qu'en imaginant ne jamais le revoir, j'ai les larmes aux yeux, mais qu'est-ce que je peux faire d'autre ?

Je frappe à coups redoublés. Ma respiration s'accélère dangereusement quand des pas s'approchent, puis j'ai le souffle coupé quand Framingham le Frappadingue ouvre à la volée. Il semble aussi surpris de me voir que moi.

– Oliver n'a pas dit que tu venais. Il n'est pas là. Sa mère et lui sont partis au marché.

– Ah. D'accord.

– C'est grossier de sa part de ne pas être là...

– Il ne savait pas que je venais.

Je tripote le bout de ma natte. Je ne sais plus trop quoi faire, maintenant.

– Ah. Bah, ils ne devraient pas trop tarder. J'ai des muffins au four, dit-il en tournant les talons pour se diriger vers la cuisine.

Je pourrais m'enfuir, renoncer, mais ce serait nul, non ? Sans être bien certaine que c'était une invitation, je le suis dans la maison.

Je traverse le salon en me demandant si ce sera ma dernière visite ici. J'ai la gorgée nouée et j'ai beau avaler ma salive, la boule ne s'en va pas.

Je m'attarde sur le seuil de la cuisine et je regarde le Frappadingue sortir deux plats à muffins en aluminium pour les poser sur le four. L'odeur est envoûtante.

– Refroidissez un peu, dit-il aux muffins.

Il me jette un rapide coup d'œil par-dessus son épaule.

– C'est pour le petit déjeuner de demain.

Je hoche la tête. L'avertissement est clair. Bas les pattes.

Il examine encore un moment ses muffins, puis pose une plaque en métal sur le bar. Il la tapote.

– Faut être patient, dit-il (à moi, je pense, et pas aux muffins, cette fois). J'veux pas qu'il en reste la moitié dans les moules.

Il gagne le frigo.

– Les gamins, ça boit du soda, non ?

Il sort une cannette et me la tend.

Je la prends, en espérant que ça chassera ma boule dans la gorge. Le Frappadingue démoule les muffins et les pose sur la plaque, puis les retourne délicatement dans le bon sens. Il a des gestes d'une délicatesse surprenante. Il me jette encore un regard en biais.

– Faut sans doute les goûter, dit-il avec un regard pétillant qui n'est pas sans rappeler celui d'Oliver – du moins quand il n'est pas en colère contre moi. J'voudrais pas servir des muffins ratés à ma famille.

Je parviens à faire mon premier sourire depuis Hubbard Island. Le Frappadingue choisit deux muffins (qu'il surnomme « Bossu » et « Tordu ») et les met sur des assiettes pour nous. J'ai dîné ici un milliard de fois, mais ça me rend quand même un peu nerveuse d'y être toute seule. Pas parce que je pense toujours que le Frappadingue est dingue ; c'est juste que je ne sais pas trop quoi lui dire. Ni s'il sait que j'ai été super nulle avec Oliver.

Si Oliver lui en a parlé, le Frappadingue n'a pas l'air de m'en vouloir. Il m'observe de ses yeux bleus pétillants pendant que je croque une grosse bouchée.

J'écarquille les yeux quand les différentes saveurs entrent en collision dans ma bouche.

– Nouvelle recette, dit le Frappadingue. J'ai ajouté de la noix de coco râpée et un peu de farine d'amande.

J'avale et je récupère les miettes de mes lèvres avec la langue.

– Fabuleux.

– Oliver et sa mère semblent apprécier mes pâtisseries, dit-il. Alors je tiens à les ravitailler régulièrement.

– Qui n'apprécierait pas vos pâtisseries? dis-je. Comme tout ce que vous cuisinez, j'ajoute avant de croquer une nouvelle bouchée.

Le Frappadingue soulève son muffin bossu et l'étudie. Il le casse en deux, puis fourre une moitié dans sa bouche.

– Les blessures s'expriment de mille façons, marmonne-t-il en mastiquant.

Mon ventre se noue.

– Que... Qu'est-ce qu'Oliver vous a dit? je demande.

Et quel rapport avec les muffins?

Le Frappadingue me regarde, surpris.

– Oh, pardon. J'ai tellement l'habitude de parler tout seul que j'ai oublié qu'il y avait quelqu'un pour m'entendre. Même avec les petits qui logent ici.

Si je veux qu'Oliver me pardonne, j'ai intérêt à essayer de savoir ce qu'il a pu raconter à son grand-père.

– Alors, Oliver... ? je lui souffle.

Il fronce les sourcils comme s'il essayait de se rappeler où il en était, et il agite la main quand ça lui revient.

– Ce n'est pas Ollie. Sa mère, eh bien, même si elle apprécie clairement ce que je mets sur la table, ça la vexe un peu aussi.

– Pourquoi ?

J'espère ne pas être impolie, mais, comme il a ouvert une porte en me racontant quelque chose d'aussi personnel, je pense que ça ne le dérangera pas. Entre Alice qui m'a demandé de l'appeler par son prénom et le Frappadingue qui me parle de ses problèmes avec elle, je me sens incroyablement adulte.

– Je ne faisais rien de tout ça (il désigne la cuisine d'un geste) quand elle était petite. Alors ça l'énerve un peu que je le fasse maintenant.

Il enfourne la deuxième moitié du muffin dans sa bouche.

– Elle mange tout, attention, et même qu'elle se ressert, mais ça l'embête.

Je ne sais vraiment pas quoi répondre. Mais c'est une conversation que je ne me serais jamais attendue à avoir avec Framingham le Frappadingue.

– Alors, quand quelqu'un est fâché contre vous, quel est le meilleur moyen de l'apaiser ?

Son visage se déforme, et il donne une tape sur la table avec un « Ha ! » tonitruant. Je sursaute sur ma chaise.

– J'ai essayé de trouver la réponse à cette question pendant toute ma jeunesse. Et plus encore.

Je trace une ligne invisible sur la table devant moi, les yeux rivés sur mon doigt.

– Je... J'ai été vraiment odieuse avec Oliver.

Le Frappadingue se lève et prend une Thermos en inox pour se servir un café. La tasse qu'il utilise est ébréchée ; je me demande s'il achète des trucs par compassion, lui aussi. Il s'appuie contre le bar et scrute le fond de sa tasse en plissant les yeux, comme une diseuse de bonne aventure lisant les feuilles de thé.

– « Pardon », c'est difficile à dire. Mais parfois, on mesure l'importance d'une chose à sa difficulté.

Il revient à la table et se rassied.

– Mais il ne s'agit pas juste de dire « pardon ». N'importe quel imbécile peut prononcer ce mot. Ce qui compte, c'est ce que tu ajoutes à ce mot pour l'étayer.

– Ouais... je murmure. Alors vous n'arrêtez pas d'essayer de nouvelles recettes ? Pour trouver celle qui arrangera tout ?

Il tend la main et tapote la mienne. Je suis si surprise que je ne réagis même pas.

– Je savais bien qu'il y avait un truc qui m'était sympathique chez toi, dit-il. C'est précisément ça.

Je souris.

– Ce serait une histoire tellement chouette. Un pâtissier qui cherche la recette idéale pour résoudre tous les problèmes du monde.

Il a l'air impressionné.

– Ça me plaît.

Il se lève et retire les muffins de la plaque sur laquelle il les a laissés refroidir pour les disposer sur un plat.

– Quelquefois, ça n'a même pas d'importance de réussir une recette. Quelquefois, ce qui importe, c'est de continuer à essayer.

C'est tellement bizarre d'avoir cette conversation avec Framingham le Frappadingue.

– Comment se fait-il que les gens à qui on est censés pouvoir parler sont ceux avec qui c'est le plus dur de le faire ? je demande en pensant à ma mère.

– Ça dépend.

Il me tourne toujours le dos.

– Peut-être qu'on a peur de les décevoir ? Peur que ce qu'on va dire leur donnera une autre opinion de nous. Ou les convaincra d'une chose qu'on avait déjà peur qu'ils pensent.

Comme maman pense déjà que Justin est parfait et que je suis l'enfant à problèmes, la théorie du Frappadingue paraît très juste. Si elle savait que je me suis comportée comme une gamine gâtée, le pire serait qu'elle trouve ça typique de la part de Mandy. De temps en temps, je me demande si Justin et papa se seraient disputés comme maman et moi, si papa n'était pas mort quand j'avais huit ans et Justin onze ; si papa me regarderait, *moi*, de cet air ravi que maman a pour Justin. On s'entend mieux, ces derniers temps, mais notre trêve actuelle me paraît encore fragile.

– Oliver et sa mère parlent beaucoup, je commente.

Le Frappadingue revient à la table pour reprendre sa tasse de café.

– Ouais. Pour ça, ils assurent.

J'entends un bruit de pneus sur le gravier, et mon cœur s'emballe.

– J'ai l'impression qu'ils sont rentrés, dit-il.

Il se lève et sort du salon. J'entends la porte s'ouvrir et le Frappadingue lancer :

– Ollie, Mandy est là.

Je m'agrippe au bord de la table pour m'empêcher de fuir par la porte de derrière. Le martèlement dans mes oreilles m'empêche d'entendre la réponse d'Oliver, alors je ne sais pas comment il réagit à cette information.

Puis le voilà sur le seuil. Alors je me lève. Et on se regarde.

– Salut, dis-je doucement.

Sans doute trop doucement pour qu'il m'entende. Je m'éclaircis la gorge.

– Euh... Salut.

Il ne dit rien. Ce n'est pas bon signe.

Je me force à sauter aussitôt dans le grand bain.

– Bon, je suis désolée. Vraiment désolée. Immensément désolée.

Le Frappadingue se trompait. Le plus dur, ce n'est pas de dire « pardon ». Le plus dur, c'est le silence entre le moment où vous le dites et le moment où l'autre répond.

Oliver gagne le frigo et en sort un soda. Même son dos frémit de colère.

– Euh… J'essaie de te présenter des excuses, là, dis-je en dansant d'un pied sur l'autre.

Je l'entends ouvrir la cannette et boire une gorgée.

– Ouais, j'ai bien compris.

Il se retourne.

– J'essaie de comprendre pourquoi tu t'excuses.

– Pour… Pour tout. De toute évidence, tu es en colère contre moi, alors j'ai clairement des raisons de te présenter des excuses, non ?

Je suis perdue. Il ne trouve pas que je lui doive des excuses ?

– Ouais, dit Oliver. Mais ce que j'essaie de comprendre, c'est ce qui s'est passé. Tu te comportais comme si j'avais fait quelque chose de mal, mais je n'arrive pas à piger quoi.

– C'est une des raisons pour lesquelles je suis désolée.

Je me rassieds et j'appuie mon front contre mes mains.

– J'ai merdé, hein ?

– Je ne sais pas ! À toi de me le dire !

Je redresse la tête pour affronter son regard. Il n'a plus l'air fâché, à présent ; il semble sincèrement perplexe. Et triste.

– Tu as tout fait comme il faut, j'explique. Enfin, sauf que tu aurais peut-être pu me demander si je voulais y aller, alors que tu as juste… Enfin, ça n'a pas d'importance, ça, j'ajoute vivement quand une ombre de colère passe sur son visage.

Je continue à ramer.

– J'aurais dû te le dire. Je ne suis pas vraiment fan du genre de sorties où on communie avec la nature. Allergies. Chutes. Enfin, tu as vu. Ce n'était pas beau à voir.

– Pourquoi tu ne me l'as pas dit, tout simplement ?

Je lève les mains.

– Tu ne m'en as pas donné l'occasion. Tu étais tout excité, avec un grand pique-nique et des guides.

– Waouh, c'est vrai que c'est si important.

Il semble toujours fâché. Il s'approche de la table.

– Pourquoi tu penses que je veuille faire des trucs qui ne t'amusent pas ?

Il m'a eue. Je ramasse de minuscules miettes de muffin avec le bout du doigt.

Il se glisse sur la chaise en face de moi, celle que le Frappadingue vient de quitter.

– Tu as fait semblant d'aimer des trucs, tout ce temps ? Pour me faire plaisir ?

Je ne peux pas répondre, sachant que ma réponse ne va pas lui plaire.

– Alors toute cette histoire... c'était factice ?

Il se lève avec une telle force que la chaise vacille. Il la saisit et la remet bruyamment d'aplomb.

Je me lève d'un bond, moi aussi.

– Non ! Rien de tout ça n'est factice. Rien de ce qui est vrai.

Il me fusille du regard comme si je venais de dire

quelque chose de vraiment stupide. Et maintenant que j'y pense, c'est stupide, en effet.

– Je parle de ce qui compte, ce qui fait que c'était vrai.

Aargh ! Pourquoi est-ce aussi difficile ?

– Alors qu'est-ce qui était faux ? Les choses que tu ne considères pas « importantes » ? fait-il en mimant des guillemets.

– Les films, je laisse échapper. J'avais détesté *Far Far Away* quand je l'ai vu la première fois, et je l'ai détesté encore plus quand on l'a vu ensemble.

Il hausse les sourcils.

– Vraiment ? Je l'ai trouvé...

Il s'interrompt et secoue la tête.

– Mais pourquoi tu te comportes comme ça ? Et pourquoi tu t'obstines à me laisser choisir ce qu'on fait ? C'est pour ça que je ne t'ai pas demandé ton avis pour Hubbard. Je croyais que tu aimais les surprises. J'ai pensé que c'était pour ça que tu me laissais tout le temps décider.

Pff. Ça aurait été une meilleure raison que la vraie raison.

– Je... J'avais peur que tu n'aimes pas ce que je choisirais, j'avoue.

Je le regarde enfin dans les yeux, malgré les larmes qui me viennent.

– Et qu'ensuite tu ne m'aimes pas, moi. Ou plus.

On reste comme ça un moment, et je suis stupéfaite de voir toute sa colère s'envoler. Stupéfaite et soulagée. Il refait son espèce de sourire en coin. Un sourire *sardo-*

nique. Je pense que c'est un mot qui conviendrait pour briller au bac de français.

– On a fini de se disputer, maintenant ? Tu acceptes mes excuses ? je demande.

– À une condition, déclare-t-il en contournant la table.

– D'accoooooord… dis-je prudemment.

– À partir de maintenant, tu devras être plus honnête avec moi. Si tu n'aimes pas quelque chose, dis-le-moi. Si tu veux faire autre chose, dis-le-moi. Ça m'a mis la pression de devoir nous trouver des activités à faire tout le temps.

Je dessine une croix sur mon cœur avec mon index.

– Absolument. Parole de scout.

Comme le disait le Frappadingue, je vais devoir étayer mes paroles avec des actions.

– J'ai une idée de chose à faire, j'ajoute.

Et je me jette dans ses bras.

Quand Oliver vient me chercher au Sucre d'Orge, le lendemain, j'ai même prévu une activité.

– Tu veux bien qu'on visite l'expo ? je demande.

Il me jette un regard sceptique.

– C'est plutôt mon truc, ça, non ? Notre accord, c'était…

Je l'interromps :

– J'en ai vraiment envie. Quand on est venus la nuit, ça m'a fait penser à ce que vivaient les gardiens d'autrefois. J'aimerais en savoir plus.

Oliver sourit.

– Cool. On commence par quoi ?

Je balaie le hall du regard.

– Par cette pièce, par exemple ?

– J'ai une idée, dit Oliver pendant que je ferme la porte à clé.

Je ne veux pas que les gens s'imaginent que le phare est encore ouvert.

– Je te propose d'inventer une histoire sur ce qu'on regarde. Ensuite, je te raconterai l'histoire vraie. Je parie que mes histoires vraies sont tout aussi intéressantes que tes histoires inventées.

J'affiche un rictus.

– Dommage qu'il n'y ait personne pour trancher, parce que je vais le gagner, ce pari.

Il désigne une série d'images encadrées au-dessus de la vitrine. Il y a un plan du Sucre d'Orge détaillant les différentes parties. À côté, il y a un poster avec les titres « Marquages de jour », « Signature lumineuse » et « Cornes de brume » qui explique ce que c'est.

– C'est un test ? je demande.

Je prends une voix de maîtresse d'école :

– Les marquages de jour désignent la forme et la couleur particulière de chaque phare pour que les marins sachent où ils se trouvent dans la journée, quand la lumière n'est pas allumée. La signature lumineuse...

Je m'arrête en essayant de me le rappeler.

– ... c'est la manière particulière dont la lanterne clignote pour chaque phare. Un peu comme le morse, sauf que ce n'est pas la même chose. Les cornes de brume... Ça, c'est clair, non ?

– La question est donc, demande Oliver avec un sourire, qui a décidé que la tour du Sucre d'Orge devait être décorée d'une spirale rouge ?

Je souris. Au fil des années, j'ai diverti Cynthia avec diverses variantes de cette histoire. Je réfléchis jusqu'à ce que je retrouve celle qu'elle a préférée.

– Je l'ai. Il y a longtemps, un elfe myope a été envoyé en mission à Rock Point par le père Noël. Par accident, il s'est écrasé contre la tour d'origine, qui était toute blanche. Quand il a retrouvé ses esprits, le cruel gardien du phare l'avait ligoté dans la tour. Il avait compris que l'elfe était une créature surnaturelle, même s'il ne savait pas exactement de quelle sorte. Grâce à ses pouvoirs magiques, l'elfe a fait tourbillonner du rouge autour de la tour. Quand le père Noël, venu à sa recherche, a survolé Rock Point avec ses rennes, il a compris aussitôt que le sucre d'orge géant était un signal de détresse, puisque les sucres d'orge sont souvent employés comme des signaux dans son atelier. Tu sais, quand il y a un message, par exemple, ou quelque chose à étudier de plus près. Grâce à leur magie elfique, ils ont transformé le cruel gardien en bouée et l'ont jeté à la mer. Mais l'elfe était tombé amoureux de sa tour couleur sucre d'orge – et, accessoirement, de la fille du gardien de phare, qui n'était *pas* cruelle –, alors il est devenu le nouveau gardien de phare de Rock Point.

Oliver affiche un immense sourire.

– D'accord, c'est une meilleure histoire que la vraie, où c'est le Bureau des phares qui a pris cette décision, même s'il y a eu une énorme polémique au sujet de ce motif particulier. C'était pratiquement la guerre entre les deux clans.

– Bah, je dois t'avouer que je ne viens pas de l'inventer. Je l'ai ressortie des archives.

– Quelles archives ? Celles de la Société d'histoire ?

– Pourquoi ils auraient une histoire sur le père Noël à... Oh, laisse tomber. Non. Quand on invente une bonne histoire, Cynthia et moi, on dit toujours « Range-la dans les archives, celle-là », pour s'en souvenir.

– Ça me plaît bien.

– Ensuite ?

C'est chouette. Aujourd'hui, on est d'accord sur ce qui nous amuse l'un et l'autre.

Il y a un certain nombre de petits objets dans la vitrine, mais Oliver m'entraîne devant une chaussure de femme tout usée. De toute évidence, à voir le style, c'est une chaussure du début du XIXe siècle. D'après le grand trou du bout, la crasse et le tissu élimé, elle a connu des temps difficiles.

– Ne lis pas l'écriteau, dit Oliver en plaquant soudain ses mains sur mes yeux.

– Je ne le lisais pas ! je proteste en riant.

– Alors ?

J'écarte ses mains de mes yeux.

– J'en ai une. Mais je pense qu'elle aura une fin tragique.

Oliver lève les mains en signe de résignation.

– Ainsi soit-il. On est bien obligé d'aller là où notre muse nous emmène.

Le fait qu'il pense que j'ai une muse me titille.

– Il était une fois un jeune gardien de phare qui sauva tous les passagers d'un bateau après un naufrage dans une tempête. Malheureusement, il perdit ses lunettes durant le sauvetage, mais il y avait une fille qu'il savait belle, même si son visage était flou. Sa grâce, son charme, son humour, le halo de sa chevelure, tout lui démontrait sa perfection. Un groupe de gens arriva trop tôt à son goût pour les emmener jusqu'à leur destination. Au moment de leur départ, il trouva enfin le courage de lui parler. Il courut après le groupe, quand il s'aperçut qu'il ne pouvait pas crier son nom, puisqu'il ne le connaissait pas. Et il arriva trop tard. Lorsque le cocher l'aida à monter sur la banquette, elle perdit une chaussure. Les chevaux partirent au galop avant qu'elle puisse tenter de la ramasser. Il se retrouva tout seul avec sa chaussure dans les mains. Ensuite, il mena son enquête en trimballant la chaussure partout dans l'espoir de retrouver la charmante jeune fille à qui elle appartenait.

– Il l'a retrouvée ?

Je secoue la tête.

– Sinon, on aurait la paire ici.

Oliver hoche la tête en signe d'approbation.

– Jolie variante de Cendrillon. Quoique bien plus triste…

– Alors, c'est quoi l'histoire vraie ? je demande. La

femme d'un gardien de phare l'avait dans son panier à couture ?

– Nan. D'après l'écriteau, on l'a trouvée dans le mur de la maison du gardien.

– Ouaouh. Si j'avais su ça, j'aurais inventé une histoire de meurtre ! Ce que c'est glauque !

Je l'écarte du chemin pour lire l'écriteau.

En lisant, j'écarquille les yeux. Je ne savais pas que c'était la coutume, au XIXe siècle, de placer une vieille chaussure portée par un être cher qui était mort dans les murs de la maison pour protéger la famille contre les mauvais esprits. Cette chaussure a été retrouvée pendant la rénovation de la maison du gardien. Le trou dans le bout a été fait exprès ; c'est censé permettre à l'esprit du propriétaire d'origine d'en sortir pour protéger la maison et la famille.

Je me tourne vers Oliver pour lui sourire.

– C'est trop cool. Je ne savais pas que l'expo évoquait des superstitions.

– C'est des détails historiques, tout ça, dit Oliver. Alors ? Pour cette histoire, on donne le point à qui ?

– Je pense que c'est toi qui gagnes, ce coup-ci.

– Alors il nous faut une dernière manche.

Oliver réfléchit en plissant les yeux. Il claque des doigts.

– J'ai trouvé !

Il me prend la main et m'entraîne dans la salle suivante.

Je reste plantée au milieu, les mains sur les hanches.

– Alors ?

Il a joint les mains devant son visage et ses index tapotent sa bouche souriante.

– Juste derrière toi.

Je me retourne et je devine aussitôt à partir de quelle vitrine il veut que j'invente une histoire.

– Le collier de chien.

– Ouaip.

Je connais l'histoire, parce que le collier de chien est un des objets préférés des gamins dans l'exposition. J'essaie de chasser les faits réels de mon esprit et je me concentre sur le collier pour qu'il m'inspire.

– Le brouillard, dis-je quand des images commencent à se former.

– Le brouillard ? répète Oliver.

Je le fais taire d'un geste pour pouvoir formuler mon récit.

– Ceci appartenait autrefois au chien fantôme de Rock Point, qui était très redouté.

– Bon début, commente Oliver.

Il s'appuie contre la vitrine, à sa manière : sur un coude, les chevilles croisées.

Ma voix se fait plus grave et grinçante – c'est ma voix pour raconter les histoires qui font peur.

– On dit par ici que le brouillard peut être une chose vivante. Demandez à n'importe quel marin ou à n'importe quel pêcheur de homards, et il vous le dira : ça peut être une force malveillante qui n'en fait qu'à sa tête.

Oliver frissonne avec jubilation.

– Flippant.

– Quand la lune et la marée sont hautes, un hurlement s'élève. Alors tout le monde sait que le brouillard maudit prend la forme du chien géant, une créature terrifiante !

Je pousse un hurlement. Oliver se couvre la bouche pour réprimer son envie de rire.

– Impossible de lutter contre cette créature, puisqu'elle est faite de brume, et pourtant, elle peut dévorer des hommes et des navires entiers.

Je désigne le collier de chien.

– Ceci est le seul espoir pour l'humanité. Tant que ce collier de chien sera entre les mains du Bien, on pourra maîtriser le chien de brume. Le propriétaire du collier prononce les paroles magiques…

Je m'interromps pour essayer de décider comment continuer.

– Ouaf, gémit Oliver. Ouaaaaaaaaaaaf !

– Exactement. C'est ça, les paroles magiques ! Alors, le brouillard rétrécit jusqu'à ce qu'il ait la taille du collier, et puis il disparaît.

– Excellente histoire !

Oliver lève ses bras nus pour me montrer.

– Regarde. J'ai la chair de poule.

– Ouais, c'était pas mal.

– Digne des archives, à mon avis.

Je regarde le collier de chien.

– La véritable histoire n'est pas mal non plus, dis-je. Ce chien courageux qui a sonné la corne de brume quand son maître a glissé et s'est cassé la cheville en essayant de l'atteindre.

Je secoue la tête, ébahie.

– Ce chien a même réussi à jouer le bon signal sonore.

– Tu vois ? dit Oliver. Il y a de bonnes histoires partout autour de toi.

Je regarde le hall et tous les objets conservés avec soin, les photos qui immortalisent des époques, des lieux, des visages précis.

– D'accord, tu m'as convaincue. L'Histoire, ce n'est pas seulement ces dates et ces guerres ennuyeuses qu'on étudie à l'école.

Le visage d'Oliver s'illumine.

– Dans ce cas, et si on allait farfouiller à la Société d'histoire ?

Je m'esclaffe.

– Tu sais vraiment comment t'y prendre pour être dans les petits papiers de ma mère.

– Je préférerais être dans tes petits papiers à *toi*.

– Attends que je cherche mes petits papiers... Tu préfères cette poche ? Ou celle-là ?

Il s'esclaffe et m'embrasse sur une joue, puis sur l'autre.

– Les deux.

On sort du phare et on va au Square à vélo. On attache les vélos au râtelier, puis on entre dans la bibliothèque silencieuse. Maman est au bureau d'emprunt, en train de parler à une famille avec plusieurs enfants et une grosse pile de livres. Elle sourit quand elle nous remarque, Oliver et moi, mais elle a l'air fatiguée. Quand le groupe s'en va, on s'approche du bureau.

– Salut, maman, dis-je. Est-ce qu'on peut aller regarder les dossiers dans le bureau de la Société d'histoire, Oliver et moi ?

Maman essaie en vain de dissimuler sa surprise.

– Ce doit être ton influence, dit-elle à Oliver. Parce qu'elle n'a jamais voulu monter là-haut.

– Je n'ai pas eu à faire trop d'efforts pour la convaincre, assure Oliver.

Je grimace, gênée. C'est un peu bizarre de m'apercevoir que ma mère a peut-être plus de points communs avec mon petit ami que moi.

– Par ici, dis-je à Oliver.

On monte au grenier, où se trouve le bureau. Ça me rappelle celui du Frappadingue, sans les tableaux, bien qu'il y ait des documents et des photos encadrés appuyés contre les murs, formant des piles similaires. Sur une vieille table de jeu, il y a des cartons et un téléphone. Ensuite, il y a le bureau encombré que maman partage avec M. Garrity, et c'est à peu près tout.

– Qu'est-ce que tu as envie de regarder ? je demande à Oliver.

Il hausse les épaules avec un sourire.

– Je suis un complétiste, tu te rappelles ? Je veux *tout* regarder.

– Ah oui, bien sûr.

Je jette un regard circulaire dans la pièce.

– Eh bien, il y a sans doute un truc qui va te plaire dans chaque recoin. Commence quelque part.

– Tu sais où ils rangent les infos sur la maison du gardien ? J'adorerais voir les changements au fil des années.

– Aucune idée. Tu n'as qu'à regarder là-bas.

Je désigne les placards le long d'un mur.

– Moi, je vais commencer par le bureau de maman.

– OK.

Oliver étudie les étiquettes des tiroirs de dossiers pendant que j'ouvre le tiroir du bas du bureau, où je trouve un épais dossier intitulé *Maison du gardien*.

Je le sors.

– J'ai trouvé quelque chose.

Oliver me rejoint près du bureau et ouvre le dossier.

– Tout ça, c'est au sujet des rénovations quand ils l'ont transformé en café.

Il le pose sur la table pour pouvoir le mettre à plat.

Pendant qu'il regarde le dossier, je fouille dans les papiers empilés sur le bureau.

– Tout ça, c'est les factures pour le phare. Assurance. Devis de réparations. Factures d'électricité.

Je lève les yeux vers lui.

– Il y a des rappels d'impayés. C'est pas bon signe, hein ?

Il sort un papier de son dossier.

– Ce document explique pourquoi l'étage du Café du Phare est fermé. Ils n'avaient pas les moyens de faire les réparations pour qu'il ne soit pas dangereux pour le public. Il y avait des problèmes avec le plancher et l'escalier.

– Ils attendent sans doute les rentrées d'argent avec les visiteurs de l'été pour pouvoir le rouvrir, dis-je en comprenant. Pas étonnant que maman ait l'air stressée.

– Je suppose que c'est pour ça qu'elle t'a recrutée comme bénévole.

Il brandit un autre papier.

– L'année dernière, ils ont payé quelqu'un pour tenir l'accueil. De cette façon, ils économisent de l'argent.

– Et c'est pour ça que Mme Gallagher vient bénévolement tenir le café quand Céleste est en congé.

Je remets les papiers dans leur ordre d'origine – du moins je l'espère. Avec ma maladresse habituelle, je réussis à faire tomber du bureau un dossier posé debout. Je glisse sur le plancher pour tout ramasser. Ça semble être des courriers internes entre le bureau de la Société d'histoire et différents membres du comité. J'écarquille les yeux quand je tombe sur le plus récent. Je redresse vivement la tête.

– Là, ça dit qu'ils vont fermer le Sucre d'Orge !

– Quoi ?

Oliver repose son dossier et accourt. Il s'accroupit et parcourt la lettre. Il me regarde, le front plissé par l'inquiétude.

– Ils n'ont plus les moyens de le garder ouvert.

La déception qui m'assaille est aussi surprenante que vive. J'en ai les larmes aux yeux.

– Mais… Mais ils ne peuvent pas faire ça !

Je reprends la lettre à Oliver, qui se met à éplucher les autres.

– Ils sont vraiment en retard pour de grosses factures, dit-il. Et puis il y a toutes sortes de réglementations qu'ils ne pourront pas respecter sans faire certaines réparations et prendre une assurance supplémentaire.

Je n'arrête pas de secouer la tête.

– C'est impossible.

– Ça semble plutôt certain, dit Oliver. La seule chose qui pourrait faire une différence, c'est une énorme rentrée d'argent. Et je dis bien *énorme*.

On reste assis par terre sans rien dire. Sa main se glisse vers la mienne et la presse. Je suis hébétée. Je n'ai pas toujours été fan du Sucre d'Orge, mais il a toujours fait partie de ma vie. Littéralement. Même si je n'ai pas tellement assisté aux célébrations du phare ces dernières années, ça me rend follement triste de penser que les gamins n'y viendront plus avec leur école et que maman ne mettra plus la robe de Mme Gilhooley pour la fête du Lupin et le 4 Juillet.

Je m'appuie contre Oliver. C'est le Sucre d'Orge qui a permis notre rencontre. Comme pour Martha Kingston et Abner Rose. Quand elle a sauvé le marin de la noyade et qu'il a fait sa convalescence à l'étage de la maison du gardien, ils sont tombés amoureux. Comme mes parents. Cet adorable petit phare a quelque chose qui semble mettre l'amour en lumière.

Je me tourne vers Oliver.

– Elle ne m'avait rien dit. Pourquoi ne m'a-t-elle rien dit ?

Oliver hausse les épaules.

– Peut-être qu'elle ne voulait pas t'inquiéter ? Ou qu'elle espérait un sauvetage de dernière minute ?

– Je suppose...

En tout cas, ça explique son air perpétuellement inquiet.

On rassemble les derniers papiers et on les remet sur le bureau. Au moment où on ferme le tiroir, j'entends des pas.

Maman passe la tête en haut de l'escalier.

– On ferme, annonce-t-elle. Vous avez trouvé quelque chose ?

Oliver me regarde, et je secoue doucement la tête. Ce n'est pas le moment de l'interroger sur la fermeture. Elle n'appréciera peut-être pas qu'on ait fouiné.

Oliver prend un livre sur les phares dans un des rayonnages.

– Ça vous ennuie si je l'emprunte ? demande-t-il à maman.

– Bien sûr que non, dit-elle. Tu veux dîner avec nous ? Tu pourras me raconter par quel tour de passe-passe tu as réussi à intéresser Mandy à notre histoire locale.

Je lève les yeux au ciel.

– Et puis tu sauras peut-être m'aider à trouver une solution pour qu'elle arrête de faire ça, ajoute-t-elle avec un petit rire en me désignant d'un mouvement du menton.

– N'importe quoi, je grommelle.

Je les bouscule pour descendre lourdement l'escalier. Je les entends rire derrière moi. Comment peut-elle plaisanter avec tout ce qui se passe ? Plus j'en apprends sur elle, moins j'ai l'impression de la connaître !

Maman secoue la tête en souriant.

– Quelle imagination tu as, Mandy.

Pendant le dîner, Oliver lui a raconté le jeu auquel on a joué au phare.

J'ai toujours cru qu'elle disait ça parce qu'elle désapprouvait. À présent, je comprends qu'elle le dit avec un mélange typiquement parental d'admiration et d'amusement. Voilà encore un cadeau qu'Oliver me fait.

– J'ai toujours adoré cette histoire d'elfe, dit maman en servant la glace. Et c'est pour ça que vous êtes venus à la bibliothèque ? Pour trouver plus d'informations ?

– Plus ou moins, dis-je.

Maman remet la boîte de glace dans le congélateur.

– Pour moi, l'Histoire, c'est une collection de récits. On ne l'enseigne pas toujours comme ça, je sais, ajoute-t-elle à mon intention, mais une fois qu'on gratte la surface, ça devient vivant, riche, fascinant.

Elle se rassied et plante sa cuillère dans son bol.

– Madame Sullivan, dit Oliver. Je me demandais... Aimeriez-vous garder le Sucre d'Orge Junior ? Je veux dire, c'est...

Il rougit légèrement et s'interrompt.

Je lui presse le genou sous la table. Je sais que c'est sa façon d'essayer de compenser le fait qu'elle semble sur le point de perdre le vrai Sucre d'Orge.

Pendant tout le repas, j'ai essayé de trouver un moyen d'aborder ce pénible sujet, mais ça ne paraissait jamais possible d'évoquer quelque chose d'aussi navrant. Peut-être qu'elle ne m'en a pas parlé parce qu'elle est trop effondrée pour le mentionner.

– C'est vraiment adorable de ta part, Oliver, répond maman. Mais tu ne le veux pas, toi ?

– Bah, je ne peux pas l'emporter en avion chez moi, dit Oliver.

– Ce serait drôle à voir, dis-je avec un petit rire en recentrant mon attention sur la conversation. Tu pourrais le mettre sur toi, comme tu l'as fait dans le bateau.

– J'aimerais bien le voir essayer de passer la sécurité de l'aéroport avec, plaisante maman.

– Vous me voyez tenir dans la voiture de ma mère comme ça ? lance Oliver. Il faudrait découper un trou dans le toit pour laisser passer la salle de la lanterne !

– Le loueur de voitures aurait plein de questions à vous poser, dis-je.

On rigole tous, à présent.

– Peut-être que si Mme Gilhooley venait tout expliquer… commence maman.

Je ne l'ai pas vue rire comme ça depuis longtemps. Je presse à nouveau le genou d'Oliver. Il pose sa main sur la mienne et la tapote.

– Tu es sûr que ton grand-père n'en veut pas? demande maman.

Oliver secoue la tête.

– Je pense plutôt qu'il serait ravi que je le vire de son garage, à vrai dire. Mais ça me ferait bizarre de le jeter.

– Eh bien, j'adorerais l'avoir. Ça ferait une chouette déco dans le bureau de la Société d'histoire. Merci.

– Si vous arrivez à rouvrir l'étage du Café du Phare, il pourrait peut-être aller là-haut, dis-je en espérant amener la conversation sur le sujet de la fermeture imminente.

Une ombre éphémère passe sur le visage de maman.

– Ce serait une super idée, oui.

Elle tend le bras vers nos bols vides.

Pendant qu'on les lui passe, je demande :

– Tu penses que vous allez pouvoir le rouvrir?

Je sais que j'insiste lourdement, mais je le fais quand même.

Maman prend la pile de bols et les emporte vers l'évier.

– Mandy t'a raconté que son père m'a demandée en mariage au phare? dit-elle alors qu'elle nous tourne le dos.

D'accord. Ce sujet est indésirable. Pour le moment.

– Non, dit Oliver.

Elle se retourne et s'appuie contre le plan de travail.

– Ce phare a toujours été très spécial pour moi, pour tant de raisons, mais je pense que celle-là, c'est la plus importante.

– Encore plus importante que votre mariage là-bas ? je demande.

Maman affiche un sourire nostalgique.

– D'une certaine façon... Parce que c'était un moment tellement intime, je suppose. Le mariage était fabuleux, ajoute-t-elle en revenant à la table, mais la demande en mariage, c'était... magique.

Elle lisse sa serviette, puis nous jette un regard malicieux.

– Je ne devrais sans doute pas vous dire ça, mais on s'y est introduits en pleine nuit. J'étais déjà bénévole pour la Société d'histoire, alors j'avais la clé. Bref, c'était incroyablement romantique, là-haut, dans la tour, avec les étoiles au-dessus de nos têtes et tout Rock Point à nos pieds.

Je baisse les yeux pour qu'elle ne me voie pas rougir.

– Ça m'a l'air d'un rêve, dit Oliver, et je sais qu'il repense au 4 Juillet, lui aussi.

Elle se lève et ramasse nos serviettes.

– Je regrette qu'on ne puisse plus accueillir les mariages, dit-elle.

– Pourquoi pas ?

– Ça coûte tout simplement trop cher. Nous ne pouvions pas en tirer de bénéfices. Le traiteur, l'assurance, les employés supplémentaires. Le marketing pour attirer des clients. Nous avons assez de problèmes comme ça.

Elle agite la main.

– Passons. Revenons à notre projet de convaincre Mandy que les vraies histoires sur le phare sont presque aussi intéressantes que les fabuleuses histoires qu'elle invente.

– Tu devrais raconter quelques légendes et histoires de fantômes locales à Oliver, je suggère.

Elle sourit.

– Tu es facile à effrayer ? demande-t-elle à Oliver.

Je m'adosse contre ma chaise en tâchant de comprendre la mère qui est assise devant moi. Elle a toujours ces plis d'inquiétude entre les sourcils, mais je ne l'avais jamais entendue qualifier mes récits de « fabuleux ». En général, elle me dit d'arrêter de rêvasser et de m'atteler à mes devoirs. Je suis en train de découvrir un tas de choses nouvelles, cet été... Et pas seulement au sujet des garçons !

– Hé, maman, ça ne te dérange pas si je vais à Cranston avec Oliver et sa mère ?

Installée sur la balancelle de la terrasse, maman lève le nez.

– Non, chérie, bien sûr que non.

Elle ferme son livre de poche usé et m'étudie pardessus ses lunettes de lecture.

– Il se passe quelque chose de spécial, là-bas ?

Je m'assieds sur l'accoudoir de la balancelle.

– On va juste faire quelques courses, je pense. Mais la mère d'Oliver veut lui montrer la maison où elle a grandi. Et l'endroit où son grand-père range son bateau.

– Il fait tout le chemin jusqu'au port de Cranston ? Pourquoi il ne le met pas au port d'ici ? s'étonne-t-elle.

– D'après Oliver, le Frappadingue va toujours à la pêche seul et ne veut pas que quelqu'un l'accompagne.

– C'est drôle, commente maman. Ton père était pareil.

Je me laisse glisser de l'accoudoir puis m'assois à côté d'elle sur le siège.

– Vraiment ?

– Il y a des gens qui aiment aller à la pêche avec des amis. Ton père trouvait que c'était le moment idéal pour réfléchir. Seul.

– Ça t'embêtait ? Je ne pense pas que ça me plairait si Oliver tenait à faire certains trucs sans moi. Mais maintenant que j'y pense, il aime sans doute un tas de choses qui me rendraient dingues. Bon, passons.

– Au début, oui, admet maman. Mais franchement, rester assise sans bouger pendant aussi longtemps ? Ce n'est vraiment pas ma tasse de thé.

– Oliver a également dit que le Frappadingue n'aime pas attirer l'attention ou, pour reprendre ses mots à lui, « sentir des regards indiscrets sur lui » chaque fois qu'il veut sortir en mer.

– Je le reconnais bien là, notre Frappadingue.

– Maman !

– C'est toi qui as commencé, rétorque-t-elle.

Je pousse sur le sol avec les pieds pour mettre la balancelle en mouvement.

– Il faut vraiment que je lui trouve un autre nom ! Mais « Monsieur Framingham », ça ne va pas.

– Demande à Oliver. Ou à sa mère.

– Elle m'a dit de l'appeler Alice. Tu penses qu'il serait d'accord pour que je l'appelle par son prénom ?

J'essaie de m'en souvenir. John, je crois.

Elle hausse les épaules.

– Le seul moyen de le savoir, c'est de poser la question à l'un d'entre eux.

Elle penche la tête et me jette un coup d'œil en biais.

– Tu passes beaucoup de temps là-bas. Tu es sûre que ça ne les dérange pas ?

– Je... Je ne crois pas...

Je me tourne vers elle.

– Tu penses que ça pourrait les déranger ? Alice m'invite tout le temps à rester manger, et le Frappadingue prépare toujours de quoi nourrir toute la ville...

Ça ne m'était pas venu à l'idée que j'aie pu abuser de leur hospitalité.

– Je suis sûre que ça va. Tu me manques, c'est tout.

– Vraiment ?

Ça m'a échappé avant que je puisse me retenir.

Elle tire le bout de mes tresses.

– Bien sûr, patate.

Elle se radosse et ajoute :

– Ne t'inquiète pas, je comprends. Je sais qu'il y a des manières bien plus amusantes de passer son temps qu'avec sa vieille mère barbante.

Je ne sais pas trop quoi répondre. Elle n'a pas tort. Ce n'est pas qu'elle soit barbante – enfin, elle l'est un peu, mais comme toutes les mères. Cela dit, ces dernières semaines, j'ai commencé à la voir un peu différemment.

Mais comparée à Oliver ? Désolée, il n'y a pas photo !

Un coup de klaxon retentit. On regarde toutes les deux dans la rue. La mère d'Oliver se gare devant chez nous.

– Tu seras de retour pour le dîner ? demande maman.

– Sans doute pas.

Je danse d'un pied sur l'autre et je tripote la bretelle de mon sac.

– Tu penses que ça les dérange ?

– Bien sûr que non. Comment ça pourrait les déranger de t'avoir avec eux ?

Je me penche pour lui donner un rapide baiser. En me redressant, je me rends compte que ça faisait longtemps que je n'avais pas fait ça, comme en témoigne la surprise que je lis sur son visage.

– À plus tard, je lance en courant vers la rue.

Je monte à l'arrière et on démarre.

Cranston est une ville plus grande que Rock Point et nettement plus vingt et unième siècle. Quand on s'approche de la banlieue, où plusieurs grands magasins occupent l'espace, la mère d'Oliver propose qu'on commence par aller voir son ancienne maison.

– Ensuite, dit-elle en sortant de l'autoroute pour prendre une petite route boisée, on pourra aller voir les magasins et le marché.

Mais elle tourne en rond pendant un moment et devient perplexe.

– On dirait bien que c'est la bonne rue, mais les maisons sont différentes.

– Euh... Maman, ça fait un moment, dit Oliver. J'ai l'impression qu'on a pas mal construit, par ici.

Elle remonte une rue, puis fait demi-tour et la reprend dans l'autre sens. Enfin, elle arrête la voiture devant un terrain vide avec des maisons de chaque côté.

– Oliver, va voir les numéros sur les boîtes à lettres, dit-elle.

Pendant qu'on regarde Oliver trottiner vers un côté du terrain gazonné, puis l'autre, elle murmure :

– Je crois qu'elle n'est plus là.

Il remonte dans la voiture.

– Sept cent quarante et un Mossehead Street et sept cent quarante-cinq.

– C'est ça, dit-elle en hochant la tête. C'est tout ce qu'il en reste. Nous étions au numéro sept cent quarante-trois.

– Oh là là... souffle Oliver.

– Ce n'est pas grave, assure-t-elle en lui tapotant le genou. D'une certaine manière, c'est réconfortant de savoir que les choses changent. Même à Cranston.

– Tu veux faire un tour quand même ? demande Oliver.

– Nan, dit Alice. Il y a une jolie vue du Sucre d'Orge, mais ce n'est pas comme si vous ne voyiez jamais le phare.

Elle m'adresse un clin d'œil depuis l'avant.

– Et je pense que je ne reconnaîtrais même pas le bateau de ton grand-père dans le port.

Elle remet le contact.

– Allons au centre-ville.

On descend Main Street (y a-t-il une rue qui s'appelle Main Street dans toutes les villes ?) et, pendant qu'Oliver farfouille dans un magasin de bricolage, je fais un tour au marché avec Alice. Je remarque une affiche colorée agrafée sur un poteau téléphonique. La foire du Maine ! Je l'avais complètement oubliée.

Je vois Oliver traverser la rue chargé d'un énorme sac de courses. Je lui fais de grands signes pour attirer son attention à travers la foule. Avec un sourire, il nous rejoint.

– J'ai l'impression que tu as trouvé ce que tu cherchais, dis-je en lorgnant son butin.

– Ouaip.

J'attends qu'il donne des précisions, mais il ne le fait pas.

– Tu n'as rien d'autre à dire ? Waouh, tu deviens aussi peu loquace que les gens du Maine.

Il s'esclaffe.

– Je t'en parlerai plus tard. Peut-être. Je suis encore tenté de garder la surprise.

– OK. Maintenant, tu es *obligé* de m'en parler. Sinon, j'inventerai une histoire délirante et la vérité me paraîtra barbante.

Sa mère nous rejoint avec un gros sac, elle aussi.

– Je pense que ton grand-père va approuver mes choix, annonce-t-elle. En tout cas je l'espère. Il est hyper difficile avec les légumes.

– Hé, maman, ça te dérange si on rentre en ferry, Mandy et moi ? demande Oliver.

– Bien sûr que non. C'est une journée idéale pour un tour en bateau.

Quand on retourne vers la voiture, je désigne l'affiche de la foire du Maine.

– On devrait y aller, dis-je. Mon amie Cynthia sera de retour, d'ici là. On pourrait y aller en bande.

– Ça devrait être marrant, approuve Oliver.

Alice nous dépose au port du ferry. Oliver jette un coup d'œil aux horaires.

– Ah, c'est bien. On sera de retour à temps.

– À temps pour quoi ?

– Pépé m'a demandé de déposer des pellicules pour les faire développer. J'ai oublié de le faire en partant.

– Il est photographe, en plus ?

Le vieux Frappadingue cessera-t-il de m'étonner un jour ?

– Pas comme tu l'imagines. Il prend des photos comme base pour sa peinture et il refuse d'utiliser un appareil numérique.

– Ah.

On achète nos places pour le ferry, puis on embarque. On prend place contre la rambarde du dernier étage. Phénomène typique dans le Maine, le ciel lumineux s'assombrit.

– Il va pleuvoir ? demande Oliver. Tu veux qu'on descende ?

– Je pense que c'est juste de la brume, dis-je. Restons ici.

J'aime bien la brume. Certaines personnes trouvent ça sinistre, mais moi, je trouve ça romantique. Mystérieux. Les paysages du Maine sont tellement découpés et anguleux. La brume arrondit les angles.

Je contemple le Sucre d'Orge quand la brume rosée s'installe.

– Je n'arrive pas à croire qu'il doive fermer, dis-je.

Oliver m'attire contre lui.

– Je sais.

– Elle ne l'a même pas dit à Justin.

J'ai appelé mon frère pour savoir si elle s'était confiée à lui, mais il a été aussi choqué que moi.

Je frappe sur la rambarde.

– Si seulement on pouvait y faire quelque chose...

– Peut-être qu'on peut, dit Oliver.

Je me tourne vers lui.

– Je ne sais pas trop quoi, mais si on cherche ensemble...

J'acquiesce lentement, en espérant qu'une idée me vienne à l'esprit, mais en cet instant précis, je n'ai qu'une seule image en tête : des piles de factures qui pleuvent sur une tirelire en forme de phare... Une tirelire vide.

– S'il ferme, il va vraiment devenir hanté, dis-je. Il n'en restera que le passé. Il ne s'y formera plus de nouveaux souvenirs.

Oliver entremêle ses doigts avec les miens.

– S'il avait été fermé, on ne se serait sans doute jamais

rencontrés, ajoute-t-il avec douceur. Cette idée m'est insupportable.

Je m'écroule contre lui et je regarde tristement le Sucre d'Orge.

– Il paraît tellement solitaire, là-bas...

Je me redresse brusquement.

– La carte postale !

Je n'avais jamais regardé attentivement le phare vu de Cranston. Mais la personne qui a peint ce tableau le connaissait bien sous cet angle-là.

– Je descends, dis-je à Oliver. Il faut que je vérifie quelque chose.

Je dévale l'escalier métallique en m'agrippant à la rambarde. La brume rend tout humide, et je ne veux pas glisser – ce qui serait tellement typique... Je gagne hâtivement l'avant du bateau au premier niveau.

– Je n'y crois pas, je murmure.

Oliver arrive derrière moi.

– Qu'est-ce que tu regardes ?

– La vue ! je m'exclame, tout excitée. Regarde-le sous cet angle. Celui qui a peint cette carte postale du Sucre d'Orge l'a fait depuis un *bateau*. De ce côté de la baie.

– Tu as raison, dit Oliver en s'appuyant contre la rambarde.

– Je me suis toujours demandé pourquoi il était différent sur tous les autres tableaux que j'ai vus.

– Le peintre était peut-être un habitant de Cranston. Ou un visiteur.

– On ne le saura jamais, dis-je. La carte postale

indique que l'auteur est anonyme. Je serai peut-être obligée d'inventer une histoire sur lui.

– Tu veux rester à cet étage ? demande Oliver.

– Nan, remontons sur le pont. Mais si on se prenait une limonade d'abord ?

Oliver fouille dans ses poches et en ressort les mains vides.

– J'ai de l'argent, dis-je. Je t'invite.

Je nous achète une limonade au snack et je prends deux pailles.

– Alors ? Tu vas me dire ce qu'il y a dans cet énorme sac ? je demande quand on remonte l'escalier.

– Peut-être... Si tu me le demandes très gentiment.

Le mauvais temps a poussé la plupart des passagers à s'abriter aux étages inférieurs, alors on a le pont pratiquement pour nous tout seuls. Avec le brouillard épais, c'est comme si on était dans notre monde. Un monde rien qu'à nous deux, avec les clapotis de l'eau, les cris des mouettes et les appels mélancoliques de la corne de brume comme fond sonore.

– Je peux t'acheter avec une gorgée de limonade ? je demande en déballant d'abord une paille pour la glisser dans l'énorme gobelet en plastique, puis l'autre.

Il affiche un rictus.

– Ça dépend si la limonade est bonne.

On s'appuie contre la rambarde et on sirote notre limonade à la paille. Je lâche la mienne quand un petit gloussement s'échappe de mes lèvres.

– Quoi ?

Je m'essuie la bouche du revers de la main.

– Rien.

Je ne veux pas lui dire qu'on est en train de vivre la deuxième image fantasmée de mon film romantique. Partager une limonade avec deux pailles. Je m'appuie contre lui et je pose un baiser dans son cou, qui a un goût salé, puis sur sa tempe, et enfin sur ses lèvres.

– Mon prochain projet, chuchote-t-il.

Je recule la tête pour pouvoir étudier son visage.

– Quoi ?

Il s'éclaircit la gorge.

– Les trucs dans mon sac. C'est pour mon prochain projet. Tes baisers marchent mieux que la limonade, comme pot-de-vin.

Je m'esclaffe.

– Je vois. Et donc c'est quoi, ton prochain projet ?

– Je vais fabriquer une nouvelle maquette. Mais cette fois, il n'y aura pas besoin de ramer.

– Une maquette assez petite pour la remporter chez toi ?

– Peut-être. Sinon, je la donnerai à la Société d'histoire. Ta mère a l'air contente de récupérer le Sucre d'Orge Junior. La maison du gardien que j'ai faite pour le bateau n'était pas aussi détaillée. Alors je vais choisir un gardien précis et fabriquer une réplique exacte de la maison à l'époque où il ou elle y habitait. Je pensais la présenter à la foire d'artisanat.

– Quelle foire d'artisanat ?

Il y a des concours agricoles à la foire du Maine, mais je ne me rappelle pas qu'il y a aussi des stands d'artisanat.

Oliver semble étonné.

– La fête d'Adieu à l'Été.

Le gobelet de limonade m'échappe des mains et tombe à la mer.

– Oh là là ! Je suis vraiment désolée !

– Ce n'est pas grave, dit Oliver en regardant les vagues. J'en avais assez bu, de toute façon.

L'Adieu à l'Été est la fête qu'on célèbre juste avant le week-end de la fête du Travail, début septembre. J'avais dû l'occulter cette année. Parce que cette année, je ne dirai pas seulement adieu à l'été.

Je dirai aussi adieu à Oliver.

Août

N'y pense pas trop, me dis-je.

La perspective du départ d'Oliver, qui est une réalité et pas un revirement tragique dans une de mes histoires dramatiques, me noue l'estomac.

– Mais comment je pourrais m'en empêcher ? je demande à mon reflet dans le miroir.

Je sais qu'on a passé un marché et que c'est moi qui ai insisté pour qu'on se concentre sur les petites choses. Sur le présent qu'on a à vivre. Pas sur les lendemains qu'on ne vivra pas ensemble.

Mais mon cerveau n'arrête pas de tourner la page du calendrier – la page qui dit « *septembre* ». Quand Oliver et sa mère seront repartis au soleil de Californie, tandis que je serai toujours ici, à Rock Point, à me préparer pour un nouveau froid glacial.

– Le présent, je murmure. Reste concentrée sur le présent. Juste le présent. Ne regarde pas plus loin.

Je gagne mon bureau et fusille du regard mon *véritable* calendrier. J'écarquille les yeux.

– Ouiiii ! je m'écrie.

J'étais tellement occupée avec Oliver que j'avais perdu la notion du temps. Mais ce grand rond violet plein de points d'exclamation... Cynthia rentre à la maison !

Cynthia m'a téléphoné à son arrivée hier soir. On n'a pas pu se parler longtemps ; j'entendais de l'agitation derrière elle, et Mme Crowley qui l'appelait pour qu'elle l'aide à déballer les bagages. On a convenu qu'elle viendrait dormir à la maison et on a raccroché. On se racontera tout ce soir... Je me prépare pour une nuit blanche !

Pour ajouter à ma bonne humeur, un groupe de touristes qui visite les phares du Maine arrive juste après que j'aie ouvert. Ça fait vingt billets de vendus, et je suis prête à parier qu'ils vont s'acheter des souvenirs et peut-être même manger au café. Ils envahissent les étages et le rez-de-chaussée du phare.

Après environ une heure, je note dans le registre le nombre de magnets (quatre) et de cartes postales (quinze) que j'ai vendus. Maintenant que la majeure partie du groupe est dans le café, tout est si calme que j'entends la conversation qui flotte jusqu'à moi depuis la salle d'exposition dans mon dos.

– Il n'y a pas grand-chose à voir, dans celui-ci, dit un homme.

– C'est sûr qu'il est joli, avec ces rayures et tout, mais...

– Pourquoi fait-il partie des phares qu'on visite,

d'ailleurs ? se plaint une femme alors que le trio entre dans le hall. Il n'est pas particulièrement important.

Je repose brutalement mon stylo.

– Pas important ?

Je me lève et je m'approche des portraits de Martha Kingston et d'Abner Rose.

– Il était important pour *eux*. Elle, c'était la fille du gardien, qui avait dix-sept ans. Son père, veuf, était parti sur le continent pour acheter des provisions quand une terrible tempête s'est levée. Martha a veillé à ce que la lanterne reste allumée et a failli mourir de froid parce qu'elle a refusé de quitter la tour. Elle a dormi d'un sommeil agité à côté de la lanterne pour être bien sûre de ne pas manquer à son devoir. Malgré ses efforts, un petit bateau de pêche s'est écrasé contre les rochers, en dessous. La mer était si agitée que même s'ils avaient vu la lumière, les quelques hommes à bord ont perdu le contrôle. Elle a quitté son poste pour les aider à sortir de l'eau glacée. Un homme, Abner, est tombé malade et resté dans la tour après le départ des autres, qui sont repartis par la terre ferme pour des destinations inconnues. Martha l'a soigné. Vous avez peut-être deviné la fin de l'histoire : ils se sont mariés et ont fondé la nouvelle génération de gardiens – mais vous ignorez peut-être que Martha a été l'une des premières suffragettes du Maine. Abner la soutenait, convaincu par son expérience que les femmes sont tout aussi capables que les hommes.

Je suis lancée, à présent. Je lis à haute voix la lettre encadrée remerciant le gardien d'alors pour l'aide et l'assistance apportée en 1894, ainsi qu'une autre lettre des années 1920, écrite par un petit garçon de Cranston qui dit que, lorsque son papa est mort, il arrivait quand même à s'endormir le soir parce que la lumière du sucre d'orge géant l'aidait à se sentir en sécurité. Je termine ma lecture et je me tourne vers le trio ébahi.

– Je trouve ça plutôt important, tout ça, moi.

J'entends des applaudissements venus de l'entrée. Je fais volte-face et je piaille :

– Cynthia !

– Mandy ! s'écrie-t-elle à son tour.

On se jette dans les bras l'une de l'autre.

Du coin de l'œil, je note que mon auditoire captivé se disperse. À la manière dont ils sortent, je vois que je leur ai bien rabattu le caquet.

– Il y a d'autres souvenirs proposés au Café du Phare ! je leur lance.

– Elles étaient cool, ces histoires, dit Cynthia.

– Ce n'étaient pas des histoires, dis-je. Ce sont des faits. Des faits historiques.

– Vraiment ? Je suppose que ta mère t'a demandé de mémoriser des trucs pour les touristes.

– En fait, non. Ce n'est pas ma mère. Oliver et moi...

– Ah oui ! Le fameux garçon !

Elle saute sur mon bureau, éparpillant les documents dans lesquels je fais des recherches pour le nouveau projet d'Oliver. Je me baisse pour rassembler les papiers, en évitant les pieds ballants de Cynthia. Bizarrement, je n'ai pas vraiment envie de parler d'Oliver. Pas tout de suite.

– Il est aussi dingue que le Frappadingue ?

Je me redresse et je cherche un endroit sûr où ranger les documents. Je renonce et je les fourre dans mon sac à dos. Puis je me relève.

– Le Frappadingue n'est pas si dingue que ça.

Cynthia feint un air horrifié.

– Aïe aïe aïe. Il t'a enrôlée dans sa secte ?

C'était l'une de mes meilleures histoires au sujet du Frappadingue. Une invention dont j'ai un peu honte, maintenant.

Elle saute du bureau, me prend par les bras et me secoue.

– Oh non ! Les extraterrestres ont remplacé Mandy par un envoyé de l'espace. Qu'avez-vous fait de ma meilleure amie ?

Je la repousse en gloussant. Je tends les bras devant moi et j'arpente le hall à pas lourds.

– Pas être envoyée de l'espace, j'articule d'une voix rocailleuse. Zombie. Dois... manger... des cervelles.

Je pourchasse Cynthia en gémissant :

– Des cervelles. Des cerveeeeeeelles !

On s'écroule l'une contre l'autre sur les marches de la tour. Elle passe un bras autour de mes épaules.

– Tu m'as manqué !

– Toi aussi, tu m'as manqué.

– Vraiment ?

Elle me donne des petits coups d'épaule avec un grand sourire.

– Ou bien est-ce que tu étais trop occupée à flirter pour penser à ta bonne vieille copine ?

Je m'aperçois qu'elle ne sait pas à quel point c'est sérieux entre Oliver et moi ; elle croit toujours qu'on a juste joué à se dragouiller.

– En fait… je commence.

Elle se lève et se promène dans le hall, ramassant un objet, le reposant, feuilletant les brochures.

– Est-ce qu'un des Habitués s'est révélé intéressant ? Ou bien est-ce qu'Oliver était le seul garçon digne d'un coup de cœur, cet été ?

Je me lève et je remets en place ce qu'elle a désorganisé.

– Patti sort avec Kyle.

– Qui ?

– Il était dans la classe au-dessus de Justin au lycée. Un blond bouclé. Il travaille pour son père. Des pêcheurs de homards.

– Ah, oui ! Lui. Elle s'est donc trouvé une aventure d'été, finalement.

– Il faut croire…

– Elle va lui briser le cœur quand elle partira ? Vu qu'elle va le laisser ici et tout.

– Difficile à dire.

– Ou peut-être que c'est lui qui va lui briser le cœur.

Elle se tourne vers moi avec un rictus.

– J'espère qu'elle est toujours en mode aventures seulement / rien de sérieux, comme quand je suis partie.

– Pourquoi ?

Elle me regarde comme si c'était une question idiote et me répond sur le ton qu'on prend pour parler aux enfants – aux enfants pas très intelligents.

– Parce que dans trois semaines, ce sera fini.

Je déglutis et je me détourne, en tripotant les pages du registre. Heureusement, un gamin entre pour demander si on a des toilettes. Je l'envoie au café, et cette interruption me permet de changer de sujet.

– Comment s'est passé ton stage ? Tu as eu le premier rôle dans *tout* ?

Une étrange expression passe sur son visage ; un mélange de gêne et d'une chose que je n'arrive pas à identifier.

La porte du café s'ouvre, et une des trois personnes que j'ai régalées avec le folklore du Sucre d'Orge entre avec deux autres membres du groupe.

– Racontez-leur les histoires que vous nous avez racontées.

Elle se tourne vers ses amies.

– Elle a un vrai talent. Ça rend l'expérience tellement plus riche. Le passé prend vie.

– Euh... Je... D'accord.

Je jette un coup d'œil à Cynthia, qui incline la tête vers la porte pour indiquer qu'elle va au café. J'acquiesce, puis je me lance une deuxième fois dans ma conférence improvisée.

Enfin, le groupe s'en va et Cynthia revient.

– Eh ben, c'est toujours aussi dégueu, là-bas.

Elle flâne dans le hall.

– Tu as dû t'ennuyer à mourir.

Je hausse les épaules.

– De temps en temps.

– Sérieux ? Qu'est-ce que tu fais quand il n'y a personne ? Tu joues à des jeux sur ton portable ? Il marche, ici, au moins ?

– Je me débrouille...

Elle me jette un regard interrogateur, puis sourit.

– Je vais m'affaler dehors pour prendre un peu le soleil en attendant que tu aies fini.

– Je croyais qu'on ne se retrouverait qu'après le dîner ?

– Comment je pourrais zapper un bon moment avec ma copine avant que ma mère tombe dans la frénésie de la rentrée ?

Sans me laisser le temps de lui dire qu'Oliver vient me chercher, elle file. Bon, je voulais qu'ils se rencontrent. Il n'y a rien de mieux que le moment présent.

J'adore Cynthia de tout mon cœur. C'est la sœur que j'ai toujours voulu avoir. Je l'enviais un peu, autrefois, mais aujourd'hui, je suis carrément jalouse. Est-elle obligée d'être aussi canon sans faire le moindre effort, et aussi dénuée d'allergies ?

Je jette un coup d'œil à l'horloge, qui tourne en attendant que mes deux univers entrent en collision. Cynthia a disparu je ne sais où, mais elle sait que je finis à seize heures, ce qui est précisément l'heure à laquelle Oliver va arriver.

« Je vous en prie, appréciez-vous », je murmure comme un mantra. « Mais pas trop », j'ajoute alors que la grande aiguille arrive sur le douze et la petite sur le quatre.

Cynthia débarque dans le hall. Elle a dû rentrer chez elle, parce que, maintenant, elle porte une robe d'été bleu ciel qui va à la perfection avec son teint, ses cheveux et ses yeux, sans parler de sa silhouette à tomber par terre.

– Liberté, libertéééé ! s'égosille-t-elle.

Ça vient de la comédie musicale *1776*, dans laquelle elle a joué lors d'une fête du 4 Juillet.

– Tu es prête à partir ?

– Euh... Pas tout à fait.

Je jette un coup d'œil par la fenêtre. Ouaip, il est là. Je prends mon sac.

– Bon. Écoute, comme on devait se retrouver après le dîner...

– Je sais, je sais. Tu ne peux même pas être dans la maison pendant que ma mère prépare son ragoût de poisson.

– Eh bien, à cause de ça, j'explique alors qu'on quitte le phare, Oliver est là.

Je tire la porte et je la ferme à clé.

– Vous avez des projets ?

– Pas exactement. Il vient juste me retrouver après le boulot. Quelquefois, on va...

– Tous les jours ? demande Cynthia.

– À peu près.

On se détourne et on se met à marcher.

– Ce sera quel Rock Point, aujourd'hui ? lance Oliver.

Puis il comprend que Cynthia n'est pas une visiteuse du Sucre d'Orge et qu'on est ensemble, elle et moi.

– Ah, salut, dit-il.

– Tiens, la trouvaille du marché aux puces ! le taquine Cynthia.

– Quoi ?

Elle s'esclaffe.

– C'est là qu'on t'a vu la première fois. Au marché aux puces de la fête du Lupin.

– C'est vrai.

Il sourit.

– J'espère ne pas être un des pauvres bibelots inachetables de Mandy.

Je lui ai parlé de mes « achats par compassion ». Il pose un baiser sur ma tempe.

Je grimace, gênée. Cynthia grimace, gênée. Oliver nous regarde l'une après l'autre et s'écarte de moi. Je vois qu'il se demande ce qui ne va pas. Je me pose la même question.

– Mandy m'a raconté que tu venais de rentrer de colo, dit Oliver.

– Ce n'était pas une *colonie*, rectifie Cynthia. Je n'ai pas fait du canoë et des nœuds marins. C'était un stage de théâtre professionnel.

– Ah oui, c'est ce que Mandy m'avait dit.

On reste plantés là, mal à l'aise.

– Vous voulez… je commence.

– Et si… dit Oliver en même temps.

– Est-ce qu'on… lance également Cynthia.

On éclate tous d'un rire nerveux.

– Que quelqu'un se lance en premier, propose Oliver.

Il me prend la main.

– Qu'est-ce que tu voulais dire, tout à l'heure ? le questionne Cynthia. Quand tu as demandé « quel Rock Point » ?

– Ah, c'est une idée de Mandy. Elle considère qu'il y a plusieurs Rock Point.

– Et ils sont tous aussi barbants les uns que les autres ?

– On ne trouve pas, répond Oliver en me pressant la main.

Cynthia me regarde en haussant un sourcil.

– Eh ben. On dirait que quelqu'un a fait une belle campagne de pub pour notre pauvre petit trou paumé.

– Oh, c'est méchant, ça, commente Oliver avec un rictus. Il est cool, ce bled.

Cynthia me regarde toujours.

– Ah ouais ?

– Oh, ce n'est pas si terrible. Mais tu dois avouer, dis-je à Oliver, qu'il n'y a pas grand-chose à faire.

– On va rester plantés là à regarder cette vue qui n'a rien de palpitant, ou on va quelque part ? demande Cynthia.

– J'ai pensé qu'on pourrait continuer nos recherches à la Société d'histoire, me dit Oliver.

Son regard dérive vers Cynthia.

– À moins qu'il y ait autre chose...

– Quel genre de recherches ? veut savoir Cynthia.

– Il construit une maquette, dis-je.

– Vous n'en avez pas déjà fait une ? le questionne Cynthia. J'ai vu les photos que vous avez publiées.

– Celle-ci sera plus détaillée, explique Oliver. Je vérifie les plans par étage pour que ce soit à l'échelle et parfaitement exact.

Je suis gênée qu'il parle comme un bûcheur obsessionnel. Je sais qu'Oliver est plus intéressant et plus marrant qu'il n'en a l'air.

Cynthia me donne un coup de coude.

– Je n'arrive pas à croire que tu aies participé au défilé de bateaux. C'est tellement naze !

– Ouais, bah... En fait, c'était marrant, dis-je avec un coup d'œil à Oliver. Lexi a travaillé dessus ; je ne te l'avais pas dit ?

– Il y a aussi cette fille...

Oliver claque des doigts plusieurs fois en essayant de se rappeler son nom.

– Vicki Jensen. Elle a dit qu'elle regrettait que Mandy ne lui ait pas proposé de faire partie de l'équipage.

– Ah oui ? fait Cynthia en croisant les bras.

L'ambiance devient tendue.

– Bon, tu n'as sûrement pas envie de traîner à la Société d'histoire...

– Toi si ?

Cynthia me regarde de plus en plus comme si elle ne me connaissait pas. Je sais ce qu'elle ressent.

– Ça fait super plaisir à ma mère. Elle a arrêté de me tanner depuis que je mets le nez là-bas.

Je ne veux pas aborder le problème de la fermeture du Sucre d'Orge maintenant. La situation est déjà assez embarrassante comme ça.

Cynthia hoche lentement la tête.

– Aaah. Quelle maligne.

À présent, c'est Oliver qui me regarde d'un air interrogateur. Mais qu'est-ce que j'ai, à la fin? Je donne l'impression que la seule raison pour laquelle je fouille dans ces dossiers, c'est pour faire plaisir à ma mère.

– J'aide Oliver dans ses recherches.

Maintenant, je donne l'impression que je le fais juste pour lui.

Cynthia lui adresse un rictus.

– Il t'a vraiment endoctrinée.

– Qu'est-ce que ça veut dire? demande Oliver d'un ton peu amène.

– Oh, ne te vexe pas, dit Cynthia. Tu peux être flatté.

Il faut que ça s'arrête avant de virer à la dispute proprement dite.

– Tu veux que j'apporte quelque chose pour ce soir? je demande à Cynthia.

– Nan, dit-elle. J'ai des tas de films à rattraper. Et peut-être qu'on pourrait se faire une petite séance de relookage.

Elle tripote le bout de ma natte.

– On dirait que quelqu'un a délaissé l'après-shampooing.

Je repousse sa main.

– Je trouve que Mandy est parfaite comme elle est, observe Oliver en passant un bras autour de mes épaules. Pourquoi les filles s'imaginent que ça les rend plus séduisantes de se maquiller davantage ?

– Eh bien, Monsieur Maquettes, on aime bien exploiter notre potentiel au maximum.

Ça ne se passe pas comme je l'espérais. Les deux personnes que je préfère au monde sont ensemble (enfin, Justin aussi entre dans cette catégorie) et elles ne s'entendent pas. Du tout.

– J'admets qu'il est canon, mais sérieux, Mandy... Il est tellement... Je n'aurais jamais cru que tu craquerais pour un crétin.

– Ce n'est pas un crétin ! je proteste.

Nous sommes dans la chambre de Cynthia, où notre principal sujet de conversation est pourquoi Oliver n'est *pas* le bon pour moi. J'avoue que je m'attendais un peu à cette réaction de sa part. Il est évident qu'elle ne l'a pas trouvé particulièrement cool lors de leur bref échange. Et j'ai essuyé des remarques similaires de la part d'Oliver à la Société d'histoire, même si c'était le fait qu'elle soit « prétentieuse » et « superficielle » qui l'a dérangé. J'ai eu du mal à me concentrer sur notre brainstorming pour trouver des solutions au problème du Sucre d'Orge.

– Qu'est-ce que tu sais sur lui, en réalité ? demande Cynthia.

– De quoi tu parles ? J'ai passé pratiquement toutes mes journées avec lui ; on a traîné avec sa mère, son grand-père...

– Ah oui. *Le Frappadingue*.

– Il n'est pas méchant, en vérité.

Je grattouille une tache imaginaire sur une des colonnes de son lit à baldaquin.

– Il faut apprendre à le connaître.

– Ouais, ça risque vachement d'arriver.

Elle termine de se brosser les cheveux et saute sur le lit.

– Ce que je veux dire, c'est : est-ce que tu as la moindre idée de la vie d'Oliver chez lui ? Là où il vit vraiment. Et où il rentrera dans quelques semaines seulement.

Je regarde fixement un de ses coussins et je tripote les franges.

– Tu te souviens d'Arabella Swenson ? dit-elle.

Ce nom me glace. Bella Swenson, c'est l'histoire qu'on se raconte pour se mettre en garde contre les amours d'été avec quelqu'un qui vient de loin. Elle a découvert que le mec dont elle était dingue avait une copine là d'où il venait. Mais je me demande si c'était vraiment sérieux, sachant qu'il a fricoté avec une autre fille tout l'été.

– Il y a aussi Billy Winston, ajoute-t-elle.

La version masculine d'Arabella. Mais en pire, vu que le copain de la fille est venu passer le week-end de la fête du Travail ici, et que ce pauvre Billy les a vus ensemble aux quatre coins de la ville.

– Pourquoi tu essayes de tout gâcher ? je m'indigne.

– Je veille sur toi, déclare Cynthia.

– Eh bien ne le fais pas.

Je me lève et je m'affale sur le matelas gonflable.

– Depuis quand tu te prends pour ma chef? Je suis une grande fille.

Je ne crois pas que cet argument soit convaincant.

Le lendemain matin, Cynthia va dans la salle de bains, et je fais semblant de dormir. Je l'entends pousser de gros soupirs – ce ne serait pas la première fois qu'elle emploierait cette tactique pour essayer de me réveiller. Je me contente de me retourner, en remontant le drap sur ma tête.

Je reste allongée là à me demander quoi faire. On avait prévu de passer la journée ensemble, puisque je ne suis pas de service au Sucre d'Orge, mais je n'en suis plus très sûre, maintenant. Cynthia en a-t-elle seulement envie ? Et moi ?

– Je sais que tu es réveillée, Mandy, dit-elle. Tu fais ce truc avec les pieds quand tu es stressée.

Grillée. Quand je suis inquiète, mes pieds n'en font qu'à leur tête. Ils se cognent l'un contre l'autre, tressautent ou se tortillent. Je les ramène vivement sous le drap.

– Je suis désolée qu'on se soit disputées, reprend Cynthia.

– Moi aussi.

Je rabaisse le drap et je me redresse.

– Tu l'aimerais bien si tu le connaissais mieux.

Cynthia enroule une mèche autour de son index. C'est ce qu'elle fait quand elle est stressée, *elle*.

– Peut-être. Mais ça ne change rien au fait qu'il habite...

Je me bouche les oreilles et je chantonne :

– La la la la la.

Elle me jette un oreiller, mais au moins, elle rigole.

– OK. Pas de sermon pour te ramener sur terre. En tout cas pas ce matin.

Je descends du matelas gonflable pour grimper sur son lit.

– Ouais, on devrait au moins prendre un petit déjeuner, d'abord.

Je plisse le nez.

– Attends, ta mère fait toujours son régime santé ?

Cynthia se laisse retomber sur son lit.

– Beurk. Oui.

Je m'affale à côté d'elle.

– Dans ce cas, je suppose qu'on va sortir.

J'ai envie de dire : « Dommage qu'on ne puisse pas passer chez le Frappadingue. On aurait droit à un super petit déj'. » Mais ce n'est pas le moment d'insister.

À présent, je dois travailler sur l'attitude d'Oliver avec *elle*.

De temps en temps, au cours de l'été, les galeries des villes voisines et de la nôtre font une nocturne. Tout le monde se fait beau, et c'est comme un grand rendez-vous en ville. Quand on était petits, on se trouvait hyper chic de siroter des limonades dans des petits gobelets en plastique et de grignoter des dés de fromage piqués sur des cure-dents décorés, vêtus de nos plus beaux habits. On avait le droit de veiller plus tard que d'habitude, alors c'était vraiment spécial.

Quelques jours après la première rencontre catastrophique de Cynthia et d'Oliver, c'est la première soirée galeries de l'été. On a décidé d'y aller entre filles. Sans Oliver, sans Kyle, et Joanna a même promis de laisser son portable à la maison. Je me sens un peu mal, parce qu'Oliver n'a pas encore été à une soirée galeries. Il y avait toujours un empêchement du côté de sa mère ou de son grand-père. Mais une bonne soirée de filles me fera du bien. Et puis je ne veux pas être comme ça. Comme ces filles qui plaquent leurs amies à cause d'un garçon.

On n'a que deux galeries proprement dites, mais il y a aussi une exposition d'artistes locaux au Square, et de nombreuses boutiques restent ouvertes tard. Et comme nous sommes dans le Maine, il y a un stand de sandwichs au homard à un bout de la place et un stand qui vend tout ce qui se fait avec des myrtilles à l'autre bout. Devinez de quel côté j'envisage de flâner !

– Cynthia ! s'écrie gaiement Lexi quand on sort de la voiture de Mme Crowley devant chez Scoops.

Patti, Joanna et Vicki tournent vivement la tête dans notre direction.

Cynthia est bientôt cernée et assaillie de tant de questions qu'elle n'a pas le temps de répondre à une seule. Elle lève les mains pour faire taire tout le monde et annonce :

– Commençons par le plus urgent !

Je m'attends à ce qu'elle leur pose des questions sur Oliver et moi, ou peut-être sur Patti et Kyle, mais elle demande :

– C'est quoi, le best-of de chez Scoops ?

On éclate toutes de rire.

– On n'est pas d'accord entre nous, dit Joanna.

– Tu vas devoir tout goûter en vitesse, ajoute Patti. On va bientôt voter.

C'est bondé, chez Scoops, mais on se tasse à l'intérieur avec tout le monde. Pendant qu'on essaie de se frayer un chemin vers le comptoir, Cynthia salue quelques autres personnes. Des « ambassadeurs du goût » harassés (c'est pire qu'« hôtesse d'accueil », comme nom de poste, même si leur paye le compense sans doute) traversent la foule avec des petites cuillères en plastique pour goûter.

Cynthia et moi arrivons en tête de queue, où Patti tient un cône et une cuillère miniature. Elle la brandit.

– Pêche-noix de coco, explique-t-elle.

Elle la termine et se lèche les lèvres.

– Mmh.

Puis elle contemple son cône avec adoration.

– Mais je serai toujours fidèle au moka-pépites de chocolat.

Je tambourine sur le comptoir avec les doigts.

– Est-ce que je prends le risque de tester sablés au miel et noix de pécan dans un cône en gaufrette, ou juste une petite cuillère pour goûter ?

– Tu as déjà goûté les autres nouveaux parfums ? demande Joanna.

– On a fait quelques détours par chez Scoops avec Oliver, j'avoue avec un rictus.

– Je suis surprise que vous ayez pris cette peine, commente Vicki. Avec tous les trucs délicieux que le Frappadingue prépare. Le pique-nique du 4 Juillet était fabuleux.

Cynthia se tourne vers nous avec un cône triple chocolat à la main et un air surpris.

– Il ne fait pas de glace, j'explique avant de commander un pot sablés au miel et noix de pécan.

Il faut vivre dangereusement, non ?

– Ouh, fait Lexi en s'approchant pour prendre ma place devant le comptoir de glaces. Tu devrais lui acheter une machine à glace. Pour voir ce qu'il va inventer.

– De quoi vous parlez, les filles ? demande Cynthia.

– Le Frappadingue est un cuisinier hors pair, explique Vicki.

– Sérieux ?

– Sérieux, confirme Lexi. On a décidé qu'on pouvait continuer à l'appeler le Frappadingue parce qu'il fait une cuisine de dingue !

– Euh... Et parce qu'il est... Vous savez... un peu dingue ? demande Cynthia.

– On devrait libérer la place, dis-je en remarquant que la queue s'allonge, dehors.

On sort en file indienne.

– Mais il n'est pas dingue, dit Lexi derrière moi. Enfin, ouais, c'est un drôle de personnage, mais il nous a vachement aidés chaque fois qu'on se posait des questions en décorant notre bateau.

– Oh, Cynthia ! piaille Vicki tandis que notre groupe se reconstitue sur le trottoir. C'est tellement triste que tu aies raté le défilé de bateaux. Leur char était adorable !

Patti se met à rire.

– C'est fou ce qu'Oliver a été têtu. Je n'arrive pas à le croire.

– Il faut le croire, dis-je tandis qu'on flâne dans Main Street en direction du Square.

C'est une nuit dégagée. Il fait un temps de rêve pour une fin d'été. Suffisamment chaud pour porter une robe – et on est toutes en robe, avec un petit peu de spray anti-moustiques pour compléter la panoplie –, sans la moiteur qui rend parfois l'air déplaisant.

– Qu'est-ce que vous voulez dire ? demande Cynthia.

Lexi se tourne vers moi.

– Tu ne lui as pas raconté ?

J'ai la bouche trop gelée par ma glace pour répondre, alors je me contente de secouer la tête.

– C'était hilarant. Il a refusé de découper des trous dans la tour pour y voir quelque chose. Ça n'aurait pas été authentique, d'après lui.

Cynthia ricane.

– Pas très malin.

Je lui jette un coup d'œil, mais elle est occupée à lécher la glace qui dégouline sur son cône.

– Tu as déjà rencontré Oliver, ou pas ? demande Joanna en jetant sa serviette dans une poubelle.

– Ils forment un couple tellement mignon, ajoute Vicki.

Ma bouche se dégèle juste assez pour me permettre de sourire.

– On devrait décorer un bateau ensemble, l'été prochain ! propose Patti.

– Un bateau dans lequel on ne serait pas obligées de ramer à l'aveugle ! ajoute Lexi en riant.

– Il paraît que tu sors avec Kyle, dit Cynthia à Patti. Comment ça se passe ?

Patti affiche un sourire légèrement malicieux.

– Il a super bien... fait diversion.

– Ah, tu veux que ça reste léger, commente Cynthia.

– Exactement.

Cynthia me lance un regard entendu, que j'ignore.

– Ça va être dur, hein, qu'Oliver s'en aille bientôt, se désole Lexi.

Je lui fais un petit sourire. Je sais qu'elle apprécie sincèrement Oliver, alors elle compatit. Je hausse les épaules et j'en reste là. Je déglutis et lance gaiement :

– Alors, Cynthia, raconte-nous tout sur ton stage !

– Ouais, la superstar, tu as brisé combien de cœurs, toi ? la taquine Patti.

– Est-ce que des grands metteurs en scène de Broadway t'ont repérée ? demande Joanna.

– Tu as joué dans quoi, comme spectacles ? demande encore Lexi.

Cynthia boit une gorgée d'eau de sa bouteille.

– On n'a pas monté de spectacles entiers, explique-t-elle. On a joué des scènes des *Misérables*, de *Wicked* et de *Rent*.

– Et je parie que tu étais toujours la vedette, dit Vicki.

Cynthia baisse le menton comme si elle faisait la modeste, mais je vois qu'il y a un problème.

Je suis sûrement la seule à le remarquer, mais son sourire n'atteint pas son regard. Quand elle relève la tête, elle me regarde dans les yeux. Elle m'envoie un message : « Change de sujet. »

– On devrait aller à la foire du Maine, à Franklin, je suggère.

– Ce serait trop marrant ! approuve Vicki.

– Mais on peut amener nos copains, non ? vérifie Patti. Ce serait marrant de se rouler des pelles en haut de la grande roue.

– Oliver sera encore là ? demande Lexi.

Je donne un dernier coup de langue à ma cuillère et j'acquiesce. Je cherche des yeux une poubelle où la jeter.

– Génial, alors il pourra venir aussi, continue Patti. Kyle serait mal à l'aise s'il était le seul mec dans un groupe de filles.

Elle donne un coup de hanche à Joanna.

– Amener une version virtuelle de Sam, ça ne compte pas. En tout cas, pas pour Kyle.

– Ha ha, fait Joanna.

Elles échangent des grimaces.

Vicki glisse un bras sous celui de Cynthia.

– On dirait qu'on est les seules célibataires de la bande. On devrait se trouver des mecs à draguer. Il y a des tas de visiteurs, ce soir !

– J'ai mieux à faire que me pâmer devant des mecs, siffle Cynthia.

Elle passe un bras autour des épaules de Patti pour qu'elles forment un trio, toutes les trois.

– Je n'en ai aucun besoin, parce que je suis avec mes copines.

– Bon, c'est la soirée galeries, déclare Joanna. On devrait peut-être aller voir quelques œuvres d'art, non ?

– S'il le faut, il le faut, déclare Cynthia.

– Ouais, je boirais bien un peu d'eau pétillante, ajoute Vicki. Il y aura sûrement des boissons gratuites.

On arrive au Square et on entre dans la galerie Paterson. Joanna et Patti foncent droit vers la table des boissons, pendant que Vicki traîne Cynthia dans toutes les salles en quête de partenaires de drague.

Je repère une table chargée d'en-cas. Je me faufile parmi les amateurs d'art (ou du moins les *observateurs* d'art) pour aller prendre des biscuits salés – cette glace sablés au miel et aux noix de pécan était un peu trop sucrée. J'ai besoin de rééquilibrer ça avec du salé.

– Oui, c'est un Oliver, dit une voix qui m'arrête sur place.

Je me retourne en entendant le nom « Oliver ». Un homme un peu trop chic et une femme en longue robe d'été se tiennent devant un grand tableau qui a l'air de représenter la marina de Cranston.

– Un John Oliver, ajoute l'homme d'un ton admiratif. Ils sont rares.

– Certaines personnes disent qu'il en a détruit beaucoup après de très mauvaises critiques à San Francisco et à New York.

– Quel dommage.

La femme penche la tête pour examiner le tableau.

– Oui et non. Ce serait merveilleux qu'il y en ait plus dans le monde, bien sûr. Mais le fait qu'ils soient si rares leur donne une valeur phénoménale. J'ai réussi à récupérer celui-là lors d'une vente de patrimoine dans l'est. Il est déjà vendu. Pour une belle somme, je peux vous le dire.

Dommage que ce John Oliver n'ait pas été également gardien de phare. Ça ferait une super histoire à raconter aux touristes. Je pourrais combiner les excursions « Artistes et artisans » avec les excursions « Phares du Maine ».

– Il n'y a personne à draguer, ici, chuchote Vicki en me rejoignant avec Cynthia. Allons-nous-en.

On récupère Patti et Joanna, et on retrouve Lexi dehors.

– Ils ont installé des sculptures de Brad Ainsley sur toute la longueur de la place, dit-elle, le doigt pointé.

Je me tourne vers Patti et Joanna.

– Cool ! Vous avez vu ses œuvres ?

– Je ne pense pas, dit Patti.

Joanna secoue la tête.

– Elles sont hilarantes, commente Cynthia.

On se balade devant la rangée de sculptures. On est sur le côté du Square, près du stand de homards, quand j'en reconnais une que j'ai vue à l'exposition de la fête du Lupin.

Je la montre du doigt.

– Oh, regardez ! C'est la sculpture « bateauiste » !

Les filles rigolent pendant qu'on s'en approche.

– Bon titre, commente Lexi, tandis qu'on se place tout autour de la structure qui représente des bateaux piégés dans un tourbillon.

– Mandy ! appelle une voix familière.

Je me retourne et je vois Oliver qui fait la queue devant le stand de sandwichs au homard. Je lui fais signe et je reviens vers les filles.

– Ça vous dérange s'il vient juste dire bonjour ?

Cynthia semble contrariée, mais les autres n'y voient aucun inconvénient. Je lui fais signe de venir.

Il lève un doigt pour dire « Une minute », puis se détourne pour commander son sandwich au homard.

– Juste une seconde, je vous jure, je promets aux filles.

Oliver laisse passer un groupe de jeunes avec des T-shirts d'une université, puis traverse pour nous rejoindre.

– Salut, tout le monde ! Ne vous inquiétez pas, je n'ai pas l'intention de squatter votre soirée entre filles. Je voulais juste vous dire bonjour.

– Tu es avec ta mère ? je demande.

– Elle est à la librairie.

– Il y a quelqu'un d'autre ? demande Cynthia.

– Si tu parles de Pépé, non, il n'est pas là.

Il observe la place animée, joyeuse.

– Ce n'est pas trop son genre d'ambiance.

– Tu m'étonnes, dit Cynthia.

– Ça a l'air trop bon, ça, dit Vicki en désignant les sandwichs au homard d'un geste du menton. Je vais m'en acheter un.

Lexi et Patti l'accompagnent, pendant que Joanna part chercher quelque chose à boire.

– Tu ne veux pas apporter ça à ta mère ? demande Cynthia avec un geste en direction des mains d'Oliver, qui tiennent chacune un sandwich débordant de homard.

– En fait, c'est pour Mandy.

Il m'en tend un. Ça me soulève l'estomac.

Cynthia me regarde avec des yeux ronds.

– Tu manges du homard, maintenant ?

– Pourquoi pas ? demande Oliver.

– Parce qu'elle a horreur de ça, voilà pourquoi.

À présent, c'est au tour d'Oliver de me regarder avec des yeux ronds.

– C'est vrai ?

– Euh...

Cynthia lève les mains.

– C'est ridicule. Tu vas jusqu'à faire semblant d'aimer les crustacés pour un mec ?

Elle s'éloigne à pas lourds.

Oliver est bouche bée. Je baisse les yeux et je plante le bout de ma chaussure dans la terre.

– Euh... Je crois que je n'ai jamais trouvé l'occasion de te dire...

– On s'était mis d'accord. Tu devais arrêter de faire ça !

Exaspéré, il jette le sandwich supplémentaire dans une poubelle.

– Tu n'arrêtes pas d'en acheter sans me demander...

Il fait volte-face et pointe le doigt vers moi.

– C'est pour ça que tu les fais tout le temps tomber ! Tu n'es pas maladroite *à ce point*. Personne ne l'est. C'est parce que tu as horreur de ça.

– Eh bien, c'est un peu ça, ouais.

– Tu m'aurais permis d'économiser pas mal de sous si tu m'avais dit la vérité.

– Et moi, je me serais moins affamée.

Je lui fais un sourire timide en espérant que ma petite blague va aider.

– Tu mens à Cynthia aussi ?

OK, la petite blague n'a pas aidé.

– Sur quoi ?

– Tu fais semblant d'aimer ce qu'elle aime. D'être comme elle. Est-ce qu'il y a *une seule personne* avec qui tu es toi-même ?

Là-dessus, c'est lui qui s'en va d'un pas furibond.

Je n'arrive pas à le croire. Il ne nous reste que deux semaines et on se dispute ? C'est... C'est... Je ne trouve pas les mots pour qualifier cette situation, parce que tout ce qui me vient, ce sont des larmes.

Je cligne furieusement des paupières. Je refuse de pleurer au Square. Je le refuse. Je le refuse. Je le refuse.

– Oliver est parti ? demande Vicki en croquant une bouchée de son sandwich au homard.

– C'est cool qu'il n'ait pas essayé de s'incruster dans notre soirée entre filles, commente Joanna.

– Hé, ce n'est pas parce que Kyle bosse sur le stand de homards qu'il a essayé de s'imposer, proteste Patti. Un bisou et c'était tout !

Je déglutis plusieurs fois pour essayer de me maîtriser.

– Qu'est-ce qu'il y a, Mandy ? demande Lexi.

Je m'éclaircis la gorge.

– Ce sont mes allergies, je prétends.

– Ouais, tu es allergique aux nazes.

Cynthia surgit derrière les autres filles. Elles se retournent.

– Vous vous êtes disputés à cause de ce stupide sandwich, pas vrai ?

À présent, tout le monde se tourne vers moi. Je hausse les épaules.

– Sérieux ? demande Joanna. Pour un sandwich ?

Elle secoue la tête.

– Moi qui croyais qu'on avait des sujets de dispute bizarres, Sam et moi !

– Peut-être que c'est *vraiment* un naze, dit Patti.

– Non, dis-je. Enfin, il a eu une réaction excessive. Et il ne m'a pas laissée m'expliquer...

Je fronce les sourcils.

– Je ne comprends pas, se plaint Vicki. Comment peut-on s'énerver à cause d'un sandwich au homard ?

Je soupire.

– C'est compliqué. Ce n'est pas vraiment à cause du sandwich.

J'écarte mes cheveux de mon visage.

– Je n'ai pas envie d'en parler. Tout ce que je veux, c'est m'amuser et oublier ça. D'accord ?

Cynthia passe un bras autour de mes épaules.

– Tu te sentiras beaucoup mieux quand on t'aura acheté un beignet aux myrtilles.

J'en doute un peu. Mais ça vaut la peine d'essayer.

– Alors ? C'était *quoi*, cette histoire de sandwich au homard ? demande Cynthia.

Nous sommes dans sa chambre, prêtes à nous coucher. Je branche la pompe pour gonfler le matelas. Avec le bruit, impossible de répondre. J'ai besoin d'une minute pour décider ce que je veux dire à Cynthia – si du moins je lui dis quoi que ce soit.

Elle est allongée à plat ventre sur son lit, les bras ballants dans le vide, et tripote sa collection de tongs. J'éteins la pompe et je m'assieds, les genoux repliés contre ma poitrine. Je lui tourne toujours le dos.

– C'était toute une histoire, un peu plus tôt dans l'été.

Je soupire.

– Un truc au sujet duquel il avait raison, en fait.

Je me lève et je range la pompe sous sa fenêtre, puis je m'assieds à son bureau.

En attendant, elle se redresse et s'assied en tailleur.

– Je sais que tu ne l'aimes pas, alors ça me fait bizarre de t'en parler, je laisse échapper.

Elle fronce les sourcils.

– Mais toi, je t'aime, dit-elle finalement.

Je baisse la tête. Comment en suis-je arrivée là ? Je ne peux plus lui raconter tous mes secrets, tout ce que je ressens et pense dans les moindres détails, même si c'est bizarre, idiot ou choquant.

Elle se laisse glisser de son lit, atterrit sur le matelas gonflable et pose ses pieds sur les miens, qui s'agitent.

– Arrête ça, m'ordonne-t-elle.

– OK. Bon. Le sujet des crustacés faisait partie d'une grosse dispute parce que je n'étais pas honnête avec lui sur ce que j'aime ou pas. Tu m'as reproché la même chose.

Elle prend un air choqué.

– Ouah. On est d'accord sur quelque chose, lui et moi !

– Céleste aussi.

– Céleste Ingram ?

– Ouais, elle travaille au Café du Phare.

– Elle est au courant de votre dispute ?

Je hoche la tête.

– Pas celle du sandwich. La précédente.

Mon regard dérive vers elle, puis se détourne. Je frotte une tache de vernis à ongles sur le bureau.

– D'après Céleste, je fais la même chose avec toi. Je t'accompagne même quand je n'en ai pas vraiment envie.

– C'est vrai ?

Perplexe, elle fronce les sourcils.

– Pourquoi ce serait vrai ?

– Je... Je n'avais pas l'impression de faire ça avant qu'elle m'en parle, dis-je d'une petite voix.

Elle saute sur ses pieds et lève les mains.

– Pourquoi tu me copierais ? Je ne veux pas que tu fasses ça ! Au contraire, c'est moi qui aimerais te ressembler un peu plus !

Stupéfaite, je me lève à mon tour.

– Impossible !

– Tu as une imagination fabuleuse, délirante ! Tout le monde t'aime alors que tu ne cherches même pas à te faire aimer ! Tu...

– Qu'est-ce que tu racontes ? C'est toi la plus intéressante, la plus cool. Moi, je suis juste ton acolyte.

On se regarde avec des yeux de plus en plus écarquillés. Pile au même moment, on éclate de rire et on tombe dans les bras l'une de l'autre.

– J'ai une idée. On alterne pour être Batman et Robin, je suggère.

– Ou Aladin et le génie.

– Ou le médecin et son assistant.

Cynthia recule.

– Il faut qu'on trouve des exemples avec juste des filles.

Je ricane.

– Peut-être que les filles n'ont pas besoin d'acolytes. Elles peuvent avoir une amitié *équitable* !

On s'étreint à nouveau, puis on s'écroule sur le matelas gonflable.

– Écoute, j'aime imaginer un amour d'été, mais en réalité... Ça ne me branche pas, dit Cynthia. Comment peut-on avoir envie de s'engager dans une histoire en sachant qu'elle va se terminer ?

Sans me laisser le temps de protester, elle ajoute :

– Mais peut-être que je changerais d'avis si je rencontrais quelqu'un qui me fait autant d'effet qu'Oliver t'en fait.

Je m'apaise et elle continue.

– Je trouve vraiment qu'il entre dans la catégorie des coincés obsessionnels, mais chacun ses goûts. Ce serait bien pire si on craquait pour le même genre de mecs, non ?

– Tu as raison. Au fait, vu que je suis désormais dans une phase d'honnêteté absolue et permanente, j'ai un aveu à te faire.

Cynthia se redresse et me regarde en fronçant les sourcils.

– Oui ?

– Je ne suis pas fan des comédies musicales.

Cynthia fait semblant d'avoir reçu un coup au cœur. Elle s'écroule sur le dos en frissonnant.

– Noooooooon, gémit-elle.

Elle arrête de tressauter et ajoute :

– OK. Je te pardonne.

On reste allongées sur le dos, perdues dans nos pensées.

– Tu as raison, tu sais, dis-je doucement. Le Frappadingue est un peu dingue. Il peut être incroyablement gentil et, la minute d'après, il se met à hurler. Quant à penser au départ d'Oliver…

Ma voix se brise et j'ai les larmes aux yeux.

– Et maintenant, on s'est disputés. Tu penses qu'on va se quitter comme ça ?

Cynthia entremêle ses doigts avec les miens.

– On ne le permettra pas.

– Merci, je chuchote.

Après un nouveau silence, elle reprend :

– Moi aussi, j'ai un aveu à te faire.

Je pivote sur le côté pour pouvoir la regarder.

– D'accoooord…

Soudain, des larmes se mettent à ruisseler sur ses joues sans signe avant-coureur.

Je me redresse, inquiète.

– Qu'est-ce qui ne va pas, Cynthia ?

Elle cache son visage dans ses mains.

– C'était l'horreur.

– Quoi ?

– Le stage. C'était l'enfer. Personne ne m'appréciait, et j'ai eu les rôles les plus nuls dans tous les spectacles.

– Mais tu es la meilleure ! je proteste. Tu es meilleure que tout le monde, ici !

– C'est ça, le truc, dit-elle en s'essuyant le visage avec les mains. Au stage, on est tous le meilleur chez nous. Et il y avait aussi des gens de New York, Boston ou Los Angeles qui prenaient des cours avec des pro. Comment je pourrais être à la hauteur ? Ce que je fais ici, dans notre trou paumé, c'est complètement amateur.

Elle pousse un soupir frémissant.

– Et ils me l'ont bien fait comprendre.

– C'étaient juste des teignes, je lui assure.

Je prends une boîte de mouchoirs sur sa coiffeuse et je la lui tends.

– Tu ne t'es pas fait *un seul* ami ?

Elle se redresse et sort mouchoir après mouchoir de la boîte.

– Si, j'étais copine avec les autres nuls.

Elle s'essuie brutalement le visage.

Je me rassieds à côté d'elle et je passe un bras autour de ses épaules. J'appuie ma tête contre la sienne.

– Je suis tellement désolée. Mais écoute, tu vas continuer à bosser. Et maintenant, tu as placé la barre super haut. Tu sais ce que tu vises. Alors plus personne ne pourra t'arrêter. Et si quelqu'un essaie…

Je ferme le poing et je l'agite sous son nez.

– … il aura affaire à moi !

Elle rit. Je ris. Et tout va bien.

Le lendemain matin, maman passe me prendre chez Cynthia et, quand on arrive à la maison, Oliver est assis sur les marches, son vélo garé non loin.

– Bonjour, Oliver, lance gaiement maman alors qu'on marche vers la porte.

Oliver se lève.

– Bonjour, madame Sullivan. Salut, Mandy, ajoute-t-il avec une note d'hésitation.

Je ne dis rien. Est-il là pour m'engueuler un peu plus ? Pour rompre officiellement ?

Maman entre dans la maison, et on se retrouve seuls. Enfin, plus ou moins seuls, vu qu'on est plantés devant chez moi. Mme Jackson, la voisine d'à côté, récupère son journal dans le buisson où le livreur l'a lancé. Tonnerre, le chien de M. Martin, passe devant nous en promenant son maître.

– Tes copines t'adorent. Juste pour que tu le saches, dit Oliver.

Intéressant, comme point de départ.

– Ah ouais ?

– Ouais. Elles m'ont tendu une embuscade chez Scoops.

– Elles y sont retournées.

Il semble perplexe.

– Laisse tomber. Qu'est-ce que tu veux dire ?

– En gros, elles m'ont engueulé. Dit que j'étais un con. Que tu es la meilleure chose qui puisse m'arriver. La fille avec un accent new-yorkais…

– Joanna.

– Elle m'a souhaité de m'étouffer avec un sandwich au homard.

Je cache mon sourire. C'est tellement typique de Joanna.

– Je ne leur ai pas dit pourquoi on s'était disputés. Pas vraiment.

– Cynthia les a renseignées, je suppose.

– Écoute. Je sais que tu n'es pas fou de Cynthia, mais c'est ma meilleure amie, que tu l'apprécies ou non. Et tu n'as pas été très sympa avec elle.

– Elle n'a pas été très sympa avec moi non plus, proteste-t-il avec véhémence.

Je me passe les mains dans les cheveux, exaspérée.

– Tu m'as demandé d'être honnête, non ? Eh bien, c'est moi, ça. Je défends mon amie. Comme elle me défend, elle.

On croise les bras tous les deux et on se fusille des yeux comme si on faisait un concours du regard qui tue. Oliver craque le premier. Son corps s'affaisse comme un ballon qui se dégonfle.

– Compris.

– Je peux vous apprécier tous les deux, non ? je demande avec douceur. Même si vous ne vous aimez pas.

– Bien sûr.

Il me fait un clin d'œil.

– Théoriquement, en tout cas.

– Eh bien, c'est ma théorie, et je m'y tiens.

Je penche la tête vers la moustiquaire.

– Tu veux entrer ?

Il sourit.

– Avec plaisir.

Pendant qu'on s'installe sur la balancelle de la terrasse, j'ajoute :

– Juste pour que tu le saches : ce problème avec le homard. C'était vraiment le dernier truc dont je ne t'avais pas parlé. Je ne savais pas comment aborder le sujet, après tous ces sandwichs.

– Tu as eu de la chance. Chaque fois que tu es restée dîner, le Frappadingue a préparé *autre chose* que des crustacés.

– Je me suis posé la question.

J'y réfléchis, la tête penchée.

– Tu crois qu'il est au courant de mon aversion ?

– Tu te plains tout le temps que c'est une petite ville, répond Oliver. Peut-être que tout le monde est au courant. Tout le monde sauf moi, je veux dire.

– Tu viens d'ailleurs, je le taquine. Nous, les gens du Maine, on n'ouvre pas les vannes des ragots si facilement.

– Pas pour les étrangers, en tout cas.

Il touche ses oreilles avec précaution.

– Mes oreilles m'ont brûlé toute la soirée d'hier.

Je lui tape le bras en riant.

– Tu te prends pour le nombril du monde ?

Puis je replie les jambes et me blottis contre lui.

– OK, vu qu'on se dit toute la vérité et rien que la

vérité, maintenant, ouais, tu étais clairement un de nos principaux sujets de conversation.

Il pose une main sur ma jambe et l'autre sur le haut de la balancelle. Avec un pied, il nous balance doucement. On pousse tous les deux de longs soupirs comblés.

Bien que Cynthia m'ait fait flipper en évoquant la possibilité qu'Oliver ait une copine en Californie, je n'y crois pas un seul instant. Pour commencer, je ne pense pas qu'il me reprocherait autant de ne pas être honnête s'il avait ce genre de secret. En plus, je le connais. Je le connais *vraiment*. Peut-être même mieux que je ne me connais moi-même, vu que j'essaie encore de trouver comment être moi, tout simplement.

Je sais encore une chose.

Je l'aime. Vraiment, sincèrement. Je l'aime. Simplement et sans réserve.

Et, plus choquant, étant donné mon manque de confiance en moi habituel : je sais qu'il m'aime aussi.

Ce n'est pas un souhait. Ce n'est pas un espoir.

Je le *sais*.

Je sais aussi qu'il s'en va. Chaque fois que j'y pense, mon cœur se serre. Mais je reste concentrée sur les petites choses. Le présent. Cet instant précis.

Et c'est pratiquement parfait.

– La dernière fois que je suis allée à la foire du Maine, j'avais... à peu près votre âge, dit la mère d'Oliver.

Alice emmène Oliver, Cynthia et moi à Franklin pour y retrouver Patti et Kyle, Lexi, Joanna et Vicki. Je suis assise sur la banquette arrière avec Cynthia. Je ne sens que trop bien les tensions entre elle et Oliver, même s'ils font semblant qu'elles n'existent pas.

Du coup, l'ambiance est bizarre, pendant le trajet.

– Et vous, les filles ? Vous y allez chaque année ?

Alice nous regarde dans le rétroviseur.

– Quand on était petites, oui, répond Cynthia.

La foire du Maine, c'est le genre de chose qui est super marrant quand on est môme, et génial quand on est grand et qu'on peut assister aux spectacles nocturnes. Mais quand on n'a pas de copain ni de permis de conduire, c'est moins irrésistible. Cynthia n'était pas emballée par cette sortie, mais elle veut voir Joanna et Patti avant qu'elles rentrent chez elles.

– Ça va être marrant, dis-je en espérant avoir raison.

La foire s'installe au même endroit tous les ans depuis les années 1890. Au centre, il y a des jeux et de délicieuses cochonneries à manger. Il y a aussi une piste pour les courses de tracteurs, un spectacle de danses amérindiennes, un défilé de voitures dément (je suis soulagée qu'Oliver ne soit pas au courant de ça, il nous aurait imposé une décoration délirante à construire en quarante-huit heures !), des vendeurs, un zoo où on peut caresser les animaux, des expos de l'association de jeunes ruraux et des tas de manèges.

– C'est vraiment sympa de nous y conduire, dis-je à Alice alors qu'elle tournicote dans le parking bondé.

Des camions et des camping-cars entourent le grillage drapé de banderoles qui annoncent la foire et diverses attractions. Oliver, Cynthia et moi sortons de la voiture. Oliver se penche par la vitre.

– Merci, maman.

Elle jette un coup d'œil à sa montre.

– Ça vous va si je viens vous chercher à dix-neuf heures ? On peut se retrouver...

Elle parcourt le parking du regard.

– ... devant ce lampadaire dans le coin.

Elle regarde son portable sur le tableau de bord.

– Apparemment, il y a beaucoup de réseau, par ici, alors s'il y a le moindre problème...

– Je sais, dit Oliver.

Il tapote la voiture et elle s'en va.

Et je me retrouve plantée entre mon petit ami et ma meilleure amie. Qui ne sont pas exactement fans l'un de l'autre.

– On devrait chercher les autres, dis-je.

J'imagine que plus on est de fous, plus on rit.

Comme prévu, les filles (et Kyle) sont juste de l'autre côté de l'entrée. On achète nos billets (Oliver m'offre le mien ; trop mignon !), et Oliver se met aussitôt à examiner le plan et le programme. Rien d'étonnant. Sa concentration totale (ou « complétiste » ?) me donne l'occasion de papoter avec les filles pour décider ce qu'on a envie de faire d'une manière bien moins scientifique et organisée qu'Oliver.

Quand il lève le nez de ses papiers, tout le monde s'est dispersé.

– Où sont-ils tous partis ? demande-t-il.

– Ne t'inquiète pas. On a fait des plans et des plans de secours.

Chacun a une stratégie différente pour une journée à la foire du Maine. Patti a tout le temps faim, semble-t-il, alors elle a commencé par entraîner Kyle vers les stands de nourriture de l'allée centrale. Cynthia ne mange jamais avant d'avoir fait un tour dans les attractions qui défient les lois de la gravité et vous retournent l'estomac, c'est donc là que Vicki et elle ont tout de suite filé. Lexi et Joanna aiment les jeux de foire, même s'ils semblent tous truqués.

Et moi ? J'ai tout autre chose en tête.

Oliver fait mine de bouder.

– Et pourquoi on ne m'a pas consulté ?

Je lui souris et je glisse mes bras autour de sa taille.

– Tu t'es plaint des efforts que ça représentait de devoir trouver des choses à faire tout l'été. Aujourd'hui, c'est moi qui dirige les opérations !

Il fait une boule avec le plan et le programme, qu'il jette en l'air avant de les rattraper.

– Je m'en remets entièrement à toi.

– Vraiment ?

Je passe mes mains dans son dos.

– Tu es sûr que ça ne te dérangera pas ?

– Oh, ça, j'en suis sûr.

Il se penche vers moi et effleure mes lèvres du bout des siennes.

– J'aimerais même que tu ne me lâches plus jamais, dit-il d'une voix suave.

Je baisse vivement le menton pour fixer mes baskets bleu vif. Les yeux pleins de larmes, je me cramponne à l'arrière de son T-shirt en les suppliant de disparaître. Il m'attire plus près de lui, ses bras remontent sur mes épaules et sa tête se pose contre la mienne. Je suis totalement enveloppée, et tout empire et s'améliore à la fois.

– Je sais, dit-il d'une voix tremblante. Mais on ne peut pas... s'attarder là-dessus.

Je ris et je m'essuie le visage en brisant le cercle qu'il a formé autour de moi.

– Ne t'attarde pas là-dessus. C'est exactement ce que je me répète tout le temps.

Je repousse doucement sa poitrine, et il recule en chancelant.

Il me regarde avec surprise.

– Quoi ? demande-t-il, blessé.

– Je m'en sortais tellement bien ! je me lamente. J'évitais de ressasser. De réfléchir. Je me contentais... d'exister. Et ensuite, il a fallu que tu sois tellement adorable et...

Il attrape une de mes mains au vol et l'attire vers sa poitrine.

– Tu as été formidable. Sans doute bien mieux que moi.

– Vraiment ?

Je le regarde en plissant les paupières. On a cette conversation hyper intense et personnelle à l'entrée de la foire du Maine à midi. Enfin, c'est comme ça. Au moins, on est entourés d'inconnus, pas de voisins.

Il hoche solennellement la tête.

– Vraiment.

– C'est mal que je sois heureuse que tu aies autant de mal que moi à l'accepter ?

Il sourit.

– Très mal.

Il me donne un énorme baiser ridicule, assorti d'un *smack* sonore. Je le repousse en gloussant.

– Viens.

Je lui prends les mains et je marche à reculons pour pouvoir l'entraîner dans la bonne direction.

– Il y a un truc que je veux faire en premier.

– Bah, c'est toi qui décides. Je te suivrais n'importe où.

Je me cogne contre une poubelle.

– Sauf peut-être là-dedans, plaisante-t-il.

– Très drôle.

Je me retourne et on marche côte à côte, la main dans la poche arrière de l'autre.

On flâne au milieu de la foule en humant les odeurs de friture et, quelque part en dessous, les senteurs de foin et d'animaux. On passe devant les attractions à sensation pendant que j'emmène Oliver dans la zone où les attractions plus calmes, plus douces, sont installées.

– C'est là qu'on va ? demande Oliver quand j'achète des tickets pour le manège.

– Même si on ne fait rien d'autre de la journée, dis-je, je veux absolument qu'on fasse ça.

Il secoue la tête et me fait ce sourire en biais qu'il

affiche quand il me suit pour me faire plaisir, mais ça ne me dérange pas.

La musique métallique du manège ralentit tandis qu'il s'arrête. Je désigne les chevaux.

– Choisis-en un, dis-je lorsqu'on grimpe sur la plate-forme.

Il déambule parmi les chevaux, les poteaux et les chars, et finit par opter pour un cheval brun clair avec une crinière et une queue brun foncé. Il lui tapote la croupe.

– Salut, Pistolet, dit-il.

Il saute en selle.

– Recule un peu, dis-je.

J'attrape le poteau et, d'une manière hyper maladroite, je réussis à m'installer devant lui. On ne tient pas vraiment, mais ce n'est pas grave. Oliver enroule les bras autour de moi et pose son menton pointu sur mon épaule. C'est la troisième scène imaginaire de mon film romantique de juin. Et maintenant, ça se passe en vrai. Comme tout le reste. C'est peut-être même encore plus vrai que tout ce qui s'est passé dans ma vie jusqu'à présent.

– Mais pourquoi j'ai mangé ce dernier chichi ? gémit Patti.

Elle se tient le ventre, assise sur le trottoir. Des flots de gens se déversent dans le parking – des familles avec enfants qui s'en vont, des adolescents et des adultes qui arrivent – pendant qu'on attend la mère d'Oliver.

– Tu ne vas pas vomir dans ma voiture, j'espère? demande Kyle, nerveux.

– Tu dois être contente de rentrer avec nous, je chuchote à Cynthia.

– Tu m'étonnes.

– Tu es sûre que tu le veux? me demande Oliver, brandissant un homard en peluche qu'il a gagné au lancer d'anneaux. Ou bien est-ce que ton aversion pour les crustacés s'étend aussi aux jouets?

– Euh... Tous les gamins du Maine en ont un, je réponds. Garde-le.

Lexi et Joanna dévorent leur épi de maïs grillé, pendant que Cynthia tripote ses ridicules lunettes de soleil à paillettes géantes. Elle les remonte sur le haut de sa tête.

– Je trouve qu'elles sont mieux en tiare, pas vous?

– C'est clair, approuve Vicki.

Elle porte les mêmes lunettes insensées.

– Vous n'êtes pas obligés d'attendre que ma mère arrive, lance Oliver.

– Mais si, dit Kyle. On ne mange pas dans la voiture. Mon père me tuerait, sinon.

Il agite un doigt sous le nez de Patti.

– Et interdiction de vomir.

– Je ferai de mon mieux, répond Patti en se levant.

– La voilà, dit Oliver en désignant la voiture argentée qui s'approche.

Il fait signe à sa mère de s'arrêter, et on dit au revoir au reste du groupe. J'entends Kyle demander nerveusement à Patti si elle est vraiment prête à monter dans un véhicule en mouvement au moment où je me glisse à l'arrière après Cynthia.

– Vous vous êtes bien amusés ? demande Alice en ressortant du parking.

– Ouais, dit Cynthia avec une touche d'étonnement.

– On n'est pas arrivés jusqu'à l'expo de l'association de jeunes ruraux, dis-je à Oliver. J'espère que ça ne chiffonne pas trop ta sensibilité de complétiste.

– Sa quoi ? demande Alice.

Tandis qu'on s'éloigne de Franklin, je lui explique la notion de complétisme. Alice acquiesce en riant. Cynthia se contente de regarder les rues défiler.

Une fois qu'on est sur l'autoroute, Oliver demande :

– Et toi, maman, qu'est-ce que tu as fait toute la journée ?

– En fait, je suis enfin allée voir le phare. Il est vraiment charmant.

– Oliver a drôlement bien réussi le Sucre d'Orge Junior, pas vrai ? dis-je.

– C'est sûr.

Alice sourit à son fils. Si elle n'était pas en train de conduire, elle lui aurait sans doute ébouriffé les cheveux.

Alice prend la sortie suivante, et on se retrouve en terrain plus familier, plus boisé.

– Que va faire ta mère, maintenant que le phare doit fermer, à ton avis ? demande-t-elle.

Oliver me jette un coup d'œil par-dessus son dossier, puis se tourne vers sa mère.

– Comment tu le sais, maman ?

– Nous en avons pas mal discuté, elle et moi. Elle sait que je suis dans la finance, alors nous avons réfléchi à des possibilités stratégiques.

– En fait, ma mère ne m'en a pas parlé, j'avoue. Oliver et moi l'avons découvert par accident.

– Le Sucre d'Orge va fermer ? demande Cynthia. Il n'a rien d'extraordinaire, mais c'est la seule chose qui attire des touristes dans notre trou paumé. Pourquoi le fermer ?

Le ton qu'elle a employé m'indique qu'elle est surprise, mais que ça n'a pas grande importance pour elle.

– Il n'y a pas assez d'argent pour l'entretenir, explique Alice. Le problème, c'est qu'une entreprise comme celle-là ne peut pas vivre seulement de l'activité économique de l'été. Il y a trop de compétition.

Son regard croise le mien dans le rétroviseur.

– Je sais que le Sucre d'Orge est très spécial pour vous, mais vous devez trouver une façon de le rendre spécial pour les autres. Le seul moyen pour que ça marche, ce serait qu'il rapporte des bénéfices toute l'année. Pour ça, il faut que les gens d'ici le soutiennent, et pas seulement avec des collectes. Sans parler de la grosse rentrée d'argent qui sera très bientôt nécessaire.

– Il y a la vente aux enchères de la fête d'Adieu à l'Été, dis-je avec espoir.

– Le moindre centime de la vente aux enchères de

cette année devra être affecté aux factures existantes. Il ne restera plus rien pour la saison prochaine. D'ailleurs, ce ne sera peut-être même pas assez pour payer ce qui est déjà dû.

Je ferme les yeux.

– On ne peut pas les laisser le fermer, je murmure.

Je sens Cynthia me tapoter la main. À ma grande surprise, elle me glisse :

– On va trouver quelque chose. On trouve toujours.

– Je déclare ouverte la première séance de l'opération « Sauvez le Sucre d'Orge », dis-je.

On n'est pas dans la bibliothèque, parce que je ne veux pas que maman nous entende. Elle ne nous a toujours pas parlé de la fermeture, et puis je ne voudrais pas qu'elle soit déçue si on ne trouve pas de plan. Mais on a besoin d'Internet, alors on est sur un banc à proximité. Oliver et moi sommes assis dans l'herbe avec Lexi. Cynthia, Céleste et Vicki partagent un banc avec Justin, qui est sur Skype.

Je présente le problème. Tout le monde est sous le choc, bien sûr, mais personne n'a d'idées.

– Je ne sais pas si quelqu'un pourrait la vouloir, lance Oliver, mais je vais donner la maquette de la maison du gardien sur laquelle je travaille pour la vente aux enchères et pas au marché d'art.

Je lui fais un sourire radieux.

– Merci.

– Qu'est-ce qui pourrait attirer plus de touristes ? demande Vicki.

– Pas juste des touristes, dit Justin depuis mon ordinateur portable. La mère d'Oliver estime qu'il nous faudrait plus de visiteurs toute l'année.

Je balaie le Square du regard. Les gens entrent et sortent des magasins.

– Ils restent bien ouverts toute l'année, eux. Pourquoi le Sucre d'Orge ne pourrait pas en faire autant ? je demande en désignant Main Street d'un geste.

– Dommage que la cuisine du café soit si mauvaise, commente Céleste.

– En fait, ce serait peut-être plus logique de fermer le café pour économiser de l'argent, dit Justin. Il coûte sans doute plus d'argent qu'il n'en rapporte.

Je note ça dans mon carnet parmi les suggestions à faire.

– Les gens aiment bien les copies et les restaurations, dit Lexi. On pourrait peut-être reconstituer le Café du Phare comme il était dans les années 1880.

– Ça coûterait sûrement beaucoup d'argent, dis-je – mais je note cette idée aussi.

Je tapote mon menton avec mon stylo en essayant de me rappeler ce qui a le plus marqué les visiteurs.

– Les histoires, dis-je.

– Les histoires ? répète Céleste.

– C'est ça qui peut rendre le Sucre d'Orge spécial, j'explique. Les histoires.

– Génial ! approuve Oliver, comprenant déjà où je veux en venir.

– Comme celles que tu as racontées à ces touristes l'autre jour ? demande Cynthia.

Je suis tout excitée.

– Mais en mieux ! On... On les joue ! On les relie à des jours fériés ! On propose des histoires basées sur des faits historiques et aussi des histoires inventées !

– À partir des archives ! ajoute Cynthia.

Oliver s'esclaffe.

– Ouais, vos archives à vous *et* celles de la Société d'histoire !

– Ça pourrait marcher, dit Justin. Un truc que les gens d'ici peuvent faire toute l'année.

– Tout le monde essaie tout le temps de trouver des choses à faire avec leurs gamins, renchérit Vicki. Je suis bien placée pour le savoir. Je fais beaucoup de babysitting, et il n'y a pas tellement de choix.

– Des groupes scolaires aussi, ajoute Céleste. Je me souviens de sorties à Cranston pour faire des trucs de ce genre. Pourquoi pas ici, à Rock Point ?

À chaque idée, je hoche la tête.

– Ensuite, peut-être qu'on voudra que le café reste ouvert, continue Céleste. Pour qu'ils aient un endroit où déjeuner.

– Je vais demander à tout le club de théâtre de jouer dedans, propose Cynthia.

– Mais tu seras toujours la vedette, je lui promets.

– Je pourrai construire tout ce dont on aura besoin, dit Lexi.

Oliver fronce les sourcils.

– Quoi ? je lui demande.

Tout le monde est si emballé. Pourquoi a-t-il l'air si morose ?

– Tu ne trouves pas que c'est une bonne idée ?

– Moi aussi, je veux aider, dit-il. Mais tout ça, ça se passera une fois que...

Il s'interrompt et secoue la tête. Puis il pose la main sur la mienne et sourit.

– C'est bien.

Il se sent exclu. Le Sucre d'Orge compte beaucoup pour lui aussi.

– Tu peux nous aider à rédiger une présentation du projet. L'expertise de ta mère nous serait super utile ! Ensuite, on la donnera à ma mère pour qu'elle l'apporte à la prochaine réunion.

– Il faut encore trouver un moyen d'amener de l'argent *maintenant*, cela dit, tempère Lexi.

– Au moins assez pour que ça reste ouvert le temps de mettre toutes ces idées en place, dit Justin.

– Ouais...

Je regarde ma liste. Elle n'est clairement pas assez longue.

– Dans mon lycée, ils font des ventes aux enchères pour lesquelles les gens offrent non seulement des objets, mais aussi des services, intervient Oliver. Des massages, des cours de danse, tout ça. Vous pourriez peut-être faire un truc du même genre ?

– Le Frappadingue devrait offrir ses services de traiteur, dit Lexi. Je pense encore à ses sandwichs du 4 Juillet.

– Et à ses cookies, j'ajoute. Mmmmh.

– Malheureusement, ça m'étonnerait qu'il accepte, dit Oliver en riant. Mais je peux toujours essayer, je suppose.

– Écoutez, c'est un bon début, déclare Justin à l'écran. Mais il faut que j'aille en cours.

Il se déconnecte. Je tends le bras pour fermer mon ordinateur.

– Bon, je pense qu'on a terminé pour le moment. Mais continuez à réfléchir.

– Promis !

– Bien sûr !

Lexi, Vicki et Céleste s'en vont, me laissant avec Cynthia et Oliver.

– Tu sais quoi, je suis un peu étonné que tu participes à cette histoire, dit Oliver à Cynthia. Sachant ce que tu penses...

– Même si le phare n'est pas important pour moi, réplique Cynthia, froissée, ça ne veut pas dire que je me fiche de ce qu'il devient. Surtout qu'il est super important pour les gens que j'aime le plus.

Oliver écarquille les yeux et répond :

– Désolé. J'ai eu tort.

Il baisse la tête et regarde ses mains jointes.

– C'est d'autant plus chouette que tu t'impliques.

Cynthia nous observe alternativement et sourit.

– On fait la paix ?

Il relève la tête avec un sourire et écarte la mèche qui lui tombe devant les yeux.

– On fait la paix.

On est à fond sur l'opération « Sauvez le Sucre d'Orge ». Céleste et Cynthia s'occupent d'obtenir des dons pour la vente aux enchères. À elles deux, elles forment un duo hyper persuasif : elles sont belles et, avec l'énergie et le charisme de Cynthia, comment pourraient-elles échouer ? Oliver a presque terminé sa petite maquette de la maison du gardien à donner pour la vente et, avec Justin, ils mettent au point la présentation qu'Oliver devra donner à sa mère. Vicki demande aux parents des gamins qu'elle garde ce qui pourrait les attirer au phare. Et moi, je fais un peu de tout.

Pour le moment, au cas où notre plan ne marcherait pas, on ne dit rien à ma mère. Qui n'a toujours pas mentionné cette NOUVELLE EXPLOSIVE : la fermeture du Sucre d'Orge.

Aujourd'hui, je suis à nouveau dans le grenier, en train de fouiller dans les dossiers du Frappadingue pour Oliver. Il a décidé de reproduire la maison de l'année où la fille du gardien, Martha Kingston, a sauvé Abner Rose. Il a choisi ça parce que, comme moi, ils lui font penser à nous : réunis par le Sucre d'Orge. On va aussi rédiger l'histoire, dans une police de caractères élégante, et l'imprimer sur un papier épais pour la joindre à la maquette. Je farfouille en quête de tout ce qui pourrait être utile. On a déjà regardé tout ce qui concernait ce récit à la Société d'histoire.

Je sors un gros dossier qui semble plein d'articles et de photos potentiellement utiles. Je m'approche de la fenêtre pour avoir plus de lumière et là, je trébuche sur quelque chose – ce qui n'a rien d'étonnant. Le dossier m'échappe des mains et disperse des papiers partout.

– Génial, je marmonne.

Je me mets à quatre pattes sur le plancher poussiéreux et je commence à ramasser les feuilles. Je rampe sous une table contre laquelle des tableaux sont appuyés, en espérant ne pas les faire tomber.

Je tends la main vers un article intitulé « Ces femmes qui ont éclairé le chemin », qui pourrait contenir des informations sur Martha Kingston. Puis je m'immobilise, la main en l'air.

Je regarde un tableau – enfin, une partie de tableau – dont la face peinte est tournée vers la table. L'image et la signature. Une signature qui me rappelle quelque chose.

John Oliver.

Je ressors à quatre pattes de sous la table et je me faufile entre le canapé aux ressorts distendus et le fauteuil qui n'a plus de housse. J'arrive devant les tableaux. Ils sont tous tournés vers la table.

Avec prudence, une graaaaande prudence, je dégage les tableaux et je les fais glisser vers un endroit que j'espère sans danger. Je ne regarde pas les autres ; je veux retrouver ce John Oliver.

J'inspire à fond avant de le retourner. Est-il possible que Framingham le Frappadingue possède un de ces précieux tableaux de John Oliver ? Pourquoi l'aurait-il entassé parmi d'autres dans le grenier ?

Je le retourne et je sursaute. Je vais jusqu'à reculer un peu, chancelante. Heureusement, je ne me cogne pas dans quelque chose qui pourrait tomber.

– C'est impossible... je murmure.

J'ai sous les yeux une image qui m'est très familière. Le Sucre d'Orge. Dans la brume.

La fameuse image de la carte postale vendue dans tout le Maine. Celle que j'ai vendue tout l'été.

– J'avais raison ! je m'exclame.

Sur ce tableau – l'original dont on a tiré la carte postale –, on aperçoit la proue d'un bateau. Le bateau à bord duquel l'artiste se trouvait lorsqu'il l'a peint. L'image a été recadrée. On a coupé ça et la signature avant d'en faire une carte postale.

Je secoue la tête plusieurs fois. Je n'en crois pas mes yeux. Je me retourne pour regarder les tableaux qui étaient posés devant celui-ci, et ma mâchoire se décroche. Ils sont *tous* signés John Oliver.

Un déclic se fait dans ma tête, et je me sens tellement vacillante que je m'écroule carrément sur le plancher.

– Tu cherches quelque chose en particulier ?

Le Frappadingue se tient sur le seuil du grenier.

Comment fait-il pour me surprendre aussi facilement ? Je redresse vivement la tête.

– C'est vous ! Vous êtes John Oliver. Comment se fait-il que personne ne le sache ?

Il fronce les sourcils et entre dans le grenier. Sa grimace s'amplifie quand il voit que je suis assise au milieu de ses tableaux.

– Je ne veux pas qu'on le sache. Et tu ne le répéteras pas.

Je me redresse avec prudence et je le regarde, effarée.

– Mais il y a forcément quelqu'un qui le sait : cette carte postale est vendue dans tout le Maine !

– Virement automatique. Sur un compte à Boston.

– C'est votre vrai nom, Framingham ?

Utilisait-il un pseudonyme depuis tout ce temps ?

Un petit sourire danse sur ses lèvres.

– Mon nom complet, c'est John Oliver Framingham.

Je regarde le tableau.

– Pourquoi vous le cachez ici ? Il est tellement beau.

Il s'arrête. Manifestement, il n'a pas envie de s'approcher plus près. Il s'appuie contre une vieille commode.

– C'est celui qui m'a fait connaître. La mère d'Oliver était trop jeune pour s'en souvenir. Je ne la laissais jamais entrer dans mon atelier à cause des produits. Je suppose que j'ai ce qu'on appelle une relation d'amour-haine avec ce tableau. Il m'a amené sous le feu des projecteurs, mais ensuite, il m'a piégé dans une niche : tout le monde me commandait des phares. J'ai dû quitter le Maine, trouver d'autres paysages, d'autres sujets. Certains ont fonctionné. Mais la plupart, non.

J'examine le tableau.

– Vous l'avez peint d'après une photo que vous avez prise de votre bateau, du côté de Cranston.

Il acquiesce.

Je réfléchis, les sourcils froncés.

– C'est pour ça qu'aucun de vos tableaux récents n'est signé. Vous ne voulez pas qu'on le sache.

Il acquiesce une fois de plus.

– Mais c'est tellement triste ! Ils sont... C'est du gâchis de les laisser ici.

Je me tourne vers les tableaux.

– Si j'étais capable de peindre aussi bien, je voudrais que tout le monde le sache. Je les accrocherais dans toute la maison pour pouvoir les voir.

– Tu n'es pas moi.

Je lui jette un coup d'œil et je vois de la douleur gravée sur son visage.

Il fait un pas vers moi, comme s'il avait un peu moins peur des tableaux, à présent.

– Ils datent d'une époque où... Bah, disons juste que je ne suis pas très fier de l'homme que j'étais quand je les ai peints. C'était une période très égoïste. Je n'en avais pas encore conscience. Maintenant, si.

Ça doit être une allusion au fait qu'il a quitté sa famille, à tout ce qui met la mère d'Oliver en colère.

– Je regrette qu'ils vous rendent triste, dis-je doucement.

Parce que je parie qu'ils rendent un tas de gens super heureux. Rien qu'en les regardant.

– Peut-être.

Il ne semble pas convaincu. Il se frotte le visage d'une main, puis soupire.

– Bon, remettons-les en place.

Ensemble, on tire les tableaux contre la table. Je ramasse le dossier que j'ai trouvé pour Oliver et je suis le Frappadingue dehors. Quand j'arrive à la porte du grenier, je me retourne pour regarder une dernière fois le dos des tableaux.

– Je te fais confiance, petite, dit le Frappadingue avec une note menaçante dans la voix.

– Je ne le dirai à personne, je promets. Même si je trouve que vous avez tort. Complètement tort.

– Ça ne serait pas la première fois, réplique le Frappadingue avec des yeux redevenus rieurs.

Puis il fait un truc totalement inattendu. Il m'ébouriffe les cheveux, comme Alice le fait avec Oliver.

Sans me laisser le temps de réagir, il descend l'escalier. J'en reste bouche bée derrière lui.

Il y a tellement de choses en jeu pour la fête d'Adieu à l'Été de cette année que je n'ai pas le temps de penser à l'adieu à Oliver. Chaque fois que je commence à déprimer, quelqu'un me téléphone au sujet de l'opération « Sauvez le Sucre d'Orge », et j'ai un nouveau truc à faire.

C'est là que la nature pointilleuse d'Oliver devient

super utile. Il est vraiment doué pour faire des listes et il a même composé un planning avec tout ce qui doit être fait pour quand et par qui.

Ce projet nous donne une autre préoccupation que son départ imminent quand nous sommes ensemble aussi. Malgré tout, de temps en temps, je le surprends à me regarder d'un air triste ou anxieux. Je sais que mon visage reflète les mêmes tourments.

On s'est promis de ne pas en parler avant d'en avoir fini avec l'opération « Sauvez le Sucre d'Orge ». Ce qui ne nous laissera pas beaucoup de temps pour les adieux. Il part avant le week-end de la fête du Travail, comme beaucoup des Habitués qui doivent se préparer pour la rentrée ou reprendre le boulot ; bref, retrouver leur « vraie » vie. La vie dont nous ne faisons pas partie, nous, les gens de Rock Point.

Et voilà que je me remets à pleurer.

J'essuie mes larmes en prenant mon téléphone qui sonne. Cinq nouveaux textos.

– Qui a eu cette idée géniale, déjà ? je marmonne.

Ah oui. C'est moi.

– De quelle idée tu parles ? demande maman en arrivant dans la cuisine.

– Juste d'autres idées pour la vente aux enchères, dis-je.

Je lui ai raconté qu'on cherchait des contributions pour la vente, puisqu'elle doit toutes les enregistrer, sans préciser que ça fait partie d'un plan pour sauver le Sucre d'Orge.

Je repose mon téléphone.

– Cynthia et Céleste ont obtenu que le père de Kyle, M. Marcus, donne un seau d'appâts, et Mme Hughes, trois heures de cours de soutien en mathématiques. Et nous, on donne toutes des heures de baby-sitting.

Maman a les yeux brillants, et j'ai l'impression qu'elle est au bord des larmes malgré son sourire. Elle vient vers moi et pose un baiser sur le haut de ma tête.

– Je trouve ça fabuleux que vous nous aidiez, toi et tes copains, cette année. Je te l'ai déjà dit ? C'est si précieux. J'espère juste...

Quand elle s'interrompt, je lève les yeux. Elle cligne rapidement des paupières. Ah.

– Tu espères quoi ?

Elle secoue la tête et s'approche de l'évier.

– J'espère que tu ne t'épuises pas avec ça en plus de tout ce que tu fais déjà.

– Tout va bien, c'est cool.

Et curieusement, c'est vrai. Je pense que j'ai peut-être le gène pointilleux, moi aussi. C'est un régal de coordonner tout ça. D'après Cynthia, c'est pareil avec les spectacles : ça demande énormément d'organisation, mais tout le monde travaille en équipe, alors c'est sympa et on peut être fier du résultat. J'espère que j'aurai ce sentiment après-demain. On ne saura qu'à ce moment-là si on a vraiment réussi à sauver le Sucre d'Orge.

Le problème, c'est que, malgré les articles supplémentaires pour la vente aux enchères, Alice pense qu'on ne récoltera pas assez d'argent pour faire une différence au regard de la somme nécessaire.

Maman attaque la vaisselle du petit déjeuner. Oups. J'étais censée m'en charger ce matin, parce qu'elle a dû filer à une réunion. Je me lève d'un bond et je la rejoins devant l'évier.

– Pardon, maman.

– Nan, c'est pas grave. Tu as travaillé dur. Tu mérites une petite pause.

– Tu es sûre ? Toi aussi, tu as travaillé dur.

Vingt-quatre heures sur vingt-quatre, en fait.

– Oui, je trouve ça apaisant. On n'a pas besoin de réfléchir, c'est agréable.

Elle me jette un coup d'œil.

– Tu as des projets avec Oliver, aujourd'hui ?

– Je passerai peut-être le voir plus tard. Il termine sa maquette de la maison du gardien.

Mon portable vibre. Je retourne près de la table. Encore un texto de Justin. *Présentation terminée.*

L'eau cesse de couler et je sens que maman m'observe.

– Mandy... commence-t-elle avec douceur.

Je devine au ton qu'elle emploie que c'est une conversation à éviter. Surtout maintenant. Il s'agit ou bien de sa confession au sujet de la fermeture du Sucre d'Orge, ou bien d'un truc sur le départ d'Oliver. Je n'ai pas envie d'aborder la première parce que peut-être que tout ira bien. Et je ne veux pas aborder la seconde parce que... Parce que.

Je brandis mon portable.

– Il faut que je réponde à ce message par e-mail, dis-je – et je quitte précipitamment la cuisine.

Dans ma chambre, j'envoie un message à Justin pour lui dire d'envoyer la présentation à Oliver *et* moi, vu que la connexion d'Oliver est très incertaine.

Je lis la présentation. Elle est super, mais il y a un gros problème. Ce ne sont que des idées pour soutenir le Sucre d'Orge une fois que les réparations auront été faites et les factures réglées. Rien de ce qu'on propose ne peut avoir lieu sans une grosse rentrée d'argent avant toute chose.

Je m'adosse contre ma chaise de bureau et je fais tournicoter mon stylo en réfléchissant. Petit à petit, une idée commence à prendre forme. Une idée si parfaite – et parfaitement scandaleuse – que je jette mon stylo et que je quitte la maison en courant avant de me dégonfler.

Je pédale jusque chez le Frappadingue en un temps record. Je saute de mon vélo et je l'entends tomber par terre avec fracas, mais je m'en moque. Deux secondes plus tard, je tambourine à la porte.

Oliver vient ouvrir.

– Salut ! dit-il avec un grand sourire. Tu veux...

Je l'interromps :

– Il faut que je parle à ton grand-père.

Si j'attends une seconde de plus, je n'aurai plus le courage de faire ce que je suis venue faire.

– En privé, j'ajoute.

Il recule, sans doute saisi par la puissance de ma détermination. Il est si surpris qu'il ne pose pas de question ; il se contente de pointer le doigt vers la cuisine en disant :

– Dans le cabanon.

Je cours dehors et je trouve le Frappadingue en train de faire quelque chose avec la grande collection d'outils de son cabanon. Je sais qu'il n'aime pas être dérangé et, si je le mets en colère, il risque d'autant plus de me dire non, mais on n'a pas le temps de tergiverser.

Je joue si gros, pour maman, pour Rock Point, que les mots sortent tout seuls.

– Le tableau du Sucre d'Orge, dis-je. S'il vous plaît. Est-ce que vous seriez disposé à le vendre ?

– Quoi ?

Le Frappadingue me regarde comme si une deuxième tête venait de me pousser à côté de la première.

– Pendant la vente aux enchères. Pour sauver le phare.

Il hoche la tête.

– Ouais, Alice et Ollie m'ont dit que le phare devait fermer. C'est navrant, y a pas de doute.

– Mais on peut l'éviter ! Avec Oliver, mes amis et mon frère, on essaie tous de trouver des idées. Mais aucune de nos idées ne marchera sans quelque chose de radical.

– Et mon tableau aurait un rôle à jouer là-dedans ?

– Un John Oliver récolterait sans doute assez d'argent pour faire tourner le phare au moins un an, voire plus, pendant qu'on essaie de trouver d'autres moyens de faire rentrer de l'argent.

Je commence à lui expliquer tout notre plan, mais il ne tarde pas à lever la main pour m'interrompre.

– C'est bien beau, tout ça, mais je ne veux pas le vendre.

Il se tourne vers son établi.

J'en ai les larmes aux yeux.

– Mais vous ne les aimez même pas, vos tableaux. Ça vous rend triste de les voir. Vous pourriez faire tant de bien si seulement vous acceptiez...

La gorge serrée, je suis obligée d'arrêter.

Comment lui faire comprendre à quel point le Sucre d'Orge est spécial ? Pas seulement à cause de tout le temps qu'Oliver et moi y avons passé ensemble, mais aussi à cause de *tout* ce qui s'est passé là-bas : les gens, les anecdotes, l'aspect historique. Ce serait horrible de voir disparaître tout ça.

Et puis il y a maman. Moi, je me prépare à perdre Oliver dans deux semaines. Je ne le connais que depuis deux mois et demi, et cette douleur me brûle déjà la poitrine. Maman a perdu papa, l'homme qu'elle aimait, et elle vit avec ça depuis des années. La douleur doit être insupportable.

– Ma mère, je lâche d'une voix étranglée. Je ne veux pas penser... C'est tellement plus qu'un phare, pour elle. C'est comme un symbole de sa relation avec mon père. Ça lui briserait le cœur.

Les larmes ruissellent sur mes joues, mais je n'y fais pas attention. Ce ne sont pas seulement des larmes de chagrin, ce sont aussi des larmes de colère.

– Vous n'aimez pas ces tableaux parce qu'ils vous rappellent l'époque où vous étiez égoïste. Vous avez une occasion d'en faire quelque chose qui est le contraire de l'égoïsme. Vous ne feriez pas ça ? S'il vous plaît ?

– Tu ne vois pas que je suis occupé? aboie-t-il sans même se retourner. Va donc voir Ollie, qu'il te montre sa maquette.

Ma bouche s'ouvre et se referme. Je fais volte-face et je sors en trombe. Je m'affale sur le banc de la table de pique-nique. Il faut que je reprenne contenance avant de retourner dans la maison. Quoique furieuse, je ne révélerai pas l'identité secrète du Frappadingue. Je tiens mes promesses. Si je retourne dans la maison maintenant, je ne sais pas ce qui pourrait m'échapper quand Oliver me demandera ce qui ne va pas.

Je m'essuie le visage avec le bas de mon T-shirt et j'essaie de me calmer. J'entends des grommellements dans le cabanon. Le Frappadingue est sûrement en train de se plaindre de moi.

Une ombre me tombe dessus et je m'aperçois qu'il est planté derrière moi, à présent. Comme lui, je ne prends pas la peine de me retourner.

– Je t'entends bien, petite. J'entends bien combien c'est important, tout ça, mais ma vie privée l'est aussi.

Je trouve que c'est une piètre excuse, mais ce ne serait pas une bonne idée de continuer à crier sur le grand-père d'Oliver, alors je ferme mon clapet.

Il s'assied à côté de moi sur le banc, dos contre la table.

– Tu sais ce qui se passerait si les gens apprenaient

que John Oliver n'est autre que le vieux Framingham le Frappadingue ?

Bouche bée, je me tourne vers lui.

Il a un regard pétillant.

– Tu croyais que je n'étais pas au courant de ce charmant surnom ?

– Je... Je... Je...

Je secoue la tête.

– Ces fichus cars de touristes viendraient traîner autour de ma propriété. J'ai été célèbre ; je sais comment c'est.

Mon cerveau turbine frénétiquement en quête d'une solution. J'ai le sentiment qu'il essaie de trouver un moyen de me dire oui.

– Et si on disait que c'est un don anonyme ? Qu'une personne qui connaît la carte postale a décidé de l'offrir à la Société d'histoire ?

– Tu penses qu'on peut faire quoi que ce soit anonymement dans cette petite ville ?

– La carte postale est bien anonyme.

Un sourire s'étire lentement sur son visage.

– Je pense que je vois un moyen de faire en sorte que ça marche. Mais personne ne doit être au courant. Même pas ta mère.

– Même pas Oliver ?

– Je te propose d'attendre qu'ils soient partis. C'est un lourd secret à garder. Tu penses que tu en es capable, toi ?

– Pour sauver le Sucre d'Orge, c'est clair !

Ensuite, je fais quelque chose d'aussi stupéfiant que le Frappadingue quand il m'a ébouriffé les cheveux. Je lui saute au cou.

Et il me serre dans ses bras, lui aussi.

Le lendemain, mon téléphone sonne, et je vois qu'Oliver a du réseau, au moins pour le moment.

– Salut, toi, dis-je. Ça avance, la construction ?

– J'attends que la peinture sèche, répond Oliver. Ensuite, ce sera officiellement terminé !

– Félicitations.

Je m'adosse contre mon siège de bureau et je le fais tourner lentement, en regardant les souvenirs de cet été que j'ai accumulés. Le homard en peluche qu'Oliver m'a persuadée de garder après la foire du Maine. Le tableau qu'il a créé pour décider quel parfum devait gagner le concours de glaces de chez Scoops (aucun de nos choix n'a gagné. Sablés au miel et noix de pécan ? Non mais ils plaisantent ?). Le « bavoir » de Mme Gilhooley. Une branche de pin fixée sur mon panneau de liège (Oliver a fait semblant que c'était du gui, parce que ça fait penser à Noël). Un caillou scintillant de la rivière, près de « notre » coin.

– Euh… Je voulais te demander quelque chose, reprend Oliver.

J'immobilise le siège avec les pieds, méfiante.

– Oui ?

– Ton dégoût des crustacés. Le problème, c'est juste

d'en manger, ou tu détestes aussi en voir autour de toi, d'une manière générale ?

Je pivote dans mon fauteuil pour me remettre face à mon bureau.

– Tu veux aller à la potée de homard demain.

C'est l'un des temps forts de la fête d'Adieu à l'Été pour beaucoup de gens (sauf moi). La potée de homard a lieu sur la plage de sable de la crique, là où tout le monde a regardé le feu d'artifice. Note pour les gens qui ne sont pas du Maine : la potée de homard est un grand repas de fête traditionnel, même s'il y a de grandes polémiques pour savoir quelle est la meilleure recette et la meilleure technique. À Rock Point, on fait comme ça : d'immenses bassines en métal sont posées sur des pierres, au-dessus de feux de charbon. On met de l'eau salée dans les bassines, puis on ajoute les homards, que l'on recouvre d'une couche d'algues. Ensuite, on met une couche de palourdes et de moules, puis une autre couche d'algues. En dernier, on met les épis de maïs, que l'on recouvre également d'algues.

Comme vous le voyez, j'y suis allée, mais seulement quand j'étais petite et qu'on m'y obligeait. C'est surtout pour les touristes de Rock Point, parce que c'est assez cher et que la plupart des gens du coin y travaillent d'une manière ou d'une autre.

– Est-ce que tu... Est-ce que tu aimerais y aller ? demande timidement Oliver. Maman en a assez envie.

– Évidemment. Tous ceux qui viennent dans le Maine doivent déguster une potée de homard sur la plage.

– Tu voudras bien venir aussi ?

– Pour être honnête, ce n'est pas trop mon truc. Il faudrait que j'apporte à manger, je serais coincée au milieu de ces bestioles frétillantes, je...

– Je comprends, me coupe Oliver. Alors on n'ira pas.

– Non, non ! Il faut absolument que tu y ailles.

– Mais je pars... Je veux dire, il ne nous reste plus que quelques jours. Tu ne veux pas...

Il s'éclaircit la gorge.

– Tu ne veux pas passer le temps qu'il nous reste avec moi ?

– Bien sûr que si ! C'est juste que... Je ne veux pas t'empêcher de faire un truc que tu vas vraiment adorer, je pense.

– Je comprends. Vraiment.

Il soupire.

J'inspire à fond et je lance :

– Tu sais quoi ? Allons-y. Ensemble.

– Vraiment ? Mais tu...

– Vraiment.

Dans une relation, il faut faire des compromis, non ?

– Promets-moi juste de ne pas essayer de me faire manger quoi que ce soit.

– Promis.

– Ni de me faire le coup classique des garçons qui me courent après avec un homard frétillant.

Il s'esclaffe.

– Je dois te le promettre, ça ? Parce que ça a l'air marrant.

– C'est une condition absolue. Promets-le-moi, sinon...

On frappe à ma porte et maman déboule. Elle est tout excitée, elle arpente ma chambre en dégageant une énergie crépitante. Je ne l'ai jamais vue comme ça. Ça me fait flipper.

– Je te rappelle, dis-je à Oliver.

Je raccroche.

– Maman ?

– Je n'y crois pas, marmonne-t-elle encore et encore.

– Maman ! Qu'est-ce qui se passe ?

Elle s'arrête près de mon lit et tient la tête de lit comme si elle en avait besoin pour garder l'équilibre.

– Je viens de recevoir un coup de fil incroyable.

Elle remarque mon portable.

– C'était Oliver ?

Elle prend un air méfiant.

– C'est vous qui avez mijoté ça ?

– Je ne sais même pas de quoi tu parles !

Et puis je comprends. Le Frappadingue a dû faire ce qu'il m'avait promis. Il a attendu la dernière seconde, mais il l'a fait.

Maman s'assied sur mon lit et se ressaisit.

– Je viens de parler à la mère d'Oliver. Apparemment, elle a un client qui a un John Oliver dont il aimerait faire don pour notre vente aux enchères !

Elle se relève d'un bond.

– Et pas n'importe quel John Oliver !

Elle se baisse pour me regarder dans les yeux et pose les mains sur mes épaules.

– Le *Sucre d'Orge* de John Oliver !

Je ne sais pas trop comment réagir. Je ne suis rien censée savoir de cette histoire. Heureusement, maman est tellement excitée que je n'ai pas besoin d'inventer quoi que ce soit. Elle se redresse et secoue la tête.

– Je suis vraiment désolée. Tu ne comprends sans doute rien à ce que je te raconte.

Elle se rassied sur mon lit.

– John Oliver était un artiste assez célèbre du Maine, mais personne ne sait où il vivait exactement. Ses tableaux ont beaucoup de valeur. Alors dès qu'Alice m'en a parlé, j'étais folle de joie, bien sûr.

Elle se relève encore une fois.

– Et ensuite, je l'ai vu ! Elle m'a envoyé une photo prise avec son téléphone.

Elle m'inspire à fond.

– Il représente le Sucre d'Orge ! Et le plus incroyable ? La carte postale qu'on vendait depuis toutes ces années... C'est une reproduction du tableau en question ! Je ne savais pas du tout que c'était un John Oliver !

Elle retombe sur mon lit comme si elle avait besoin de reprendre son souffle. Et c'est le cas, j'imagine. Rien qu'à la regarder, j'ai du mal à respirer.

– C'est génial, maman !

Je vais m'asseoir à côté d'elle.

– Alors maintenant, tu vas pouvoir garder le Sucre d'Orge ouvert, non ?

Elle tourne vivement la tête vers moi.

– Comment tu... ?

Elle agite la main.

– Peu importe. Tout le monde sait tout, à Rock Point.

Pas *exactement* tout.

Mon ordinateur portable émet un « ping » annonçant l'arrivée d'un e-mail. La présentation de Justin. Autant battre le fer pendant qu'il est chaud, j'imagine.

Je lance l'impression et je me tourne vers maman.

– Donc... on a appris que le Sucre d'Orge était menacé de fermeture. Et on ne veut pas que ça arrive. Alors on a fait ça.

Je rassemble les pages sorties de l'imprimante et je les lui tends.

– Qu'est-ce que c'est ?

Elle me regarde d'un air interrogateur.

– L'opération « Sauvez le Sucre d'Orge » ?

Je me réinstalle à côté d'elle sur le lit.

– C'est un projet qu'on aimerait que tu présentes à la personne qui prend les décisions, qui que ce soit. C'est tout un tas d'idées pour que le phare rapporte de l'argent toute l'année. La mère d'Oliver va regarder aussi.

Maman a les yeux brillants.

– C'est... C'est toi qui as fait ça ?

Je hausse les épaules.

Elle feuillette les pages.

– Oui, c'est bien toi. Tu es partout, là-dedans. Les histoires... Les...

Elle serre la présentation contre sa poitrine.

– Je... Je ne sais pas quoi dire.

– Dis que ça va marcher !

À cause de l'extraordinaire ajout du tableau de John Oliver à la vente aux enchères à la toute dernière minute, il y a eu pas mal d'agitation. Il était trop tard pour transmettre l'information à la presse, alors on a imprimé des tracts que l'équipe de « Sauvez le Sucre d'Orge » a distribués toute la matinée. La vente aux enchères aura lieu à seize heures : tous ceux qui ont des places pour la potée de homard, un peu plus tôt, pourront y assister aussi. Le tableau ayant une grande valeur, il a fallu prendre des précautions particulières pour s'assurer qu'il puisse être transporté et exposé sans risque. Des gens se sont relayés pour le surveiller dans la tente de la vente aux enchères, sur la place, pour être sûrs qu'il n'y ait pas de petits doigts crasseux qui le touchent.

Des tables équipées de listes des services offerts sur lesquels les gens peuvent placer des enchères sont alignées sous la tente, et il y a une estrade avec un micro et une longue table sur laquelle les objets à vendre seront présentés. Et grâce à Justin, qui comprend ces choses-là, il y aura même une version en ligne pour que n'importe qui à travers le monde puisse placer des enchères – mais on ne l'utilisera que pour le tableau. C'était beaucoup plus facile pour Justin de diffuser l'information sur cet ajout surprise pour la vente aux enchères à Londres qu'à Rock Point, notre connexion wi-fi étant trop imprévisible.

Le tableau du Sucre d'Orge (qui s'intitule en fait *L'Ami* – je ne sais pas trop si le Frappadingue voulait désigner le Sucre d'Orge ou la brume avec ce mot) se trouve à la place d'honneur. Quiconque entre dans la tente le verra aussitôt sur son chevalet, en plein milieu de l'entrée. J'ai aidé Alice à rédiger l'habile description pour le cartel : *Un collectionneur d'art anonyme qui a une passion pour les phares et des liens avec la région a eu la générosité de faire don du célèbre tableau de John Oliver,* L'Ami, *à la Société de conservation historique de Rock Point. Le collectionneur a déclaré que les fonds récoltés seraient affectés à la rénovation, l'entretien et la programmation du phare de Rock Point.*

M. Garrity, de la Société d'histoire, a fait des études d'arts plastiques, alors il nous a aidés à vérifier qu'il soit transporté sans risque. Ensuite, Oliver, Alice, maman et moi lui sommes tombés dessus avec notre présentation. Il a promis de la lire attentivement et de nous répondre.

Bien qu'il y ait des tas d'activités toute la journée – concerts sur la jetée, où Cynthia va chanter ; croisières sur un grand voilier, à bord duquel Oliver est monté avec sa mère ; ballons sculptés en forme d'animaux ; maquillage ; ainsi que divers concours de celui qui mange le plus –, je reste sous la tente de la vente aux enchères. Je n'arrive pas à quitter le tableau du Sucre d'Orge. Il a fallu fournir tant d'efforts pour obtenir ce résultat ; il y a tant en jeu.

Maman vient me voir et pose un bras autour de mes épaules. On regarde le tableau ensemble.

– Il est tellement beau, dit maman.

– Tu penses qu'il récoltera assez d'argent pour sauver le Sucre d'Orge ?

– Oui. Je le pense vraiment.

Elle jette un coup d'œil autour d'elle.

– Où est Oliver ?

– Sa mère et lui sont partis faire la croisière.

– Ah, les « incontournables du Maine ».

Elle sourit. Des gens commencent à entrer dans la tente, à prendre des écriteaux pour les enchères et à lire la description des articles offerts.

– Ils se payent la totale, je continue. Ils ont pris des places pour la potée de homard. Je les retrouve là-bas après la vente aux enchères.

– Ils ne viennent pas ? demande-t-elle, surprise.

– Ils ont pris leurs billets tellement tard qu'ils n'ont trouvé des places que pour la séance de dix-sept heures.

La société qui gère la potée de homard organise ça en proposant des séances à heure fixe. Mais je ne sais pas si on peut appeler ça une « place » de s'étaler sur une serviette de plage ou dans une chaise longue. En tout cas, c'est le seul moyen de servir les centaines de personnes qui veulent tenter l'expérience.

Maman me regarde.

– Attends une seconde. Toi ? À la potée de homard ?

Je lève les mains.

– Je sais !

Elle éclate de rire et me serre contre elle.

– L'amour nous fait faire des choses insensées. Même quand il s'agit seulement de notre amour pour un phare.

– Mandy ! Par ici !

Je tourne la tête. Oliver me fait signe depuis une bonne place sur la plage bondée. Alice, le Frappadingue et lui se sont approprié une bande de sable entre des rochers, et des pierres plates leur servent de tables. À ma grande stupeur, le Frappadingue salue quelques passants d'un signe de tête de temps en temps. Alice est concentrée sur le homard qu'elle essaie d'ouvrir.

J'ai dit à Oliver que je ne savais pas du tout quand j'en aurais fini avec la vente aux enchères et qu'ils feraient mieux de commencer sans moi. En secret, j'espérais qu'ils aient fini de manger avant mon arrivée pour éviter d'avoir à m'approcher du crustacé emblématique du Maine. J'ai grignoté toute la journée, alors je n'ai pas faim ; de toute façon, il n'y a rien que je puisse manger ici.

Je me fraie un chemin parmi la foule et je m'arrête un moment pour admirer les traiteurs qui s'occupent des feux de cuisson. Même si je n'aime pas le plat qu'ils servent, c'est super impressionnant. Ils préparent la séance suivante, alors ils remuent les braises pour s'assurer qu'elles sont encore chaudes. Même si cette entreprise fait des potées de homard d'un bout à l'autre de la côte, ils emploient la famille de Kyle comme fournisseur de homards ici. Je repère Kyle au moment où il jette une poignée d'algues sur Patti, qui se met à piailler.

Je fais des signes à Oliver pour lui indiquer que je vais m'arrêter à la table des boissons, et il m'y rejoint.

– Salut, toi.

Il me donne un rapide baiser. Heureusement, il n'a pas un goût de homard.

– Salut.

Je regarde autour de nous en attendant que les gamins qui cernent la glacière pleine de sodas libèrent la place.

– Comment ça s'est passé ?

Il recule pour me dévisager.

– Ça s'est super bien passé, non ? Je le devine à ton sourire.

Je lui agrippe le bras et je me mets à sautiller.

– C'est incroyable ! Tout a été vendu ! Je n'ai pas eu à placer la moindre enchère par compassion !

Oliver éclate de rire.

– C'est une chance pour ton porte-monnaie que personne n'ait donné de tasses ébréchées ou de jouets cassés.

On s'approche de la glacière et je farfouille parmi les glaçons. Je sors un soda que je tends à Oliver, puis j'en prends un pour moi.

On se pousse pour laisser la place aux autres assoiffés.

– M. Garrity a acheté ta maison de gardien de phare, lui dis-je tandis qu'on se dirige vers l'endroit où sa mère et son grand-père sont assis. Et ils sont tellement certains d'arriver à lever suffisamment de fonds pour que le phare reste ouvert qu'il va l'intégrer à l'exposition du phare.

Oliver rayonne.

– Vraiment ?

– Il dit que ça montre vraiment bien comment elle

était à cette époque-là. La description qu'on a ajoutée va être transformée en cartel !

Oliver trinque avec son soda.

– Bravo à nous !

On s'arrête pour laisser passer des gamins pressés qui manient leurs épis de maïs comme des épées. Je jette un coup d'œil au Frappadingue et à Alice.

– Je suis super étonnée qu'il soit là.

– C'est chouette de les voir s'entendre si bien, commente Oliver alors qu'on se remet à marcher prudemment, pour éviter de marcher sur quelqu'un. C'était un peu tendu quand on est arrivés.

Des employés commencent à circuler parmi la foule pour récupérer les assiettes sales et distribuer des bols remplis de crumble aux myrtilles et de la glace. Ça, je ne serais pas contre.

– Ils sont bizarres, depuis deux jours, continue Oliver. On dirait presque qu'ils complotent quelque chose.

Je suis obligée de baisser les yeux parce que j'ai peur que mon expression lui révèle que je sais très bien ce qu'ils cachent. Même si je meurs d'envie de le partager, ce n'est pas à moi de révéler le secret de Framingham le Frappadingue. Oliver le saura bien assez tôt.

– Alors... ? demande Alice quand on les rejoint.

Son homard à demi mangé me dégoûte : je reste concentrée sur son visage.

– Les enchères pour le John Oliver vont être prolongées jusqu'à minuit, parce qu'il suscite énormément d'intérêt dans des endroits qui ne sont pas dans le même fuseau horaire. La dernière fois que j'ai regardé, elles étaient déjà montées au plafond.

– Tu as bien travaillé, petite, déclare le Frappadingue. Tu as fait quelque chose de bien.

– Comme nous tous.

C'était dur, mais ça valait bien toutes ces courbatures et toutes ces foulures du cerveau.

Quand je m'assieds dans le sable, entre Oliver et le Frappadingue, une idée qui s'insinue dans mon esprit met un terme à ma jubilation devant notre succès. Même si c'était compliqué de mettre tout ça en route, ce sera beaucoup plus dur demain. Il faudra dire au revoir à Oliver.

Mais une idée surprenante enveloppe cette perspective douloureuse, formant une sorte de coussin. Le chagrin d'amour qui va suivre... Eh bien, l'été que je viens de vivre en valait la peine.

Je m'appuie contre Oliver et je ferme les yeux. Ça en valait totalement la peine.

Le lendemain matin, Oliver arrive chez moi. On a chacun préparé une liste (typique de nous, n'est-ce pas ?) de ce qu'on a envie de faire de notre dernière journée ensemble.

On est assis dans la balancelle de la terrasse. Je regarde la liste qu'Oliver vient de me tendre. J'éclate de rire.

– Quoi ? demande-t-il, sur la défensive.

Je pose la feuille à côté de moi sur la balancelle et je lui donne ma liste. Ma liste *identique* à la sienne.

– Les grands esprits se rencontrent, pas vrai ?

Il lit à voix haute :

– *« Notre » coin. Le Sucre d'Orge.*

Il lève le nez et me sourit.

– On les a carrément notés dans le même ordre.

Je pivote sur la balancelle pour m'asseoir en tailleur face à lui et j'agite l'index.

– Je ne veux pas passer la journée à pleurer.

Oliver acquiesce.

– Moi non plus.

– Alors ? Tu sais comment faire ?

Il repousse mes cheveux derrière mon épaule.

– Aucune idée.

Puis il s'écarte et m'adresse un sourire taquin.

– On peut toujours retourner sur Hubbard Island. Je t'énerverai tellement que tu seras contente de me voir partir.

Je rigole malgré la boule qui me comprime soudain la gorge.

La journée, qu'on passe au bord de la rivière, est à la fois terrible et merveilleuse, pleine de débats passionnés (il essaie encore de me convaincre que *Far Far Away* est un film correct), de récits, de rires, de baisers et de longs silences complices.

Quand la nuit tombe, sans même en discuter, on se dirige vers le Sucre d'Orge. Je sors ma clé et on pousse ensemble la porte, qui est toujours réticente.

– Ça m'a coûté des efforts de retenue surhumains de ne pas t'embrasser, ce jour-là, avoue Oliver.

Je souris. Il n'a pas besoin de me dire de quel jour il parle. Je sais que c'est du jour où on est tombés l'un sur l'autre en essayant d'ouvrir la porte.

– C'est bien ce que je pensais.

On s'arrête sur le seuil pendant que nos yeux s'habituent à l'obscurité totale de l'entrée. Je me perche sur la pointe des pieds pour poser un baiser sur sa joue.

– Je menais la même bataille.

On n'a plus qu'une lampe torche depuis que l'autre s'est cassée en dégringolant dans l'escalier. Je me promets de le marquer sur la liste des choses à remplacer. Incroyable mais vrai, je dois encore travailler au Sucre d'Orge après le départ d'Oliver. Le week-end de la fête du Travail est animé, à Rock Point. Mais au moins, c'est officiel. Le Sucre d'Orge va rester ouvert. Nous avons gagné largement assez d'argent grâce au tableau du Frappadingue, même avant la dernière enchère. Non seulement le phare peut rester ouvert, mais il restera peut-être même suffisamment de fonds pour quelques améliorations.

Dans la salle de la lanterne, il fait beaucoup plus sombre que le 4 Juillet. Pas de feu d'artifice, pas de guirlandes lumineuses sur les stands des jetées. Il n'y a que les lampadaires habituels du port et des rues.

– Quelqu'un a fait un feu sur la plage, observe Oliver.

Je regarde le ciel. Demain, il sera à l'autre bout du

pays. Nous verrons les mêmes étoiles, mais il y aura un continent entier entre nous. J'inspire en tremblant.

Oliver éteint la lampe torche. Je lui en suis reconnaissante. Je ne veux pas qu'il me voie pleurer. Malgré ce qu'on s'est promis. Ses lèvres trouvent les miennes.

– Mandy, dit-il quand on se sépare doucement. Je sais que tu ne veux pas en parler, mais on en a besoin, non ?

– Pourquoi ? je murmure en regardant fixement mes pieds, même si je ne les vois pas dans le noir.

Il se passe une main dans les cheveux.

– C'est quoi, le plan ? On va rester en contact ? Tenter une relation à distance ? Peut-être que je reviendrai l'été prochain.

– Peut-être... je répète.

Il regarde ses pieds à son tour. Nos têtes s'effleurent.

– Je... Je ne veux pas te faire de promesse que je ne pourrai pas tenir, lâche-t-il d'une voix chargée, rocailleuse.

– Je... Je sais.

On recommence. Notre duo de bègues.

Il inspire et se redresse pour poser le menton sur le haut de ma tête.

– On se concentre sur les petites choses, c'est ça ?

– Les petites choses. C'est ça.

Je cligne des yeux pour chasser mes larmes et je lève la tête pour qu'on se regarde dans le clair de lune.

– Et en cet instant précis, les petites choses sont parfaites.

– Alors on avisera au jour le jour ?

– C'est trop dur d'avoir une vue d'ensemble.

– Mais on garde notre pacte, dit Oliver en se baissant un peu pour amener son visage juste en face du mien. Honnêteté à cent pour cent.

Je déglutis et je répète :

– Honnêteté à cent pour cent.

Il enroule ses bras autour de moi, et je fonds contre lui.

– Donc, en toute honnêteté, c'était l'été le plus fabuleux de ma vie. Été ou pas, la *période* la plus fabuleuse de ma vie.

Je le serre de toutes mes forces et je laisse mes larmes venir. Après tout, elles aussi, elles sont honnêtes.

Oliver est parti aujourd'hui. Voilà la délicieuse pensée qui m'accueille dès l'instant où j'ouvre les yeux. J'ai l'impression d'être en pierre. Je me force à me lever, en essayant de chasser la sensation d'être écrasée. Je me traîne au rez-de-chaussée. Chacun de mes pas pèse un million de tonnes.

Quand je débarque dans la cuisine, maman est assise à la table.

– Salut, chérie, dit-elle d'un ton compatissant.

Je hoche la tête, incapable d'ouvrir la bouche, et je m'appuie contre le montant de la porte. Je sens son regard sur moi et je suis contente qu'elle ne me pose pas de questions. Ce n'est pas nécessaire. Mon désespoir doit irradier comme un néon.

– Justin sera rentré à temps pour le dîner, dit-elle.

Justin. D'accord. Je me déride un peu.

J'essaie de décider s'il y a quelque chose que je suis

capable d'avaler par une matinée pareille quand on frappe à la porte.

– Si tôt ? fait maman en jetant un coup d'œil à l'horloge murale.

Il est à peine huit heures passées. Elle pousse sur la table pour se lever et va ouvrir, mais elle m'appelle deux secondes plus tard.

Perplexe, je quitte la cuisine d'un pas traînant. Je suis encore plus perplexe quand je vois le Frappadingue planté devant notre porte. Il porte une grande glacière. Une minuscule maquette du Sucre d'Orge est posée dessus.

– Le phare, c'est de la part du petit, dit-il. Le reste, c'est de ma part. Un petit colis pour... pour te réconforter. J'ai pensé que ça te serait utile, aujourd'hui.

Muette de stupeur, je prends le bébé phare, qui est absolument adorable. Maman prend la glacière.

Le Frappadingue tourne les talons et repart si vite vers son camion que nos remerciements sont étouffés par les grondements de son moteur. On le regarde s'éloigner, hébétées.

Maman pose la glacière devant la balancelle et s'assied.

– Cet homme n'arrête pas de m'étonner.

Je m'affale à côté d'elle et j'ouvre le couvercle de la glacière. Elle est pleine de sandwichs, de sauces, de cookies, de pain et de muffins. Je pose le bébé Sucre d'Orge sur la balancelle et je sors un bocal.

– *Le Tikka Massala de Mandy*, je lis sur l'étiquette.

J'écarquille les yeux.

– C'est la sauce qu'il a faite la première fois que j'ai dîné là-bas.

– Et tout ça, c'est quoi ? demande maman en examinant mes cadeaux.

Je pose une main sur son bras.

– C'est incroyable, voilà ce que c'est. Tu vas voir.

Maman hausse un sourcil et déballe un scone aux myrtilles. Elle ouvre des yeux ronds comme des soucoupes. Elle croque une bouchée, avale et dit :

– Tu m'étonnes que c'est un bon cuisinier.

Elle me tapote le genou.

– Tu lui as fait une forte impression.

Elle croque une nouvelle bouchée et contemple son scone d'un air songeur.

– Je me demande s'il serait d'accord pour qu'on en vende au café.

Elle fronce les sourcils et poursuit sans attendre ma réponse.

– Peu probable, je suppose. Je sais que ça ne l'intéresse pas tellement de participer aux événements de la ville. Malgré tout...

J'éclate de rire.

– Quoi ? C'est une idée absurde, je sais, mais il est imprévisible. Peut-être qu'on peut le convaincre.

– Tu n'imagines pas à quel point il est imprévisible.

Je lui raconte toute l'histoire. Comment j'ai découvert le tableau, et l'identité secrète du Frappadingue. Je sais que je n'étais pas censée en parler, mais je ne peux pas cacher un truc aussi énorme à ma mère.

Quand j'ai terminé mon récit, elle me regarde avec des yeux exorbités.

– C'est toi qui as fait tout ça ? La présentation. Les articles pour la vente aux enchères. *Et* convaincre Framingham le Frappadingue de prendre le risque de s'exposer et d'être aussi généreux ?

Elle secoue la tête.

– Je ne sais pas ce qui m'étonne le plus.

– Franchement, moi non plus.

Elle m'attire contre elle.

– Je t'ai redit, récemment, combien je suis fière de toi ?

Elle pose un baiser sur le haut de ma tête et se lève.

– Je crois que j'ai besoin d'un autre café pour digérer tout ça.

Elle ouvre la porte de la maison.

– Tu viens ?

– Dans une minute.

Je m'adosse au fond de la balancelle et je pousse doucement sur le sol. J'oscille d'avant en arrière. Je prends le bébé Sucre d'Orge et je découvre une petite enveloppe scotchée en dessous. Elle contient une carte avec une photo de nuit étoilée.

Quoi qu'il arrive, sache que cet été, c'était la réalité. Pas une histoire inventée.

Range-la dans tes archives pour toujours.

Je t'aime.

Oliver

Je ferme les yeux et je sens le mouvement délicat de la balancelle. Il m'aime aussi. C'est la réalité. On a eu raison de vivre cette histoire.

Je fronce les sourcils quand une nouvelle idée me vient. C'est bien qu'il soit parti. Ça fait mal, certes, mais il m'a tant appris. Et l'une des choses que j'ai apprises, c'est que j'ai encore besoin de m'entraîner à être « tout simplement Mandy ». Pas un clone de Cynthia, pas la fille que j'imagine qu'un garçon veut que je sois.

Ensuite, je serai vraiment prête pour le genre d'histoire d'amour qui dure toujours, et pas juste un été. Et qui sait ? Peut-être que ce sera fait d'ici l'été prochain... et qu'Oliver va vraiment revenir.

Un grand sourire s'étire sur mon visage, un sourire que je croyais inconcevable le jour du départ d'Oliver.

Je reste assise à me balancer un moment encore, puis je farfouille dans la glacière et j'en sors un cookie. Je le déballe en retournant dans la maison.

– Maman ? Si je m'y prends bien, peut-être que le Frappadingue acceptera de vendre ses cookies au Sucre d'Orge d'ici à l'été prochain.

Après tout, j'ai une année entière pour y travailler.

Pour travailler sur lui... et sur moi.

D'autres livres
litt' Albin Michel

Kwame ALEXANDER, *Frères*
Sherman ALEXIE, *Le premier qui pleure a perdu*
Jay ASHER, *13 Reasons Why*
Audren, *Wild Girl*
Jennifer BROWN, *Hate List*
Jennifer BROWN, *Say Something*
Jennifer BROWN, *Tornade*
Fabrice COLIN, *Le Pays qui te ressemble*
Fabrice COLIN, *Magnetic Island*
Fabrice COLIN, *Rester debout*
Jenny HAN, *L'Été où je suis devenue jolie*
Jenny HAN, *L'Été où je t'ai retrouvé*
Jenny HAN, *L'Été devant nous*
Jenny HAN, *L'Été où je suis devenue jolie, L'intégrale*
Natacha HENRY, *Marie et Bronia, le pacte des sœurs*
Jérôme LARCHER, *Baisers cachés*
Catherine LOCANDRO, *Cassius*
Rachael LUCAS, *La Vie à mille décibels*
Rachael LUCAS, *Mon Cœur en apnée*
Jen MALONE, *Changement de cap*
Laurent MALOT, *Lucky Losers*
Annabel PITCHER, *Je suis le tonnerre*
Ami POLONSKY, *Le Secret de Grayson*
Amy REED, *Nous, les filles de nulle part*
Meg ROSOFF, *Au bout du voyage*
Caroline SOLÉ, *La Petite Romancière, la Star et l'Assassin*
N.M. ZIMMERMANN, *L'Amour, le Japon, les Sushis et Moi*

Création du logo litt' : Isabelle Southgate

Composition IGS-CP
Impression CPI Bussière en mai 2019
Éditions Albin Michel
22, rue Huyghens, 75014 Paris
ISBN : 978-2-226-39755-3
ISSN : 2430-6290
N° d'édition : 22623/01. N° d'impression : 2042869
Dépôt légal : juin 2019
Loi n° 49-956 du 16 juillet 1949 sur les publications destinées à la jeunesse.
Imprimé en France.